小書痴的下剋上

為了成為圖書管理員不擇手段！

第四部 貴族院的自稱圖書委員V

香月美夜——著
椎名優 繪 許金玉 譯

本好きの下剋上

司書になるためには手段を選んでいられません

第四部 貴族院の自称図書委員V

CONTENTS

第四部　貴族院的自稱圖書委員V

登場人物

羅潔梅茵
本書主角。稍微長高後，現在外表看來有八歲左右，但內在還是沒什麼變。到了貴族院，依然是為了看書不擇手段。現為貴族院二年級生。

艾倫菲斯特的領主候補生

韋菲利特
齊爾維斯特的長男，羅潔梅茵的哥哥。現為貴族院二年級生。

夏綠蒂
齊爾維斯特的長女，羅潔梅茵的妹妹。現為貴族院一年級生。

羅潔梅茵的監護人們

斐迪南
齊爾維斯特的異母弟弟，羅潔梅茵的監護人。

齊爾維斯特
收養羅潔梅茵的艾倫菲斯特領主，羅潔梅茵的養父。

芙蘿洛翠亞
齊爾維斯特的妻子，三個孩子的母親。羅潔梅茵的養母。

卡斯泰德
艾倫菲斯特的騎士團長，羅潔梅茵的貴族父親。

艾薇拉
卡斯泰德的第一夫人，羅潔梅茵的貴族母親。

波尼法狄斯
齊爾維斯特的伯父，卡斯泰德的父親，羅潔梅茵的祖父。

第三部 劇情摘要

成為貴族以後，羅潔梅茵因為領主養女與神殿長的身分忙得不可開交。好不容易印刷機完成了，還在城堡舉辦了販售會，歌牌、撲克牌與書正順利普及開來。然而，就在喬琪娜來訪以後，情勢變得非常緊張。不只韋菲利特遭到算計，羅潔梅茵為了拯救被擄走的夏綠蒂，被敵人灌下毒藥性命垂危。雖然浸入了尤列汾藥水，但再次睜眼醒來，時間竟然已是兩年後……

黎希達
首席侍從。熟知三名監護人孩提時期的上級貴族。

莉瑟蕾塔
貴族院五年級生，中級見習侍從。安潔莉卡的妹妹。

布倫希爾德
貴族院四年級生，上級見習侍從。

哈特姆特
貴族院六年級生，上級見習文官。奧黛麗的么子。

菲里妮
貴族院二年級生，下級見習文官。

安潔莉卡
中級護衛騎士，莉瑟蕾塔的姊姊。

柯尼留斯
貴族院六年級生，上級見習護衛騎士。卡斯泰德的三男。

萊歐諾蕾
貴族院五年級生，上級見習護衛騎士。

羅潔梅茵的近侍

優蒂特
貴族院三年級生，中級見習護衛騎士。

達穆爾
下級護衛騎士。未隨同至貴族院。

奧黛麗
上級侍從。哈特姆特的母親。未隨同至貴族院。

羅潔梅茵的專屬

艾拉	專屬廚師。
雨果	專屬廚師。
羅吉娜	專屬樂師。

艾倫菲斯特的學生

伊格納茲	貴族院三年級生，韋菲利特的上級見習文官。
托勞戈特	貴族院四年級生，上級見習騎士。黎希達的外孫。
馬提亞斯	貴族院四年級生，中級見習騎士。隸屬舊薇羅妮卡派。
勞倫斯	貴族院三年級生，中級見習騎士。隸屬舊薇羅妮卡派。
羅德里希	貴族院二年級生，中級見習文官。隸屬舊薇羅妮卡派。

貴族院的教師

赫思爾	艾倫菲斯特的舍監。斐迪南的師父。
洛飛	戴肯弗爾格的舍監。
索蘭芝	貴族院的圖書館員。

他領學生

藍斯特勞德　第二順位戴肯弗爾格的領主候補生，貴族院五年級生。
漢娜蘿蕾　第二順位戴肯弗爾格的領主候補生，貴族院二年級生。
阿道芬妮　第三順位多雷凡赫的領主候補生，貴族院六年級生。
奧爾特溫　第三順位多雷凡赫的領主候補生，貴族院二年級生。
蒂緹琳朵　第六順位亞倫斯伯罕的領主候補生，貴族院五年級生。喬琪娜的女兒。
盧第格　第十五順位法雷培爾塔克的領主候補生，貴族院六年級生。

貴族院　其他

休華茲　圖書館的魔導具。
懷斯　圖書館的魔導具。
錫爾布蘭德　中央的第三王子。
阿度爾　錫爾布蘭德的首席侍從。
丹克瑪　錫爾布蘭德的文官。

神殿的侍從

法藍　負責管理神殿長室。
薩姆　負責管理神殿長室。
妮可拉　神殿長室與廚房的助手。
莫妮卡　神殿長室與廚房的助手。
吉魯　負責管理工坊。
弗利茲　負責管理工坊。
葳瑪　負責管理孤兒院。

艾倫菲斯特的貴族

艾克哈特　斐迪南的護衛騎士。卡斯泰德的長男。
尤修塔斯　斐迪南的文官。黎希達的兒子。
蘭普雷特　韋菲利特的護衛騎士。卡斯泰德的次男。
布麗姬娣　羅潔梅茵的前護衛騎士。已返回故鄉伊庫那。
奧蕾麗亞　蘭普雷特的新娘。
戈雷札姆　基貝．格拉罕，馬提亞斯的父親。
史德諾斯　基貝．威圖爾，勞倫斯的父親。
弗洛登　基貝．威圖爾的兒子，勞倫斯的哥哥。
貝緹娜　弗洛登的新娘。
漢力克　下級文官。達穆爾的哥哥。
薇羅妮卡　齊爾維斯特的母親。現正受到幽禁。

古騰堡夥伴

英格　木工工坊的師傅。
薩克　鍛造工匠。負責研究構思。
約翰　鍛造工匠。負責提供技術。
海蒂　墨水工匠。約瑟夫的妻子。
約瑟夫　墨水工匠。海蒂的丈夫。

他領貴族

席格斯瓦德　中央的第一王子。
亞納索塔瓊斯　中央的第二王子。
艾格蘭緹娜　拉森博克的領主一族。
喬琪娜　齊爾維斯特的姊姊，亞倫斯伯罕的第一夫人。

平民區的家人

昆特　梅茵的父親。
伊娃　梅茵的母親。
多莉　梅茵的姊姊。
加米爾　梅茵的弟弟。

平民區的商人

班諾　普朗坦商會的老闆。
馬克　班諾的得力助手。
路茲　都帕里學徒。
歐托　奇爾博塔商會的老闆。
珂琳娜　奇爾博塔商會的裁縫師。
提歐　奇爾博塔商會的都帕里。
谷斯塔夫　商業公會的公會長。
芙麗妲　谷斯塔夫的孫女，義大利餐廳的共同出資者。

其他

戴爾克　與戴莉雅情同姊弟的身蝕孤兒。
戴莉雅　青衣見習巫女時期的前侍從。
康拉德　菲里妮的弟弟，現在進了孤兒院。
尹勒絲　谷斯塔夫宅邸裡的廚師。

第四部

貴族院的自稱圖書委員Ⅴ

序章

通常領主會議結束後，領地高層會收到會議的結果，在城堡工作的貴族們與基貝也會收到通知。而今年最重要的決定事項之一，即是亞倫斯伯罕的兩名女性貴族將嫁來艾倫菲斯特。

「噢噢，弗洛登的婚事得到許可了嗎……」

威圖爾子爵史德諾斯不由得尖聲說道。領主在寄來的通知信中，表明他已同意先前曾一度否決的長男弗洛登的婚事，並寫下了有關星結儀式的詳細內容。史德諾斯欣喜得雙手顫抖，捏緊手中的通知信。他非常清楚這樁婚事是託誰的福才能得到許可。

「這件事也得通知戈雷札姆大人才行。」

帶著重要的通知，白鳥從威圖爾向著格拉罕展翅飛去。威圖爾與格拉罕位在艾倫菲斯特南端，而管理著這兩處土地的基貝，都可說是舊薇羅妮卡派貴族的中心人物。

奧多南茲飛進格拉罕的基貝夏之館時，恰巧基貝一家正在用晚餐。一家人的目光全集中在餐廳裡突然出現的白鳥上。

「怎麼了嗎？」

格拉罕子爵的么子馬提亞斯最先有所反應，深紫色的頭髮隨之晃動。馬提亞斯是中級見習騎士，接下來的冬天就要升上四年級。基於訓練養成的習慣，他立即放開叉著肉的叉子，繃緊全身以備隨時能夠變出思達普，一雙藍眼還緊盯著奧多南茲的去向。

一般除非是緊急要事，否則不會在第六鐘響後還寄送奧多南茲。白鳥一派悠然地飛過餐廳，降落在一家之主格拉罕子爵戈雷札姆的手臂上，張嘴說了：

「戈雷札姆大人，我是史德諾斯。我收到了奧伯・艾倫菲斯特的通知。領主會議上與亞倫斯伯罕協商過後，他已同意小兒弗洛登與貝緹娜大人的婚事。詳細情況改日再當面告訴您……」

史德諾斯是基貝・威圖爾的名字。馬提亞斯注視著重複了三次傳話的奧多南茲。儘管已經知道傳話者不是需要警戒的對象，但聽了三遍以後，他還是不敢置信。

「弗洛登大人與貝緹娜大人的婚事，早在幾年前就被領主駁回了。若是這麼輕易就推翻自己做過的決定，只會使得領內陷入混亂，奧伯為何事到如今還下達許可……這件事是真的嗎？」

再者，現在整個尤根施密特都處在魔力不足的狀態。在貴族院蒐集情報時，馬提亞斯也得知亞倫斯伯罕魔力不足的情況更是嚴重。如果是聯姻後便能獲得他領援助的領主一族或上級貴族也就罷了，但中級貴族幾乎不會對領地間的關係造成影響。按理說，奧伯・亞倫斯伯罕不會想放人吧。馬提亞斯提出自己的疑惑後，父親戈雷札姆哼聲冷笑。

「你剛才也聽見了吧？這是雙方在領主會議上做出的決定。」

「我只是好奇亞倫斯伯罕究竟有什麼企圖，才會幫忙撮合中級貴族的婚事。因為我不認為他們會沒有任何意圖就幫忙遊說……」

「他們是想為兩個年輕人盡份心力吧。畢竟若因領主的片面決斷便解除婚約，只會造成不幸。那位大人很清楚這一點。」

馬提亞斯想問這麼做到底對亞倫斯伯罕有什麼好處，戈雷札姆的回答卻有些答非所問。那雙灰色眼眸帶有查探的意味，注視著自己的兒子。看來再怎麼追問，也不會得到自己想要的答案吧，馬提亞斯瞬間如此判斷。

「大領地的判斷想必不會錯吧。」

馬提亞斯就此打住。戈雷札姆滿意地點點頭，母親也露出欣喜的微笑。

「就是說呀。若沒有亞倫斯伯罕幫忙遊說，哪能談成這樁婚事呢。真是值得恭喜。」

「父親大人，近日內要不要去威圖爾道賀呢？我也想了解詳細情況。」

「嗯，最好也拜託對方幫忙留意下約厲克的婚事……」

「全家人一起過去吧。該送什麼賀禮給弗洛登大人才好呢？」

不光父母，馬提亞斯的哥哥約厲克也加入討論，三人安排起了拜訪威圖爾的行程。畢竟是曾被駁回的婚事又得到了許可，確實是件值得恭喜的事情，威圖爾與格拉罕兩地的基貝交情又好，這樣的反應一點也不奇怪。

但是，看著家人高高興興，說著「這都是託亞倫斯伯罕的福」，馬提亞斯卻有種說不出的怪異感。這和貴族院裡的情景也差太多了。先前宿舍裡的學生們都齊心合力，要向他領推廣艾倫菲斯特的新流行、提升領地的順位，他在大人們身上卻感受不到這種團結。馬提亞斯強烈覺得，自己的家人完全不認為當初襲擊領主一族的貴族背後，有可能是亞倫斯伯罕在指使。他們依然認為大領地就是比較崇高，盲目地追隨崇拜。

……畢竟格拉罕就在亞倫斯伯罕旁邊，至今這種做法對我們比較有利，但以後再這樣下去真的好嗎？

慶春宴上，領主宣布了韋菲利特與羅潔梅茵的婚約。從今往後，艾倫菲斯特將以兩人為中心發展前進吧。想必會向他領推廣羅潔梅茵創造的新流行，帶動領地蓬勃發展。馬提亞斯直覺這麼認為。但是，為何明明領主一族仍對亞倫斯伯罕保持警戒，自己的家人卻還這麼積極地與之交流？

……亞倫斯伯罕不是正在走下坡嗎？

馬提亞斯的腦海中盤旋著在貴族院蒐集來的情報。只要看看亞倫斯伯罕境內坐落在邊界旁的賓德瓦德，就能知道他們魔力不足的情況有多嚴重。此外，領主的么女蒂緹琳朵似乎正與領主收養的孫女爭奪下任領主之位。聽說以年紀來看是蒂緹琳朵更有優勢，她母親喬琪娜的娘家艾倫菲斯特若再提高順位，對她也相當有利。但關於這件事，他也不知是真是假。

……父親大人是支持蒂緹琳朵大人成為下任領主嗎？

若想在艾倫菲斯特排名上升的同時，又能與亞倫斯伯罕共享利益，就只有這個可能性了吧。馬提亞斯盤起手臂，甩甩頭繼續思考，深紫色的髮絲晃動起來。

……在艾倫菲斯特與亞倫斯伯罕之間擔任橋梁嗎……？但是，實在很難想像父親大人會做這種事情。

怎麼想也想不出答案的馬提亞斯，很快便迎來了帶著賀禮前往威圖爾的日子。威圖爾與格拉罕偶爾會讓騎士們一起訓練，這次也是擇日不如撞日，決定一同進行訓練，因此還是見習騎士的馬提亞斯不得不參加。

「馬提亞斯，好久不見了。」

到了基貝．威圖爾的夏之館，最先開口叫住馬提亞斯的是基貝的次男勞倫斯。勞倫斯也是見習騎士，所以比起與其他貴族的子女，兩人有較多交流。

「勞倫斯，恭喜令兄弗洛登大人要結婚了。」

「是啊，現在家裡一片喜氣洋洋。」

兩位基貝正互道寒暄時，兩人也很高興能再見到彼此。因為在領地時和在貴族院不一樣，很少有機會能與意氣相投的好友碰面，所以馬提亞斯由衷感到高興。

「你們兩個一刻也靜不下來，快去參加騎士訓練吧。現在你們與柯尼留斯大人還有安潔莉卡大人的差距可是越來越大，真是不爭氣。」

先前因為馬提亞斯的哥哥約厲克已是最終學年，父母都來參觀了領地對抗戰。看了當時的迪塔比賽，發覺馬提亞斯與柯尼留斯他們之間出現了明顯的差距，父親戈雷札姆對此十分不滿。

……因為父親大人一直以來都很自豪，基貝．格拉罕一族雖是中級貴族，卻擁有足以成為上級貴族的魔力量啊。

從前亞倫斯伯罕的女性領主候補生嫁過來後，陪嫁前來的其中一名近侍與當時的基貝．格拉罕結了婚。因此，馬提亞斯一家雖是中級貴族，卻有著與上級貴族不相上下的魔力。只要長兄的孩子也顯現出相當於上級貴族的魔力量，他們就成功連續三代的魔力都與上級貴族相當，可以晉升為上級貴族。也因為這個緣故，戈雷札姆對於魔力量以及與上級貴族的差異十分敏感。

「那是因為羅潔梅茵大人教給他們的魔力壓縮法很有效吧。不光柯尼留斯大人他們，其他領主候補生的護衛騎士們魔力也在不斷增加。」

「不過是原為平民的青衣見習巫女想出的魔力壓縮法，你們自己也想一個吧。」

如果是自己想一下就能想到的魔力壓縮法，怎麼可能還在領主的主導下進行推廣，還得過濾人選並收費。由於派系不同，馬提亞斯根本無從學習羅潔梅茵式魔力壓縮法。和自己一樣為此咳聲嘆氣的孩子，在貴族院裡不知有多少。馬提亞斯彷彿又在耳邊聽見了舊薇羅妮卡派學生們的嘆息。

……雖然父親大人嘲笑羅潔梅茵大人原是平民，但難道他就知道比她更有效的魔力壓縮法嗎？不管我們有多努力，在魔力量相差懸殊的情況下，對方轉眼就能扭轉勝敗。

待在貴族院期間一直壓抑著的不甘再度被激起，馬提亞斯油然心生對父親的反抗意識。

「如果父親大人知道有什麼辦法比原為平民的魔力壓縮法更有效，還請不吝告知。」

戈雷札姆沉默半晌，陷入深思。

「……也是。但因為這不是我想出來的方法，必須先得到首肯。我會問問那位大人，能否教給自己的兒子。」

這個回答倒是出乎馬提亞斯的預料。「那位大人」究竟是誰？馬提亞斯滿腹疑惑，威圖爾子爵也在一旁迎合說道：

「這真是好主意。戈雷札姆大人，您近來也相當努力吧？體態都和以前不一樣了。」

「我得減些重量，才能立即回應那位大人的要求。」

……的確，父親大人一旦下定決心，努力的程度可是不容小覷。

看著父親遠比以前要精實平坦的肚子，馬提亞斯點了點頭。

「馬提亞斯，既然你是見習騎士，還是先去參加騎士們的訓練吧。學會魔力壓縮法後，若是自身不夠努力也沒用。」

「勞倫斯，你也去參加訓練吧。可別在領地對抗戰上丟我的臉。」

兩人藉著正當理由，將還是見習騎士的馬提亞斯與勞倫斯趕出了會客室。

走向基貝的騎士團訓練場時，馬提亞斯觀察起勞倫斯。勞倫斯雖然比他小一歲，個子卻比他要高一些，體型也比較魁梧，很有騎士的樣子。馬提亞斯再試著握拳使力，卻連上手臂的肌肉也輸得徹徹底底。儘管馬提亞斯自認為很賣力鍛鍊了，體魄卻絲毫沒有變化，身形依舊偏瘦，外表給人的感覺也更像文官，這讓他有些懊惱。

馬提亞斯暗自比較後感到氣餒，這時勞倫斯突然「喂」地喚了聲。他稍稍抬起頭，只見勞倫斯那雙橙色眼睛閃耀著期待光彩。

「你想戈雷札姆大人真的會把魔力壓縮法教給我們嗎？」

因魔力壓縮法而與其他人的魔力量拉開差距後，對此感到不甘的並不只有馬提亞斯，勞倫斯與其他舊薇羅妮卡派的學生也是。

「我也明白你對父親大人產生期待的心情。但勞倫斯，那位大人到底是誰？」

「……我猜是喬琪娜大人吧……雖然我也不確定。」

馬提亞斯也一樣無法肯定。因為父親他們總是只說「那位大人」，從來不講名字。寄信時，收信對象也總是亞倫斯伯罕境內舊孛克史德克地區裡的一位貴族，也不曉得那些信最終是不是會送到喬琪娜手中。由於三年前，家人曾興高采烈地說著：「那位大人要來了。」隨後現身的人即是喬琪娜，他才猜測是她。此時他同樣無法肯定，剛才對話中的「那位大人」是否就是喬琪娜。

……真的會是喬琪娜大人嗎？

馬提亞斯試著回想多年前曾見過的喬琪娜，回憶卻模模糊糊。因為那時的他還年幼，喬琪娜來家裡參加茶會時，他也只上前道了問候，父親並未允許他出席。不過，那隔著薄紗也清晰可見的紅唇，與接受問候時儼然女王一般的姿態，還有跪在她身前、態度分外恭敬的父母，都讓他留下了深刻印象。聽說父母在喬琪娜嫁往亞倫斯伯罕之前服侍過她，所以對於父母的態度他能夠理解。

當初儘管喬琪娜是以第三夫人的身分嫁去大領地，現在卻能成為第一夫人，代表她的能力相當優秀吧。就如同羅潔梅茵教給了自己的近侍們，喬琪娜在出嫁之前，可能也把魔力壓縮法教給了當時的父母。

……可是，現在她都成了亞倫斯伯罕的第一夫人，還會把自己的魔力壓縮法教給艾倫菲斯特的貴族嗎？

據說亞倫斯伯罕魔力不足的情況十分嚴重。如果這是事實，她應該把魔力壓縮法教給自領的貴族才對，而不是艾倫菲斯特的馬提亞斯等貴族。因為把魔力壓縮法教給他們一點好處也沒有。也是因為這樣，馬提亞斯才無法肯定「那位大人」就是喬琪娜。

「看來再怎麼想也不會有答案吧。但是，比起那位大人究竟是誰，我更好奇在臨時決定要舉辦星結儀式之後，騎士的訓練次數竟然還在這麼繁忙的情況下增加了。」

「經你這麼一說，父親大人還說過，要增加與格拉罕的聯合訓練。」

勞倫斯恍然想起似地拍向掌心。有必要偏偏挑在這個時候增加基貝騎士團的聯合訓練嗎？馬提亞斯心中升起難以言喻的不安。

……我現在的感覺，就和領主一族遇襲後父親大人接到傳喚時一樣。

儘管有目擊者證明戈雷札姆當時人在大禮堂，馬提亞斯也相信父親不可能襲擊領主一族，卻抹不去父親可能與這起事件有關連的懷疑。和當時一樣，既模糊又令人不快的不安在心頭悄悄蔓延。

「勞倫斯，你知道星結儀式的詳細流程嗎？」

「不，細節我不清楚。但我聽說弗洛登哥哥大人不是在城堡，而是要在境界門舉行結婚儀式。規模突然變得很盛大，連兩地的領主一族都會參加。」

「……亞倫斯伯罕的領主一族也會參加嗎？」

「因為蘭普雷特大人與奧伯．亞倫斯伯罕的侄女也同時要舉行星結儀式。」

馬提亞斯直到現在才知道這件事。先前他還很疑惑，大領地為何要去干涉中級貴族的婚事？但如果是蘭普雷特同時也要迎娶亞倫斯伯罕的女性貴族，那情況就另當別論了。因為蘭普雷特不僅父親是騎士團長，自身還是領主一族的護衛騎士。這代表亞倫斯伯罕正想方設法滲透進艾倫菲斯特的核心。

「……真是教人不安哪。是不是該向奧伯提出警告？」

「我是無所謂，但奧伯不會把我們這些小孩子的警告當一回事吧。況且要是真的去示警，也不曉得自己會有什麼下場。父親大人他們……一定不會原諒我們。」

勞倫斯的回答十分消極。但是，馬提亞斯倒覺得若為了自保而什麼也不做，未必真的能夠保護自己。

「我懂你的顧慮。可是，如果完全不曉得父母的意圖，就只是任由他們操控，我們也會落到和羅德里希一樣的下場。」

馬提亞斯眼前浮現出了照著父親的指示行動後，卻被迫擔下責任、為此痛苦不已的羅德里希。雖說無法憑著自己的意志轉換派系，但應該還是能藉由實際行動，來表明自己想往哪邊靠攏，想奉誰為主人。

「約厲克哥哥大人曾說過，羅潔梅茵大人再怎麼優秀，也無法成為下任領主吧。現在也確實如他所言，在訂下婚約以後，已經確定她將來會成為第一夫人。但是，我認為艾倫菲斯特今後會以羅潔梅茵大人為中心發展壯大，所以我無法眼睜睜看著父親大人他們要對領主一族不利……羅潔梅茵大人應該聽得進我們的進言吧。」

「前提是我們預約得到會面，聽說連萊瑟岡古的貴族們也很難見到她。」

勞倫斯告訴馬提亞斯，以現在的情況很難與羅潔梅茵接觸。馬提亞斯沒想到戒備會

這麼森嚴，連同派系的貴族也無法面見到羅潔梅茵。

「如果現在是在貴族院，要透過近侍傳達消息，對我們來說也不難……」

見習騎士一起練習的時候，雖然很少有機會能與護衛騎士們交談，但多少還是有。然而回到領地以後，連要與他們說上話都不可能。

「馬提亞斯，都還不確定會不會出事，你想太多了吧。這種兩地奧伯都會出席的場合哪可能出什麼狀況，你這樣只是在自尋煩惱。」

馬提亞斯瞪向一派樂觀的勞倫斯，環抱手臂。

「萬一父親大人他們真的在計畫什麼，等他們開始行動才來想辦法就太遲了。」

馬提亞斯認為，父親一定與白塔一事脫不了關係。因為那陣子他與亞倫斯伯罕的信件往來十分頻繁，也在冬季的社交界開始之前，就曉得了城堡狩獵大賽上發生的騷動。正因如此，他很有可能也參與了使得羅潔梅茵沉睡兩年的那起襲擊事件。

「凡事都該預想最糟的結果，同時想好對策與下一步行動。難道不是嗎？」

「馬提亞斯，你啊……什麼事情都想先擬好對策，這點還真不愧是戈雷札姆大人的兒子。你們父子倆真夠像的。」

聽見自己很像父親，這天的馬提亞斯一點也不高興。

見習生們與神殿

……啊啊，終於結束了。養父大人的抱怨太多了啦！

監護人們夾帶了牢騷的私下報告會總算結束，關於星結儀式的行程安排也討論出了結果。我回到自己房間後，馬上看起漢娜蘿蕾的信。

漢娜蘿蕾在信上寫著，她覺得艾倫菲斯特的書輕薄又方便拿取，還以現在的書面語寫成，非常簡單易讀；看著騎士戀愛故事裡的插圖，她也跟著感到非常心動。信末還表示如果有其他戀愛故事，請務必借給她。

……包在我身上！我會拜託母親大人，請她們再多寫些戀愛故事！

由於我寫的戀愛小說遭到斐迪南禁止發行，所以只能請艾薇拉和同派系中喜愛寫作的貴婦人們多幫忙了。

……下次借貴族院的戀愛故事給漢娜蘿蕾吧。唔呵呵～

看完信後，我接著看向漢娜蘿蕾借我的書籍。那本書又大又厚，還有著氣派莊嚴的外觀，封面更重到光靠我一個人無法翻開。此時此刻，我迫切地想要神殿圖書室裡那種有傾斜桌面的閱覽桌。

書上的內容都是在戴肯弗爾格裡流傳的古老故事，以難懂的古語寫成。一開始還寫著與聖典相通的神話，雖然是本故事書，但好像也記載了一些歷史。如果這真的也是一本史書，那代表戴肯弗爾格幾乎從建國開始就已存在。

……不過，後代有可能將書上的內容潤飾得對自己有利，真希望也能看看其他領地的書籍好了解正確史實呢。

戴肯弗爾格這塊土地果然特別尚武，書裡有很多騎士故事都在描寫主角即使戰敗，也會一戰再戰，一直戰鬥到勝利為止。由此也能看出該領特有的文化風氣，真是太有意思了，有好多我不知道的事情。這些未曾聽過的故事，最好也先抄寫下來吧。

「菲里妮、哈特姆特，雖然接下來你們得在神殿與城堡之間往返，勢必會很忙碌，但還是請你們幫我一起抄寫書籍吧。」

「奧伯已經同意，見習生也能陪同前往神殿了嗎？」

哈特姆特嗓音雀躍地問道，我點了點頭。

「我與養父大人討論過了，他已經同意，一直到神殿為止都算在貴族區的範圍內。只不過，神殿那邊為貴族近侍準備的，就只有護衛騎士的兩個房間而已，所以除了已經成年的護衛騎士以外，其他人不能過夜。麻煩各位當天來回了。」

「遵命。」哈特姆特的橙色雙眼熠熠生輝，一口答應。我再看向一聽到神殿，神色顯得不安的女性近侍們。

「雖然奧伯已經下達許可，但不代表各位一定得出入神殿。如果有家人反對，或者有人對此感到不快，可以如同既往繼續待在城堡也沒關係。」

「不，我想去吃吃看安潔莉卡說過的神殿伙食。」

貴族社會普遍對神殿的觀感不佳，但優蒂特大概是因為與布麗姬娣一樣都不在貴族區長大，反倒為了食物，相當期待出入神殿。而菲里妮問我，能不能與弟弟康拉德見面。雖然最好還是先通知葳瑪一聲，但就算直接帶菲里妮去孤兒院，應該也沒問題吧。上級貴族萊歐諾蕾則顯得相當煩惱，柯尼留斯便建議：「妳可以先親眼看過神殿以後，再做決定吧？」最終她也接受了柯尼留斯的提議。的確，與其看也不看就批評神殿，我也希望大家能在親眼看過以後再做評斷。

「見習文官與見習護衛騎士都決定先親自走一趟，那麼見習侍從呢？」

布倫希爾德與莉瑟蕾塔互相對望。

「現階段我想優先完成刺繡。等服裝製作完畢，我也想找機會，親眼看看羅潔梅茵大人長大的環境……」

「沒關係的，莉瑟蕾塔。反正神殿不會消失，請優先完成休華茲與懷斯的服裝吧。」

斐迪南似乎很在意服裝品質，所以我希望這些手巧的貴族小姐們，能夠連同我的份好好加油。我馬上建議莉瑟蕾塔先專心刺繡，她發出了輕笑聲，手伸向裁縫箱。

「那麼，我也留在城堡與莉瑟蕾塔一起刺繡吧。因為神殿那裡也有侍從，我若同行會給他們造成困擾吧？」

布倫希爾德指出，貴族侍從到了神殿以後若想要做事，等於會搶走神殿侍從的工作。我都沒有想到這一點，但經她這麼一說確實沒錯。

「我會專心負責城堡這邊的工作，但如果要討論有關染布的事情，屆時還請傳喚我前往……此外，前些天家父曾捎來聯絡。他說葛雷修已經做好了發展印刷業的準備，還說近日內也會聯絡艾薇拉大人。」

布倫希爾德是葛雷修伯爵的千金。聽了她提供的情報後，我輕吸口氣。

「因為需要與平民協調溝通，我還以為得花更久時間才能做好印刷業的準備呢。比我預期的快好多喔。」

太意外了。如果大家都是這個速度，其他土地搞不好也會一下子就做好準備。我開始思考是不是該調整印刷業的發展計畫時，布倫希爾德輕笑出聲。

「因為我們家與艾薇拉大人是親戚，基貝・哈爾登查爾也提供了不少建言，所以葛雷修似乎很早就開始做準備了……」

「原來是這樣呀。那麼，等韋菲利特哥哥大人做完最後確認，我就會與古騰堡成員一同前往葛雷修。不曉得葛雷修是怎樣的地方，真期待呢。」

「您要前往葛雷修之際，請務必讓我同行。」布倫希爾德說。

「嗯，到時候就麻煩布倫希爾德帶路了。」我如此回答。

斐迪南在城堡安排好一切調度後，便捎來奧多南茲說：「明日早餐過後就回神殿。」隔天，看見我在他指定的時間帶著一大群近侍現身，斐迪南用力皺眉：「人數未免太多了，需要這麼多人嗎？」

「今天請當作是見習生們的神殿參觀日吧。我打算帶大家看看神殿，順便說明工作內容。往後沒有會面的時候，文官可以輪流前來，護衛騎士也只要有兩人就夠了。但既然幫手增加了，斐迪南大人也會很高興吧？」

第三鐘響後的公務幫忙，我當然打算把所有人都帶過去。斐迪南「嗯」地應了聲，看著一派要去遠足的見習護衛騎士們，嘴角愉快地上揚。

載著雨果與羅吉娜，我操控著自己的騎獸返回神殿。四周多了這麼多近侍們的騎獸，感覺真是奇妙。一大群人抵達神殿時，法藍與莫妮卡還吃驚得張大眼睛。與此同時，看見擔任侍從的灰衣神官與灰衣巫女並肩出來迎接，有幾名近侍的臉龐都僵住了。

「法藍、莫妮卡，這幾位是我的近侍，往後將會出入神殿。各位，這位是法藍，他是我在神殿的首席侍從；這位是莫妮卡。請各位要記住，儘管是在不同的地方工作，但他們同樣是服侍我的人。」

「多虧了法藍，我在神殿才能專心執行護衛工作。接受過斐迪南大人訓練的灰衣神官都很優秀喔。」

安潔莉卡因為在法藍的分配下，得以逃離麻煩的工作，洋洋得意地挺胸稱讚法藍。有人發出了輕笑聲後，現場的緊張氣氛緩和下來。

「那麼我先回房間換衣服，這段期間，請達穆爾與安潔莉卡帶大家去參觀護衛騎士使用的房間吧。」

「是！」

交由兩人帶近侍們去參觀後，我則帶著莫妮卡與法藍走進神殿長室，也向候在房內的薩姆說明情況。

「今後貴族將會出入神殿，這樣的日子想必會讓各位十分緊張……」

「羅潔梅茵大人既是領主的養女，我們早已做好心理準備。請您放心吧。」

「接下來休息一會兒後，等第三鐘響要去幫神官長的忙。當然，我打算讓近侍們也體驗一下在神殿的生活。達穆爾與艾克哈特哥哥大人辦得到，大家一定也辦得到吧？」

我呵呵笑道。眼看近侍們一來神殿就要被迫工作，法藍露出苦笑。

「安潔莉卡大人如同既往，安排她守在門邊即可嗎？」

「因為重點在於向大家展示神殿平常的樣子嘛。」

薩姆與法藍接著便走向廚房準備茶水，莫妮卡為我更衣。

「莫妮卡，要是出入神殿的貴族對妳說了什麼讓人不愉快的話，或是讓妳感覺到危險，不管是多小的事情，就算覺得是自己想太多也沒關係，都要告訴我喔。我不希望有人趁我不注意的時候，傷害神殿裡的人。」

「遵命。不管是多小的事情，我都會向您報告。」

畢竟往後將有許多不認識的貴族出入神殿，果然還是會緊張吧。聽我這麼說後，莫妮卡露出了有些安心的笑容。

換好衣服，我叫來所有人，請大家吃妮可拉做的點心，喝法藍泡的茶。

「好久沒吃到神殿的點心了。這款點心我連在家裡也沒吃過。」

柯尼留斯開心地伸手拿了點心吃。近侍中地位最高的柯尼留斯拿了點心後，其他人也開始伸手。

「哇啊，好好吃喔。安潔莉卡與達穆爾之前一直在吃這麼美味的點心嗎？羅潔梅茵大人，我也想常來神殿執行護衛工作。」

「如果是見習騎士不必參加特訓的口子，優蒂特也可以來神殿擔任護衛喔。」

神殿的護衛有達穆爾與安潔莉卡就夠了，所以我希望見習生們能優先接受波尼法狄斯的特訓。優蒂特立刻淚眼汪汪，但參加訓練更重要。

喝完茶後，達穆爾開始說明在神殿的護衛工作內容。與此同時我也吩咐莫妮卡，向兩名見習文官說明辦公桌周邊的文具配置。至於我呢，則和法藍一同看起我不在的這段期間堆成小山的信函與木板。

「必須趕快回覆的，有奇爾博塔商會、普朗坦商會與公會長的來信吧。」

奇爾博塔商會在信中寫道，我訂做的夏季髮飾與為艾拉製作的髮飾已經完成了；公會長是向我詢問有關洗淨魔法與染布比賽的事情。普朗坦商會則是通知我，向約翰訂做的安全別針已經完成了，另外古騰堡成員們的下一個目的地若是已經敲定，希望我能盡早告知。

「法藍，我打算三天後面見公會長，以及普朗坦商會與奇爾博塔商會的代表。麻煩你幫我送去邀請函。」

「遵命。」

第三鐘響後，我帶著神殿侍從與貴族近侍們，往神官長室移動。一踏進神官長室，安潔莉卡就彷彿在說「這個位置我絕不讓給任何人！」，動作飛快地在門前就定位。而見習護衛騎士們在看見房內的景象後，全都瞪大雙眼倒吸口氣，然後一臉茫然地望著正在處理文書工作的艾克哈特，以及動作熟練地開始幫忙的達穆爾。
「在神殿的時候，每天都要像這樣過來幫忙，所以也要麻煩大家了。」
「羅潔梅茵，多了這麼多人幫忙處理雜務，我看是時候教妳新工作了。」
在斐迪南的一聲令下，我從原本的只負責計算，變成了負責掌管神殿的預算。真是前進了一大步。
「……羅潔梅茵大人，您平常都過著這樣的生活嗎？」
「是啊。優蒂特，妳手停下來了喔。」
「在神殿的護衛工作也不輕鬆呢。」
優蒂特有氣無力地喃喃說道，但馬上被第四鐘的鐘聲蓋過。
近侍們的午餐是輪流吃，菲里妮與優蒂特都為神殿伙食的美味程度感動不已。柯尼留斯雖然在家也能吃到美味的飯菜，但因為神殿這裡都是他沒吃過的菜色，為此相當高興。在這當中，我注意到萊歐諾蕾的表情十分黯淡。
「萊歐諾蕾，妳的表情很沉重呢。是食物不合妳的口味嗎？」
「哪裡，餐點非常美味喔。我只是忍不住在想，倘若羅潔梅茵大人與艾薇拉大人平常都在享用這樣的美食，恐怕很難邀請兩位來我們家用餐呢。」
午餐過後，我交代了幾項工作給留在神殿長室的薩姆，然後帶著近侍們前往孤兒院。移動期間，菲里妮的表情非常緊張。
「康拉德過得很好，妳不用擔心。」
經常隨我前往孤兒院的達穆爾這麼安撫菲里妮，她聽了便扯開淡淡的笑容。我不禁想趕快讓她見到康拉德。負責帶路的法藍與莫妮卡打開孤兒院的大門後，只見灰衣巫女與受洗前的孩子們都已經跪在裡頭等候。

「大家回去做自己的工作吧，請康拉德過來這邊。」

我說完，灰衣巫女們一邊起身，一邊在意著貴族近侍們，然後開始動作。戴爾克往康拉德的背推了一下，他才向菲里妮喊道：「姊姊大人。」康拉德一開始本來是用跑的，但大概是注意到大家的視線，他先是停下腳步，再改用走的走來。

「康拉德，看到你這麼有精神，我就放心了。你在神殿過得怎麼樣？」

菲里妮露出開心的笑容，抱住穿著灰衣的康拉德。康拉德也露出安下心來的笑臉，開始向菲里妮訴說他在孤兒院的生活。

「大家人都很好，飯菜也很好吃，還有戴爾克陪著我，所以我過得很好喔。羅潔梅茵大人跟我說，姊姊大人現在是在城堡生活，您不會寂寞嗎？」

「我身邊也一樣有這麼多一起工作的夥伴，所以沒問題的。倒是不能見到康拉德，讓我覺得很寂寞呢……」

看見菲里妮與康拉德姊弟情深地說著話，我總算稍微鬆了口氣，然後帶其他人去參觀食堂角落的遊戲區，讓兩人可以單獨聊天。遊戲區裡到處擺有多本普朗坦商會至今印製的書籍，另外不只歌牌與撲克牌，還有好幾種嬰幼兒用的玩具，柯尼留斯看得目瞪口呆。

「孤兒院裡竟然有這麼多書和玩具嗎?!」

「是啊，奧伯．艾倫菲斯特前來視察的時候也啞然失聲呢。我們會先像這樣放在孤兒院裡供大家使用，孩子們都喜歡的話，再當作商品拿去城堡販售。」

儘管當時是假扮成青衣神官，但齊爾維斯特曾來視察過仍是不變的事實。

「孤兒院裡除了嬰幼兒以外，所有孩童都會寫字計算，這可是我引以為豪的事情呢。現在則在教導不滿十歲的孩子們，學習侍從該會的基本工作。」

「雖然之前就聽說過，但實際親眼看到以後，還是教人感到震撼呢。」

哈特姆特也和柯尼留斯一樣看著那些玩具，呻吟般地說。萊歐諾蕾環顧了孤兒院的食堂一圈後，也點點頭說：「這裡比我聽說的、也比我想像中的還要乾淨呢。」

「因為大家會細心打掃，神殿裡每個角落都是一塵不染喔。而且因為會接受教育，孩子們都很有禮貌。」

我「唔呵呵」地笑著，向大家炫耀優秀的孤兒們。負責管理孤兒院的葳瑪面帶聖女般的微笑，開口說了：

「如今能有這樣的生活，全是羅潔梅茵大人賜予我們的。我們所有人都非常感謝羅潔梅茵大人。」

葳瑪話才剛說完，哈特姆特立刻有些激動地往她傾身。

「羅潔梅茵大人究竟在神殿裡頭做了哪些事情，可否請妳詳細告訴我……」

似乎是被哈特姆特的氣勢嚇到，葳瑪往後退了一步。見狀，我立即上前與哈特姆特對峙，保護對男性感到恐懼的葳瑪。

「哈特姆特，不准你在我的孤兒院裡對葳瑪亂來。」

我張開雙手把葳瑪護在身後，哈特姆特瞬間氣勢全消，囁嚅問道：「我這樣是亂來嗎……」葳瑪看著我們的互動，咯咯笑了起來。

「哈特姆特大人，如果要訴說羅潔梅茵大人有多麼無與倫比，會講上很久的時間呢。今天的時間顯然不夠充分，下次等我整理好再告訴您。」

「嗯，我很期待在神殿和孤兒院這裡，究竟流傳著怎樣的聖女傳說。」

「葳瑪，妳怎麼突然這麼說?!」

為什麼葳瑪竟然彷彿與哈特姆特氣味相投般，開始討論起有關聖女傳說的事情？哈特姆特原本沒打算連在孤兒院這裡也大展身手啊。

……枉費我剛才還出面保護葳瑪，真是無法理解。

雖然仍有令人感到不安的事情，但近侍們似乎大抵對神殿留下了良好印象，我也就放心了。

與平民的會談

接著我的近侍們便開始出入神殿，三天過去後，這天下午要與奇爾博塔商會、普朗坦商會以及公會長會面。對於文官也要出席與平民的會談，讓我感到十分緊張，但哈特姆特走去孤兒院長室的一路上都顯得興高采烈。

「羅潔梅茵大人，請問您與平民區的商人要討論什麼事情？」

「我最主要想問問他們因特維庫俞施展以後，平民區現在變得怎麼樣了。除此之外，奇爾博塔商會要提交我訂做的東西，我也要與普朗坦商會討論古騰堡成員的下一個目的地，還要與公會長討論今後該怎麼接待他領商人。」

哈特姆特邊聽邊做筆記，菲里妮也模仿他努力做著筆記。往兩人看了一眼後，我走進莫妮卡與妮可拉整理過的孤兒院長室。安潔莉卡站到門口，達穆爾與柯尼留斯則進到屋內負責護衛。這天因為有特訓，萊歐諾蕾與優蒂特不在。

走上二樓，菲里妮、柯尼留斯與哈特姆特一臉好奇地來回打量。

「這裡家具的等級顯然並不符合羅潔梅茵大人的身分……」

哈特姆特面露不快，但我不以為意地點點頭。這也是當然的啊。聽說前任孤兒院長是中級貴族出身，所以對方使用過的家具，自然也是合乎中級貴族的身分。對平民時期的我來說太過高級，對於如今成了領主養女的我來說卻又太過廉價。

「當初使用這個房間與這些家具的時候，我還不曉得父親大人的身分，現在又成了領主的養女，這些家具自然不符合我的身分。但是，目前只有在與平民開會的時候才會使用這裡，所以不需要特意換新吧。」

「但我認為，若想讓平民知道您的地位已有所不同，更換家具是最有效的方式。」

哈特姆特希望我替換成更符合領主養女這個身分的家具，但那些錢到底要從哪裡來？又不是每天會用到的東西，太浪費了。我完全沒有更換家具的打算。

「哈特姆特，在這裡會面的平民都曉得我的身分。而且不管是平民區裡的富豪或貧民，還是直轄地裡的農民或工匠，看在貴族眼裡一樣都是平民吧。同樣的道理，對平民來說貴族就是貴族，沒有什麼分別，所以就算更換家具也沒意義。與其把錢拿去購買平常很少用到的家具，我還寧願花在其他更重要的事情上。」

「其他……更重要的事情嗎？」

哈特姆特似乎很執著於房間的擺設該符合我的身分，所以完全想不出「其他事情」會是什麼。

「像是買書、增加印刷機的數量，再不然也能投入作為興建圖書館或開發新書架的經費，有很多更有效的用途吧？如果想要創造新流行，不管是研究還是培育人才，也都需要錢喔。這些事比買家具更重要吧？」

「羅潔梅茵大人，對貴族而言，將環境整頓得合乎自己的身分，也是非常重要的一件事情。」

柯尼留斯露出苦笑，幫哈特姆特說話。

「意思就是要我打造出符合自己身分的環境吧。我明白了。為了興建符合領主養女身分的圖書館，我會盡可能省吃儉用，努力購買更多書籍。」

「不對，我們說的不是圖書館。」

「哎呀，我在討論的可是如何有效運用金錢唷。」

無論柯尼留斯如何費盡唇舌為我說明，我還是想不出有其他更重要的事情能讓我花錢，我也毫無更換家具的打算。但是，看著僅僅為了家具就不斷對我勸說的貴族近侍們，對於今天與平民商人們的會談能否順利，我突然感到非常不安。

更換孤兒院長室家具的事情就這麼不了了之，這時法藍也已經備好茶水，走上二樓來。

「羅潔梅茵大人，我想幾位應該快到了。」

彷彿在回應法藍這句話，站在門前的安潔莉卡隨即通報人已經到了，大門接著打開。前往正門玄關迎接的吉魯領著一行人，走上二樓。分別是谷斯塔夫、芙麗妲與其侍從，還有班諾、馬克與路茲，最後是歐托、多莉與提歐。

「幸得水之女神芙琉朵蕾妮的清澄指引與您會面，願能蒙受您的祝福。」

看見現場多了許多初次見面的貴族，帶頭的谷斯塔夫在問候時更是恭謹有禮。近侍們回應了問候後，我招呼大家入座。坐下的只有各店代表，也就是谷斯塔夫、班諾與歐托共三人。

「領主們在領主會議上討論過後，結果如同預期，已經確定要先與中央以及庫拉森博克進行貿易。至於辨別他領商人用的勘合紙，現在便交給商業公會。」

我喚來哈特姆特，請他拿出分了一半給中央與庫拉森博克以後，還剩下一半的勘合紙。給中央的勘合紙是黑色，庫拉森博克的則是紅色，分別是領地的代表色。多虧了做出彩色墨水的海蒂，鮮豔的色彩非常便於分辨。

我裁下勘合紙的一小角，說明使用方式。

「如各位所見，這種紙的特性就是小紙片會被大紙片吸引。屆時請檢查商人帶來的紙片，是否真的會往這張勘合紙移動。由於我們已經規定，裁切紙張給商人時不能小於這塊板子，所以最多不可能超過八張吧。自然地，也能限制來訪的商人人數。如果對方出示的紙片明顯過小，就是違反規定，不和他們做生意也沒關係。若有任何問題，皆由我們出面處理。」

「所以是平民也能使用的魔導具嗎？真是感激不盡。」

谷斯塔夫恭敬地接過勘合紙，交給侍從。我藉著餘光看見侍從審慎地收起勘合紙，然後問起平民區的情況。

「平民區現在變得怎麼樣了？是否依然維持著整潔，就算他領商人前來也不用擔心會給人不好的觀感呢？」

雖然已經用因特維庫侖與廣域洗淨魔法美化了城市，但平常生活在其中的平民若不努力保持，沒過多久就會恢復原樣。谷斯塔夫笑著點一點頭。

「在通知指定的那一天，我待在商業公會裡隔著窗戶俯瞰街道，當時的情景實在是震撼得教人說不出話。才見到半空中突然浮現奇妙的光芒，下個瞬間竟有大量清水從天而降，猛烈的水流還震得門窗吱嘎作響。我正心想著得趕緊遠離窗戶，開始向後退時，清水又忽然消失無蹤，平民區的街道與建築物竟變得和貴族區一樣潔白。哎，儘管事前就已經聽說，但領主大人的力量真是太了不起了。

……嗯？這倒不是養父大人努力施展了因特維庫侖的功勞，應該歸功於神官長施展的廣域洗淨魔法吧？

看來比起針對地下進行改造、肉眼也看不見變化的因特維庫侖，眨眼間就將街道清洗得乾乾淨淨的洗淨魔法，更讓平民們留下了深刻印象。

……嗯，算啦。反正結果同樣是領主一族努力美化了平民區嘛……

「當天商業公會與士兵也分頭行動，提醒居民要待在屋子裡頭，街道上因此空無一人。也沒聽說有人因為魔法出了什麼意外。」

……太好了。似乎沒有人因為被因特維庫侖波及而消失，也沒有人被洗淨魔法淹沒，更沒有人嚇得心臟停止跳動。

「聽說在平民區南邊，還有平民即使關緊了門窗，仍是有水從縫隙流進屋子裡，結果將屋內也洗得乾乾淨淨。」

班諾一邊說，一邊別具深意地看著路茲。「發生什麼事了嗎？」我感到好奇地追問後，路茲面露難色，略略別開視線。

「我聽說屋子裡被水潑到的地方都變乾淨了。家母看見以後還十分懊惱，說早知道就把窗戶打開，讓水流進來把屋子沖乾淨。」

腦海中倏地蹦出了卡蘿拉打開窗戶、等著洗淨魔法降臨的畫面，我險些笑出來。以她的體型，多半連洗淨魔法的水流也沖不走吧。

「很遺憾，請幫我告訴令堂，那個魔法因為規模龐大，無法隨時再次施展……話又說回來，平民區現在是否依然乾淨整潔呢？」

我詢問後，站在歐托身後的多莉露出自豪笑容。

「那是當然……包括家父在內，士兵們都會在城裡巡邏、細心提醒居民，現在從城北到城南，街道一直是潔白美麗。」

看來之前在哈塞直接找父親與士兵們商量這件事，並沒有白費工夫。我馬上可以想像到父親他們賣力奔波的模樣，「呵呵」地笑了起來。

「那我就放心了。另外我還擔心一件事情，今後造訪艾倫菲斯特的他領商人將會大舉增加，城裡的旅店與餐館容納得了這麼多人嗎？」

「至今因為沒有需求，高級旅店的數量確實不足，但也不可能短期之內就增加旅店的數量。今年已經決定先由大店款待他領商人，我也下達了通知，要大店老闆們做好準備，提供給他領商人借宿。幸虧領主大人多少限制了來訪商人的人數，只要旅館與商人們齊心合力，應該能夠度過這個難關。」

谷斯塔夫還說，屆時也會招待他領商人至義大利餐廳用餐。由於之前才在領主會議上向他領推廣我們的新餐點，我也覺得這麼安排非常妥當。這時，負責經營義大利餐廳的芙麗妲舉起手來。

「羅潔梅茵大人，倘若您時間方便，還請來義大利餐廳一趟。您畢竟是共同出資者，若能由您親眼確認今後要招待他領商人的餐點，我們也會比較安心。」

芙麗妲的語氣機敏伶俐，想請我幫忙確認新菜單，也請我順便向大店老闆們叮囑幾句。她說光是這樣，就能讓那些老闆們更願意提供協助。

「面對領主的養女羅潔梅茵大人，妳的要求未免太過直接了吧？」

就連貴族也不會提出這種要求──哈特姆特冷不防厲聲說道。瞬間，場面的氣氛凝結僵硬，大家都恐懼著是否觸怒了貴族。我仰頭瞪向站在身後的哈特姆特。今後貴族也要出席與印刷業有關的會議。如果不在一開始就讓有這種想法的貴族碰點釘子，往後就算開了會也沒意義，我也很難保護平民區的大家。

「我開會的目的，就是想聽平民直接向我提出要求。如果有文官無法理解開會的用意，甚至出言阻撓，即便是擔任近侍的上級貴族，往後我也不會允許他出席。」

「是我沒能明白羅潔梅茵大人的苦心，實在非常抱歉。」

哈特姆特立即道歉，所以我也沒有再多說什麼，重新轉向芙麗妲。

「今年夏天不只要招待他領商人，接下來又因為要迎娶來自他領的女性貴族，還有染布比賽，很多事情都需要大店老闆們的協助，所以幫忙叮嚀幾句當然沒問題。我會盡快安排時間，向神官長徵得許可後，前去義大利餐廳光顧。」

「感謝羅潔梅茵大人，還請您期待新菜單。」

芙麗妲露出了開心的笑容。

「法藍，我現在的行程大概是哪時候有空呢？」

「接下來直到舉行春季的成年禮之前，以及夏季的洗禮儀式到星結儀式之間都有一段空檔。如果您希望時間訂在商人們來訪之前，我會馬上向神官長提出會面請求。」

要是聽聞我要去義大利餐廳請大店老闆們提供協助，順便去平民區視察，齊爾維斯特說不定會覺得好玩而跟來。想到這裡，我突然想起一件事。

「芙麗妲，能不能也麻煩你們栽培廚師呢？養父大人說過，他想在今年的冬天到來之前增加宮廷廚師的人數。由於他想要的都是能夠製作我那些餐點的廚師，所以很有可能會從餐廳帶走好幾個人。請趁現在栽培可以接手或有意成為廚師的人吧。」

齊爾維斯特說過，領主會議那時廚師的人手非常不足。如果想挖走會做我食譜的廚師，義大利餐廳肯定頭一個被盯上。

「是，我馬上著手處理。」

芙麗妲立即正色，打開寫字板寫下該做事項。

義大利餐廳的話題結束後，我從芙麗妲身上移開視線，看向普朗坦商會一行人。站在我左後方的哈特姆特與菲里妮大概也跟著移動了目光，只見班諾、路茲與馬克立刻挺直了背。

「接下來有關於印刷業的事情要告訴普朗坦商會，我聽說葛雷修已經做好準備了。」

「葛雷修嗎？想不到他們準備起印刷業會比準備製紙工坊還快。」

班諾微微瞠目，但聽到我說：「因為葛雷修與哈爾登查爾的交情很好，曾向對方請求協助。」班諾隨即表示明白地點了幾下頭。

「與哈爾登查爾不同，葛雷修也預計設置製紙工坊，所以不只印刷協會，也請做好成立植物紙協會的準備。」

我這麼告知後，馬克與路茲開始在寫字板上搖起筆桿。為了給他們時間做紀錄，我仰頭看向站在自己右手邊的吉魯。

「吉魯，也麻煩你預先做好準備，決定好羅潔梅茵工坊要派出的人員。」

「我已經照著羅潔梅茵大人的吩咐完成分組，隨時都能接受徵召。」

「哎呀，真不愧是我的侍從，做事太可靠了。」

我呵呵笑著稱讚吉魯，他也有些得意地彎起嘴角。換作平常他會更明顯地把喜悅表現在臉上，但今天的會議多了不少貴族，可能要克制一點吧。

「之後領主一族與文官會前往做最後確認，若確定沒有問題，再請古騰堡成員前往當地。請預先通知大家做好準備，以便接到召集後能馬上出發。今年派往外地的時間，一樣預計是到收穫祭為止。」

「遵命。那麼，請問這次預計如何前往外地呢？」

班諾的赤褐色雙眸很快地掃了我一眼。先前他曾向我大肆抱怨過，說坐馬車到處移動簡直累死人了，所以言下之意一定是「快幫忙派出騎獸」。因為在移動上越花時間，伙食與住宿等費用也會越驚人。去葛雷修的時候布倫希爾德也會同行，所以我早就決定要親自前往，讓古騰堡夥伴們搭趟便車自然也不是問題。畢竟想推廣印刷業的人是我，我也打算盡可能提供協助。

「屆時會用我的騎獸載大家前往，還請依此做好準備。」

「感謝羅潔梅茵大人，實在不勝感激。」

班諾如釋重負地道謝，然後回過頭說：「……路茲，把別針的試做品拿出來。」聞言，路茲從手上的盒子裡拿出用布包著的安全別針，畢恭畢敬地朝我遞來。

「羅潔梅茵大人，這是『安全別針』的試做品，由約翰的徒弟丹尼諾完成。他說若您滿意試做品的成果，再依您訂購的數量繼續製作。」

我接過路茲遞來的安全別針，來回仔細檢查，還試著戴上與摘下別針，確認使用上是否順暢。安全別針完美照著我的要求，連細節也無可挑剔。不愧是約翰的徒弟，完全名副其實。

「成品非常出色呢，請丹尼諾接著完成我所訂購的數量吧。」

我接著又嘀咕說：「要不要也把古騰堡的稱號賜給丹尼諾呢？」然而，路茲聽了卻緩緩搖頭。

「約翰說了，除非他能做出金屬活字，否則還差得遠呢。」

「不愧是第一號古騰堡，對工作的標準真是嚴格。請幫我轉告他們，我很期待丹尼諾能早日通過約翰的考驗。」

我笑著這麼說完，路茲也瞇起翡翠色的雙眼點一點頭。

「遵命，一定幫您轉達。此外，這是羅潔梅茵工坊現在正在製作的，印有既定格式的紙張，請問能夠先在平民區開始使用嗎？」

為免他領商人來訪時造成混亂，我們準備了格式統一的紙張。吉魯之前向我報告過，普朗坦商會已經率先開始試用。接下來也必須讓商業公會盡快引進，職員們才能趕在他領商人來訪前習慣新的格式。

「我想沒有問題。我也會買張樣品，和養父大人商量能否在城堡裡頭也使用這種紙張。馬克，你們在普朗坦商會試用過後，感覺怎麼樣呢？工作起來是否比較輕鬆？」

「是的。光是統一了文件格式，工作起來便輕鬆許多。」

馬克臉上的笑意加深，路茲也在旁邊點頭如搗蒜。既然普朗坦商會都覺得工作起來輕鬆多了，商業公會應該也不會太排斥吧。

「這次製作的文件格式是針對他領商人，那既然工作起來輕鬆不少，可以再考慮製作其他種格式呢。」

「如果要統一格式，就需要壓低價格，讓大店以外的商人們也有能力購買。我認為或許該增設製紙工坊。」

現在使用木板的商人還是比較多。為了讓自己能夠更沒負擔地購買使用，最好再讓紙張的價格降低一點——班諾目露精光地說。明明常說我「性急」，但在對自己有利的時候，我覺得班諾也是個急性子。

「為了推廣印刷業，我們早就決定要增加製紙工坊的數量，只是能夠增設多少，也要看有多少工匠能派遣至外地。恐怕很難在短時間內馬上增加。」

「羅潔梅茵大人說得沒錯。老爺，學習怎麼做紙也需要時間。」

曾經前往伊庫那與哈爾登查爾，教導當地居民如何造紙的路茲附和說道。「說得也是哪。」班諾這麼小聲嘀咕後，嘆了口氣。

我輕笑一聲後，接著看向奇爾博塔商會一行人。有歐托、多莉與提歐。多莉面帶開心的微笑，輕輕捧起手上的盒子，無聲表示：「裡面有髮飾喔。」我點一點頭。

「我先前接到通知，說是夏季的髮飾已經完成了。多莉，能讓我看看嗎？」

「就在這裡，請羅潔梅茵大人過目。」

多莉輕柔地遞來盒子，小心打開蓋子。在我身後待命的菲里妮，興致勃勃地稍微往前傾身。

蓋子打開後，盒裡躺著有兩朵美麗大花的髮飾，中心使用了代表夏季貴色的藍色，然後朝著花瓣邊緣逐漸轉白。數種不同的綠葉圍繞在花朵四周，當中有種偏黃綠色的葉子設計成了戴上後會左右搖晃的垂條造型。我的頭髮因為也是藍色系，聽說要做出以藍色為基底的花飾十分有難度。從髮飾就能看出多莉不知花了多少心思。

「羅潔梅茵大人，您覺得如何呢？」

多莉微微一笑，好像在說：「我很努力對吧？」我稍稍側過身體，把頭轉向她。

「多莉，能幫我戴上嗎？」

「遵命。」

哈特姆特與菲里妮後退了幾步，騰出位置。多莉一臉緊張，拿著髮飾走上前來。她先是摘下我現在戴的髮飾，再為我插上新髮飾。感覺得到垂落下來的葉子正在耳邊輕柔搖盪。

「菲里妮，妳覺得怎麼樣？」

在場的女性近侍只有菲里妮一人。我向她詢問感想後，多莉在胸前緊緊交握雙手。因為平常都只有我一個人做決定並購買，對於菲里妮會有什麼反應，看得出來多莉非常緊張。

菲里妮檢視起髮飾，再從上方與兩側端詳後，揚起溫柔微笑。

「非常漂亮喔，羅潔梅茵大人。」

多莉明顯鬆了口氣，緊繃的肩膀也放鬆，露出開心的笑容。我請她把髮飾放回盒裡，接著輪流看向多莉與歐托，輕輕觸碰新髮飾。

「那麼，就由我買下這個夏季的新髮飾吧。」

「感激不盡。除此之外，我們還搭配這個髮飾設計了一款新服裝。最初的設計者是製作髮飾的多莉，再由珂琳娜稍做修改，不知您覺得如何呢？」

歐托遞來的設計圖上，是多莉首次自己設計的服裝。看起來就像是我參加平民洗禮儀式時的正裝豪華版，這麼說會比較容易理解嗎？

去年冬天，為了直接拿以前的服裝來修改，我們提起裙襬做成了氣球造型，結果這個造型備受好評。因此設計圖上的裙子保留了氣球造型，領口則是一字領。胸前的打褶似乎改為添加蕾絲，胸前還點綴著小了一些但與髮飾同款的花朵。看著處處令人感到懷念的設計圖，我只看一眼就非常喜歡。

「近日內我會邀請奇爾博塔商會前往城堡，屆時請挑選一些適合這款設計的布料帶過來吧。我雖然只看一眼就非常喜歡，但若要正式下訂，還是得先問過養母大人、母親大人與侍從們的意見。」

我穿在身上的服裝極有可能對流行造成影響，所以一定得先讓芙蘿洛翠亞和艾薇拉看過。再者，黎希達與布倫希爾德每次挑選衣服總是非常用心，因此聽聽她們的感想也很重要。儘管只憑這是多莉的設計，我就想馬上買下來，但依我現在的身分不能這樣做，也是我不得不接受的一些限制。

「感謝羅潔梅茵大人，那麼靜候您的通知。」

歐托微笑說道，多莉也笑得十分自豪。看得出來不只髮飾，多莉也很努力學習，想往服裝領域發展，我跟著感到非常高興。

……多莉，加油！

「還有，這是為艾拉準備的髮飾。雖然我覺得兩個髮飾都很適合，但我畢竟從未看過艾拉的正裝。羅潔梅茵大人曾見過嗎？」

多莉接著拿出兩個款式相同的髮飾，只是一個花朵是白色的，一個是黃色。都是大量小花搭配顏色深淺不一的成簇綠葉。老實說，我也沒看過艾拉的正裝，但因為她在春季出生，我只知道她的正裝會以貴色綠色為主。

為了不管是哪種綠色的正裝都能搭配，多莉才製作了帶有各種綠色的髮飾吧。於是我從中挑選了適合艾拉髮色的黃花那款。

「那麼我選這個吧。」

我拿出自己的公會證與歐托的公會證重疊，結清艾拉髮飾的費用。至於自己的髮飾與服裝，得向斐迪南請款後才能付款，所以之後再支付。

「請問染布比賽的情況怎麼樣了呢？工匠們都在努力染製新布料嗎？」

「這是當然……所有工坊都在加快腳步完成平常的工作，好擠出更多時間鑽研染法。每個人都摩拳擦掌，競爭非常激烈。」

去每間工坊察看過情況的歐托這麼報告，多莉也不停點頭。聽說這次與染色有關的人們都變得精力充沛，尤其年輕一代的工匠們為了習得新技術，無不絞盡腦汁。

「羅潔梅茵大人，請問方便請教您一些問題嗎？」

谷斯塔夫先是看向歐托，然後開口問道。

「前些日子，奇爾博塔商會向染織協會提出了申請。聽說是在羅潔梅茵大人的提議下，要舉辦大規模的染布比賽……」

「嗯，是呀。谷斯塔夫，你之前不也說過，覺得我該增加專屬的數量嗎？為了決定要納誰為專屬，我想看看每個人染出來的布料。」

我因為專屬不多，大家也都叫我多納一些古騰堡以外的專屬，所以若能順便激起工匠們的幹勁，我也覺得沒什麼不好。雖然是順水推舟就決定了要舉辦染布比賽，但如今已經連艾薇拉、芙蘿洛翠亞與布倫希爾德都表現出了興趣，絕不可能取消。

聽我提起他以前的發言，谷斯塔夫微微瞇起眼睛。

「此外我也聽說羅潔梅茵大人想重現古老的技術，那麼關於此事呢？」

「當然我只是在想，要是那些已經失傳的技術也能復活就好了。我覺得布料不該只有單色，染法最好是越多種越好。我希望能有更多樣的選擇。」

「更多樣的選擇嗎……」公會長撫著下巴咕噥，站在他身後的芙麗妲露出了既覺得有趣，但也感到為難的表情看著我。

「羅潔梅茵大人，我們雖能明白您的意思，但要重現過往的染法並不容易。比賽若要辦在夏季尾聲，時間更是不夠充分。」

「剩下的時間不到半年，我並不認為有工匠能夠完整重現以往的技法，也不是要求大家一定要重現。我只是想用蠟染做成的布料，製作今年冬天的服裝。要怎麼運用奇爾博塔商會提供給染織協會的技術，全由染色工坊與工匠們決定。」

都已經提供了提示，大家要自己研究出新的染法也沒關係。

「而且既然艾倫菲斯特自己也擁有各種技術，我很希望染織協會能考慮趁著這個機會，好好檢視一番，並把染法都記錄下來，保存資料。」

「把有關技術的資料保存下來嗎？您說的話又是這麼有意思。」

芙麗妲眨了眨眼睛，谷斯塔夫則緩緩吐氣。

「所以無論如何，染布比賽都得辦在今年的夏季尾聲嗎？」

他領商人即將來訪，情況很可能陷入前所未有的混亂，別偏偏挑在這種時候還舉辦這麼麻煩的比賽！──雖然聽出了公會長的弦外之音，但關於這件事我也無能為力。

「其實原本只是我個人想舉辦染布比賽，但向監護人們報告這件事之後，不只養母大人，還有好幾名上級貴族都產生了興趣。所以，如今我已經不能自作主張取消比賽。」

聞言，所有人的眼睛都瞪得如銅鈴那般大，不約而同朝我看來。班諾臉上彷彿還寫著：「我怎麼從來沒聽說！」

「……不只領主夫人，還有好幾位上級貴族嗎？比賽的規模似乎益發超出預期。」

「我也知道規模變得比原先預想的還要盛大。但是，當初我會提出這個想法就是為了訂做冬天的服裝，所以無法將比賽延至明年。而且縫製衣服也需要時間，再怎麼延也只能延到初秋吧。再晚會對裁縫師們造成負擔。」

谷斯塔夫幽幽地嘆了口氣，臉上表情像是在說「我頭好痛」。曾被艾薇拉逼著趕印書籍的班諾，眼神也有些飄向遠方。

「但換個角度來看，這也是除了我，還能向其他貴族展示自己實力的好機會。比起只有我一個人當評審，染色工匠們也會更有幹勁吧？畢竟每個人的喜好都不一樣。」

比賽時可以參考磅蛋糕試吃會的做法，讓每個人投票給自己喜歡的布料，工匠們也能趁機嶄露頭角，搞不好還有不少人能贏得專屬的頭銜。

「商業公會長平常還得了解每間協會的運作情況，想必已經分身乏術，不如染布比賽就交給染織協會舉辦，谷斯塔夫請把心力都放在他領商人的接待上吧。我會再與養母大人她們商量，盡量把比賽時間從夏末改到初秋。至於比賽的舉辦地點與日期，等我們有更進一步的決定，會再透過奇爾博塔商會，通知商業公會與染織協會。」

我也慫恿谷斯塔夫別把工作都攬下來，盡可能推出去，然後結束了這天的會面。

目送大家離開後，我回到神殿長室。由於距離用晚餐的第六鐘還有點時間，我打算來抄寫漢娜蘿蕾借我的書籍。我吩咐法藍準備紙張與墨水時，哈特姆特緊緊盯著我瞧，輕聲問道：

「今天出席會面的所有人皆持有寫字板，那是羅潔梅茵大人給的賞賜嗎？」

「紙因為太昂貴了，平民幾乎買不起，所以能夠清除字跡的寫字板對他們來說很方便喔。寫字板好像是經由我的侍從與古騰堡成員，開始往平民區流行……但會寫字的人不多，所以倒也不至於大範圍流行開來。」

「那麼，那些寫字板不是羅潔梅茵大人賞賜給他們的嗎？」

「我只送給了神殿裡和古騰堡成員中的幾個人而已，不知不覺間大家都有了。」

我說完，哈特姆特露出了非常羨慕的表情。

「哈特姆特，如果你也想要寫字板，我可以為你介紹普朗坦商會喔。」

「不，我是希望羅潔梅茵大人能賜予我。既然您賜給了神殿的侍從與古騰堡們，代表這是您信任他們的證據吧？」

經他這麼一說，我才想起自己從來沒賞賜給貴族近侍們任何東西。

「……我不曉得貴族近侍裡有多少人收到寫字板會高興，而且如果真的要給予賞賜，也許送其他東西會比較好。我會問過神官長的意見，再來考慮這件事。」

哈特姆特開心地瞇起了眼睛。雖然哈特姆特因為聖女傳說往奇怪的方向失控走偏，但他也確實能力出眾，幫了我不少忙。既然現在為我工作，我也應該像當初稱讚吉魯那樣，給予貴族近侍們表揚吧。但老實說，對於平民與神殿的侍從，我只要送給他們需要的東西就好，或者口頭表揚就能達到效果；但是對於貴族，我卻一點頭緒也沒有。我看向房內的近侍們。

「請問通常要怎麼做，貴族才會覺得自己受到表揚呢？」

「我想要羅潔梅茵大人的魔力！」

安潔莉卡第一個搶答。但知道斯汀略克是如何誕生的達穆爾與柯尼留斯，立刻駁回她的要求：「斐迪南大人已經禁止這件事了！」沒錯，即使是對方想要的東西，也不能隨便給予。就是這點很難拿捏。

「關於怎樣的功績，該送怎樣的東西才合理，我會問過神官長後再決定。因為要是擅作主張，我大概又會挨罵吧。」

我這麼表示後，柯尼留斯笑道：「這道程序確實很重要，因為斐迪南大人的說教可不是普通的長。」

「只要是羅潔梅茵大人的賞賜，不管是什麼我都很高興。」

聽到菲里妮說出這麼可愛的話，要什麼我都想給她。

……嗯，一定得先問過神官長才行呢。要是隨心所欲給別人任何東西，神官長肯定會氣得七竅生煙。

聊天期間，抄寫的準備也已經就緒。我與菲里妮認真地開始抄寫向漢娜蘿蕾借來的書籍。菲里妮是照著原原本本的內容，我則是一邊抄寫，一邊改為現在的白話文。

「……這本書的用字非常古老，也很難懂呢。羅潔梅茵大人為什麼可以看得那麼毫不費力呢？」

「因為我看的第一本書就是聖典，神殿裡的大半書籍也都是以古語寫成，所以我已經很習慣了。抄寫這本書對菲里妮來說，也是很好的學習機會吧。」

「我會加油。」

與菲里妮一起抄寫書籍時，我忽然發現哈特姆特一個人不知道在旁邊寫什麼。

「哈特姆特，你在做什麼？」

「我在整理自己的研究，因為又發現了許多新事實。」

……慢著，該不會是指對我的研究吧？快點停下來！

我正想阻止，哈特姆特大概是察覺到了，放下筆往我看來。他的表情意外嚴肅，讓我伸到一半的手不由得停住。

「話說回來，我沒想到羅潔梅茵大人會像剛才那樣與平民討論事情，一時間難以反應過來。」

因為與平民討論事情時，通常都是貴族單方面在下達命令而已。哈特姆特是見習文官，曾在城堡與其他文官一起工作過，所以在他的認知裡，平民都是來到謁見室後得默默聽從命令的存在吧。

「在城堡，即便對象是下級貴族，我們也不會像您那樣積極聽取意見與報告。」

「就是這點讓我很傷腦筋呢，我希望貴族能為底下的人再多著想一點。」

身為下級貴族的菲里妮十分開心地看著我。但是，既為上級貴族，一般又都是別人要看他臉色的哈特姆特，卻是一臉無法理解。同樣是貴族，反應卻也有著天差地別。該怎麼說明才能讓他明白呢？我暗忖苦思。

「創造流行的雖然是貴族，但實際做出商品的卻是平民喔。當我們好不容易創造出了新流行，如果想向他領推廣，必然要與平民攜手合作。我認為一定是因為沒有人看重這件事，艾倫菲斯特才會始終是下位領地。」

「是嗎？」

「貴族在想出流行以後，都是由平民生產製作。那麼貴族就像是負責思考的大腦，而平民是負責執行的手腳吧？倘若只是一味下令，不顧平民是否應付得來，害得他們崩潰倒下，最終也會導致我們自己動彈不得吧？」

聽完我的說明，哈特姆特靜靜沉思。

「不只是古騰堡，今天在會議上見到的所有人，就好比是我的雙手與雙腳。沒有他們，就做不出植物紙，也做不出磅蛋糕、歌牌與撲克牌。就連三餐與點心也都是平民製作的喔。我只負責動腦思考，但所有的東西都是由他們親手做出來。因此古騰堡成員們若被其他貴族擊垮，對我來說就等於是失去自己的雙手與雙腳。」

……所以無論如何，我都不允許有人隨意干涉。

我帶著這層含意露出微笑後，哈特姆特似乎也確實接收到了我的意思，回以微笑說：「遵命。為免其他文官摧毀羅潔梅茵大人的雙手與雙腳，我一定為您好好監督。」

「你能明白就好。文官們也必須與平民通力合作，才能促使領地有更進一步的發展，但要改變長年來的舊有觀念，真的很困難呢。」

我輕輕嘆了口氣，哈特姆特也沉著臉表示同意。

拜訪義大利餐廳

隔天我一樣在神殿度過，會議結果則交由法藍向斐迪南報告。

用完早餐，我請人叫來艾拉，表示「這是結婚賀禮」送了髮飾給她，艾拉居然感激得哭了出來；然後是與羅吉娜一起練習飛蘇平琴，來到神殿的菲里妮竟為此大表佩服；再後來練習奉獻舞時，哈特姆特冷不防問我：「您跳奉獻舞時不會給予祝福嗎？」就這樣，我度過了一如既往卻又不太一樣的時光。

第三鐘響後，我帶著見習文官與護衛騎士去神官長室幫忙。除了死守在門前的安潔莉卡，斐迪南向所有近侍都分配了工作，然後朝我喚道：

「羅潔梅茵，我聽完法藍的報告了。妳要為了訂做服裝回城堡一趟嗎？」

「因為是要訂做夏季的服裝，再不趕快回去一趟，服裝完成時夏天都要結束了。而且，我也要與母親大人她們討論有關染布比賽的事情。」

「嗯，也好。還有，聽說妳要去義大利餐廳向平民商人們叮囑幾句……由於放任妳獨自前往太過危險，再者我也十分好奇因特維庫命施展過後，平民區現在是什麼模樣，所以到時我也會同行。」

「神官長只是想品嘗新菜色而已吧？」

除了當初透過陶德取得的，斐迪南沒再買過新食譜。他肯定非常好奇義大利餐廳的新菜單。斐迪南沒有答腔，只是輕挑單眉，但從他沒有否認就能知道答案。

「我雖已決定一同前往，但這件事得對齊爾維斯特保密。只要走漏了半點風聲，他肯定會自己跟過來，引起偌大騷動。」

「但如果能由領主出面叮嚀，我想商人們也會馬上變得非常積極努力……」

「妳打算在春季的成年禮前去趟餐廳吧？難得他現在正埋頭處理堆積如山的工作，最好別去打攪他。」

看樣子斐迪南是打定了主意不讓齊爾維斯特跟來。不過，齊爾維斯特一來就會把事情鬧大，所以基本上我也贊成對他保密。

「再來，是要不要替換孤兒院長室的家具這件事……」

看來法藍也報告了哈特姆特他們說過的話吧。真不想多浪費一筆錢呢……我正這麼心想時，斐迪南說了：

「孤兒院長室保持原樣即可。召來城堡的文官開會時，會使用貴族區域裡靠近正門玄關的房間。我沒打算讓貴族前往孤兒院。況且難保貴族不會與青衣神官有所接觸，所以文官們只能在我的視線範圍內進出。」

「只要不需要替換家具，我沒有任何異議。」

「嗯，開會用的房間，我也打算重新利用前任神殿長留下的家具。」

絕不浪費的精神很重要呢——我點頭附和後，斐迪南卻沒好氣地看著我。

「我雖然允許孤兒院長室維持原狀，但那也只是特例。妳身為領主的養女，一般還是得準備符合自己身分的家具，這點妳要牢記在心。」

「是。」我回答後，斐迪南接著又說：「下次應該就是妳結婚的時候得張羅吧。」那還是很久以後的事情嘛。

「神官長，我還有一個問題。如果想給近侍們獎賞，該送什麼東西才好呢？我會送寫字板和衣服給神殿的侍從與古騰堡成員；孤兒院裡的人若是認真做事，我也會多加一道菜或是餐後附上點心，當作給他們的獎勵。可是，我實在想不出來能送給貴族近侍們什麼獎賞。」

女性近侍的話，可以送給她們同款不同色的髮飾或新款絲髮精，再不然也能送用新染法做成的布料。但是，我完全想不出來可以送什麼獎勵給男性近侍。

「妳原本就會支付薪俸，除非另外立下大功，否則不需要再給他們賞賜吧。」

斐迪南說，能夠成為領主一族的近侍已是莫大的榮耀，最重要的還是我的一舉一動必須合乎主人身分。

「可是這樣一來，待遇跟神殿的侍從們差很多呢……那假如近侍立下了大功，屆時又該給予什麼賞賜呢？」

「要給予蓋有妳徽章的物品……但那種賞賜不能隨意給予。倘若妳真的有意給予，屆時一定要先與身邊的人商量。」

一直幫忙到了第四鐘，吃完午餐後，我向渥多摩爾商會的芙麗妲寫了封信。我在信上表示，自己已經得到了能拜訪義大利餐廳的許可，只不過斐迪南也將以監護人的身分同行，所以我們各自將帶兩名護衛騎士與一名侍從前往；另外關於當天也會出席的賓客，也請芙麗妲提供他們的資訊給我。我再說明自己接下來會回城堡一趟，然後再度返回神殿，為了不使身體不適對行程造成影響，請芙麗妲他們在五天後到春季成年禮的三天前這段期間內，指定一個他們方便的日子。

「吉魯，請幫我把這封信送去渥多摩爾商會。」

交由吉魯送信後，我帶著近侍們返回城堡。

一告訴黎希達，我打算叫來奇爾博塔商會訂做新服裝後，她簡直喜出望外。

「我的天呀！大小姐竟然主動提起要訂做服裝，這還是頭一次吧？」

由於至今與衣服有關的事情我都是交由侍從決定，自己則表現出「怎樣都好」的態度，所以看到我居然也對服裝展現出興趣，黎希達顯得非常高興。

「那也找來芙蘿洛翠亞大人與艾薇拉大人，大家一起訂做服裝吧。」

沉睡了兩年，一下子就變成十歲的我，裙長也必須跟著改變，所以即使身體毫無成長，也沒有適合的衣服可穿。為了一鼓作氣訂足夏天衣物，不只奇爾博塔商會，我們還把芙蘿洛翠亞與艾薇拉的專屬裁縫師們都叫來。

兩天後裁縫師們被召進城堡，開始訂做服裝。芙蘿洛翠亞、艾薇拉與夏綠蒂都說要一起為我挑選衣物。因為我先前又在她們沒注意到的時候冷不防插手染織領域，她們很擔心我會不會又突然創造出奇怪的新流行，所以要在旁邊好好監督。看來光是事後報告還不夠充分。

……對不起喔。當初我也只是臨時起意，並不是故意的。

當天除了珂琳娜，奇爾博塔商會還派了好幾名裁縫師過來，但其中不見多莉的蹤影。多莉雖然很努力學習禮儀，但還沒有完美到能進入城堡吧。我感到遺憾的同時，也指著珂琳娜展示的、多莉所畫的設計圖，向芙蘿洛翠亞她們主張：「我夏天想穿這款服裝。」

我表示是因為冬季穿過的蓬裙造型很可愛。芙蘿洛翠亞、艾薇拉與夏綠蒂緊盯著設計圖，接連提議有哪裡可以再修改。

「我希望這裡可以再多點裝飾，總覺得有些空虛呢。還有，胸前的花飾是沒問題，但裙子上的花飾是不是該大朵一點呢？」

「那麼顏色呢？既然是夏天要穿，果然還是該選藍色吧。」

「我覺得淡藍色很不錯，可以襯托姊姊大人的髮色。另外再多加點白色蕾絲吧。一定能增添涼爽的感覺。」

為了讓服裝更有貴族氣息，她們追加了大量的布料與蕾絲，但沒有反對要採用這款設計，這讓我鬆了口氣。幸好沒有遭到否決。

決定好訂做一件多莉設計的、帶有涼爽氣息的水藍色服裝後，侍從們接著開始挑選其他款式。這時候的布倫希爾德簡直是活力四射，與黎希達討論著「那個不對」、「這個也不對」，非常認真地進行挑選。看見莉瑟蕾塔只負責為眾人端茶，毫不靠近現場的服裝，我不由得歪過頭。

「莉瑟蕾塔，妳絲毫沒有發表意見呢。是對服飾沒什麼興趣嗎？」

「我在等著訂做冬天的服裝。因為我想讓羅潔梅茵大人的服裝，與休華茲他們的服裝有些連貫。」

到了冬天，我絕對不會退讓——莉瑟蕾塔露出了期待的笑容。原來她默默懷著野心，就算做不出和休華茲他們成套的服裝，也要讓我有套衣服與他們的風格相近。

……反正她看來很期待，那就這樣吧。

「對了，染布比賽已經預計在初秋舉行，那麼地點要選在哪裡呢？」

我一邊喝著莉瑟蕾塔泡的茶，一邊看向芙蘿洛翠亞與艾薇拉問道。原本染布比賽只有我一個人擔任評審，那當然是把工匠們召集到神殿來比較快，但就在芙蘿洛翠亞與艾薇拉也決定要參加後，自然是不可能辦在神殿了。在城堡舉辦固然最為妥當，但又不太可能把工匠們全叫過來。

「既然屆時還要邀請許多貴族，自然是在城堡舉辦吧。」

「要把工匠叫進城堡來嗎？」

聽了芙蘿洛翠亞的回答，我驚訝地直眨眼睛，艾薇拉更是意外地睜大雙眼。

「怎麼可能讓工匠進入城堡呢。羅潔梅茵，妳在說什麼呀？屆時可是要舉辦茶會，品評即將成為新流行的布料，若有平民工匠進出會場成何體統。」

……的確，連多莉現在都還不能進入城堡，從未受過禮儀教育的工匠更是不可能吧。

我還心想若能召集染色工坊的工匠，說不定能見到母親，但現實果然沒那麼美好。

討論過後，我們決定請染色工坊將染好的布料交給奇爾博塔商會，再由他們帶來城堡。舉辦展示會時，再把各工坊染好的布料與名牌掛在牆上，我們則一邊享受茶會，一邊投票給自己喜歡的布料，也能指定中意的工坊或工匠成為專屬。

在城堡處理完該做的事情後，我再度返回神殿。今天因為見習騎士們要接受訓練，同行的護衛騎士只有達穆爾與安潔莉卡。三天後，領主一族的文官還得參加騎士團的訓練，菲里妮的小臉早已經嚇得開始發白。聽說她光是聽到波尼法狄斯的怒吼，腦筋就會變成一片空白，害怕得無法動彈。

「實際遭受到襲擊的時候，不只會聽到怒吼聲，敵人還會發動攻擊喔。要是嚇得縮成一團就危險了，所以為了能夠保護自己，請菲里妮好好去接受訓練吧。」

對菲里妮這麼說完，我寫信記下與染布比賽有關的決定事項。討論出來的結果，得通知公會長、奇爾博塔商會與染織協會才行。

哈特姆特看完信件內容，一臉詫異。

「羅潔梅茵大人向平民傳達消息的時候，寫得還真是詳細。」

「是啊。因為越是淺顯易懂地說明貴族這邊的要求，平民越不容易有錯誤的解讀。只要事前給予足夠詳盡的資訊，平民便能做好萬全準備。」

我把寫好的信交給哈特姆特，請他再抄寫出兩份一樣的內容。因為一封要給公會長，一封給奇爾博塔商會，一封給染織協會。

哈特姆特抄著我寫的信，菲里妮抄寫著戴肯弗爾格的書，我則在旁邊看起芙麗妲的回信。優美的字跡看得出經過反覆練習，內容也很明顯已經慣於對貴族寫信。

芙麗妲的回信很厚，提供了當天也會出席的賓客名單，及其所屬店鋪的名字，那些店鋪又在販售哪些東西。另外她也詳細向我說明，哪個顧客介紹了最多人前來、誰很頻繁光顧，還有餐廳近期的營收。除此之外，她也敲定了請我們造訪義大利餐廳的日期。時間訂在五天後。她還順便在信上詢問，我與斐迪南有沒有哪些食材不能吃或不敢吃，若能提供喜好更是再好不過。

「法藍、薩姆，神官長有沒有什麼不敢吃的東西呢？如果他有特別喜歡吃的食物，也請一起告訴我。」

「我想神官長並沒有特別不敢吃的食物。因為只要是端給他的餐點，他每道菜都願意品嘗。」

「神官長最喜歡的餐點，似乎是曾在義大利餐廳品嘗過的湯。他很想再品嘗到雨果做的那道湯，但我聽說神官長的專屬廚師始終煮不出一樣的味道。」

兩人向我提供了藉由侍從情報網得來的消息。我記下這些資訊，發出沉吟思考。不如趁著這機會，也寫個新食譜吧。我把我們不敢吃與喜歡吃的食物告訴芙麗妲，再寫下奶酪的做法，然後把少許製作明膠時精煉而成的吉利丁用紙包起來，和信綑在一起。

……要是芙麗妲對新食譜感興趣，就可以把吉利丁的做法賣給她，往後說不定就能改由渥多摩爾商會製作了。

「薩姆，請幫我拜託吉魯，把這封信送去渥多摩爾商會。還有，也請通知神官長要拜訪義大利餐廳的日期。」

「遵命。」

把工作交代給薩姆後，我接著與法藍討論要去義大利餐廳的準備工作。

「護衛騎士因為得離開神殿去平民區，已經確定是達穆爾與安潔莉卡了吧？那侍從該怎麼辦呢？畢竟要去平民區，很難找城堡的侍從一同前往。」

「屆時會由我與神殿的侍從們同行。由於以往已拜訪過一次，我們都曉得該做哪些準備。」

看來只要交給法藍就不用擔心了。我點點頭表示沒問題。

然後，到了拜訪義大利餐廳當天。芙麗妲算好了時間後派馬車過來，讓我們能在第四鐘響時抵達餐廳。她派來的兩輛馬車中，一輛款式較為老舊，一輛則是最新型的。擔任侍從的灰衣神官們帶著餐具，為服侍用餐做好了萬全準備，與到時負責彈奏樂器的羅吉娜一同坐上舊型馬車，率先朝義大利餐廳出發。

目送他們離開後，我再與安潔莉卡、斐迪南、尤修塔斯，一同坐進光可鑑人的嶄新馬車。達穆爾與艾克哈特負責在馬車兩側護衛。

「為什麼尤修塔斯也在？我已經說過會由神殿的侍從服侍神官長用餐了吧？」

「羅潔梅茵大小姐，我今天是暫時擔任護衛。」

尤修塔斯說明，斐迪南即使還俗了，也沒在城堡以外的地方安排自己的人。由於沒有護衛騎士想來平民區，這次才由尤修塔斯湊數，與我們一同前往。

「尤修塔斯，你因為自己想來，所以沒通知任何騎士，與想來平民區的騎士不多，這兩件事可不能混為一談。」

「畢竟平常就少有騎士願意來神殿與平民區，我這也是為人著想。況且這次要去平民區裡專為富豪開設、未經介紹還無法入內的店家，我當然不能錯過這個寶貴機會。」

原來開在平民區、採取了謝絕生客制度的高級餐廳，竟然連尤修塔斯也無法輕易踏入。他說自己既不能以上級貴族的身分來平民區，但若完美地喬裝成平民，又會失去能讓大店商人介紹自己進入餐廳的權力。

……居然能把尤修塔斯拒於門外，想不到謝絕生客制度這麼強大。

我暗暗佩服之際，馬車開始前進。斐迪南微微蹙眉，來回察看馬車內部。

「和過往的馬車相比，這輛馬車的搖晃程度似乎不那麼嚴重吧？」

「這是在我提議以後，由古騰堡成員之一的薩克所設計的新型馬車喔。看來公會長馬上買來使用了呢。我的薩克很厲害吧。」

我炫耀起古騰堡夥伴後，斐迪南的表情卻非常凝重。

「我還以為古騰堡只是一群與印刷有關的人，竟有人能設計馬車嗎？」

「薩克可是鍛造工坊的工匠，不只會承接與印刷有關的工作喔。製作幫浦的人也是薩克。他來神殿的水井裝設幫浦時，神官長也見過他吧？」

「……啊，原來是那個工匠。我以為古騰堡都忙著在擴展印刷業，竟然還能設計這種馬車，想來還是有些空閒時間吧？」

聽斐迪南這麼說，我立刻反駁。

「他們根本沒有空閒時間喔。只是如果不同時也接點城裡的工作，與其他資助者就會斷了聯繫。」

「這樣聽來平民區的工匠倒也辛苦……嗯？」

至今只要一出大門，總是惡臭撲鼻，街道也髒亂不堪，但在施展了因特維庫侖與洗淨魔法以後，現在的平民區簡直煥然一新。眼前是與貴族區一樣的白色道路，直到二樓為止的雪白建築物成排相連。儘管三樓以上仍是木造建築，但應該是被洗淨魔法清洗乾淨了，整個城市看起來彷彿是全新建成。

「真是驚人呢。」

「……現在這副模樣，他領商人看了也不會感到不快吧。」

斐迪南也滿意地環顧平民區。本來還擔心平民區的居民們會不會一下子就把街道弄髒，但看來很順利地一直維持著整潔。

……一定是因為爸爸他們努力宣導的關係。

不過，看到街道變得這麼乾淨，總覺得不再是我認識的平民區，反倒讓人有些坐立不安。就在我東張西望的時候，馬車來到了義大利餐廳的店門前。

店員打開餐廳大門，二十餘名大店的老闆正跪在玄關大廳等候。由谷斯塔夫作為代表，說完對貴族的冗長問候後，我們在帶領下進入用餐區。用餐區內擺放著一整排長桌，準備招待一群人用餐。

為我與斐迪南準備的位置似乎在最裡面，因為先一步抵達的法藍他們，已經站在最後頭等著了。羅吉娜也在後方彈著飛蘇平琴。

「羅潔梅茵大人，這邊請。」

聽著悅耳悠揚的琴聲，我在芙麗妲的帶領下走向座位。達穆爾負責守在門邊，安潔莉卡則會站在我旁邊。至於斐迪南，是由尤修塔斯站到門前，艾克哈特站在他身後。

我的位置上因為放著我在神殿愛用的坐墊，所以一眼就知道在哪裡。我看著法藍調整好坐墊高度，然後在他的協助下入座。桌面上已擺妥餐具。

我與斐迪南並肩坐在長桌的短邊，附近則是谷斯塔夫、班諾與歐托等熟面孔；再過去是對於義大利餐廳的營業額有相當貢獻，以及與班諾他們有合作關係的店主。座位安排得越遠，代表那名店主與我越沒有交集。

……幸好沒有被不認識的人包圍。坐在附近的都是認識的人，這樣我也比較能放鬆，真是教人鬆一口氣。

我看向班諾與歐托，面帶淡淡微笑。

「本日感謝各位在此齊聚一堂。負責經營的芙麗妲告訴我，各位都是經常光顧義大利餐廳的熟客。」

為了讓大家知道我也在背後支持著義大利餐廳，我唸出了特別頻繁光顧的人，與介紹了最多客人前來的人的名字，向他們表達感謝。店主似乎沒料到我會指名道姓感謝他們，都吃驚得瞪大了眼，隨即露出自豪笑容。因為能被領主的養女記住名字，即是在向他人昭告，他們在有望成為專屬的這條路上又前進了一步。

「今天會特意召集眾人，是因為在座各位都是代表艾倫菲斯特的大店老闆，我有事情想要拜託大家。」

我一邊說，一邊環顧眾人。雖然看不清楚兩邊角落最遠的店主表情，但我知道所有人都集中看著這邊。

「艾倫菲斯特正迎來非常重要的轉捩點。」

我告訴大家，艾倫菲斯特的新流行已經透過貴族院往他領流傳開來，同時雖然多少設有限制，但今後將有許多他領的商人來訪。

「奧伯．艾倫菲斯特希望能趁著這個機會，加強我們對他領的影響力。為此，需要各位的協助。」

我再說明，先前為了迎接他領商人的到來，我們已經對城市施展了大規模魔法，至於如何維持城市整潔，全要靠平民同心協力。我很快往斐迪南瞥了一眼，他輕輕點頭示意我繼續往下說。

「但是，光靠維持城市美觀是不夠的。在此之前，艾倫菲斯特從來不曾有這麼多商人進城，一旦大量商人來訪，情況勢必相當混亂。谷斯塔夫也告訴過我，高級旅店的數量目前並不足夠。」

我說完，眾人都點了點頭。還有店主說：「到了明年也許能增加一、兩間旅店，但今年是絕對來不及。」

「因此，今年得麻煩各位款待商人。與此同時，也想請各位順便打聽有關他領城市的消息。根據各位得來的資訊，我們就能慢慢調整接待商人的方式。如果發生了需要貴族提供協助的情況，我會盡可能伸出援手。只要在蒐集情報以後送交至商業公會，我們也會幫忙思考對策。」

由於貴族至今從未表示過願意提供協助，許多店主都顯得不知所措，但如果不在這時候激起大家的幹勁，與他領就無法順利往來貿易。貿易一旦失敗，對艾倫菲斯特的所有人都沒有好處。不管是領主、貴族還是平民都一樣。

「此外，夏季尾聲已經確定會有兩名亞倫斯伯罕的女性貴族將嫁來艾倫菲斯特。在為迎娶做準備的時候，各位多半會接到不少急件吧。」

像是訂做新家具、為宴會購買大量食材，添購新衣與飾品的人也會變多。貴族的婚禮能夠帶來經濟效益，但是今年夏天大家本來就已經很忙碌了，工作量若再增加，肯定更會忙得暈頭轉向。

「到了初秋，我們還計畫舉辦一場前所未有的活動。主辦單位會是染織協會與奇爾博塔商會，而且不光是領主夫人，還有好幾名上級貴族也會參與。到時我預計招納新的專屬，也會像古騰堡一樣，賜給專屬與服飾有關的新稱號，所以希望服飾相關的店家能夠多多幫忙。」

瞬間，店裡的氣氛猛然改變。「要賜予專屬新的稱號嗎？」在這陣喧譁聲中，歐托一派從容自若地坐在位置上。

察覺我的發言就此告一段落，芙麗妲走上前來問道：「請問要上餐點了嗎？」斐迪南頷首回應後，店員端著餐點開始忙進忙出，侍從也上前倒飲料。法藍為我倒的，是帶點甜味的果汁。

接著，法藍為我盛了前菜擺到盤子上，有香草起司普瑪沙拉，以及外形像青花菜和花椰菜的烤花菜。根據芙麗妲的說明，這道烤花菜是先以法式清湯熬煮入味，再烤得帶有焦香，咬下的同時能品嘗到濃郁湯汁。

等所有人的飲品都倒好了，餐點也端上桌，斐迪南往上站起。

「感謝司掌浩浩青空的最高神祇與分掌瀚瀚大地的五柱大神，惠予萬千事物成為我們的食糧，在此為諸神的旨意獻上感謝與祈禱，必不浪費這些食物。」

進化後的料理

我決定先從香草起司普瑪沙拉開始吃起。我自己會要求雨果，要把普瑪與起司都切成薄片後夾在一起。但在義大利餐廳，是將小顆的普瑪對半切開以後挖空中心，再把加了切碎香草的奶油狀柔軟起司盛在普瑪上。

……這道菜真是讓人不知從何下手呢。感覺刀子一碰，普瑪起司球就會倒下來。

我小心翼翼地用餐刀移動普瑪，不讓上面的起司掉下來，然後一口咬下。鹹鹹的起司帶出了普瑪本身具有的淡淡甘甜，香草的香氣也在嘴裡彌漫。

……啊，好好吃。

我瞪大眼睛。這道前菜入口時的感覺，比我平常都切成薄片後再夾在一起吃的普瑪起司沙拉還要好。由此可知為了做出更美味的食物，廚師們有多麼持續鑽研。

斐迪南也品嘗了同一道前菜，訝異地微微瞇眼。

「這道菜似乎比在神殿吃到的沙拉更加美味……」

「想必是廚師們對料理的鑽研程度不一樣吧。明明使用了一樣的材料，只是稍微改變口感與調味，吃起來味道卻完全不一樣。看來在我沉睡的兩年期間，廚師們也有所精進。這樣就算他領的商人前來拜訪，也絲毫不用擔心呢。」

我接著咬下烤花菜。這道菜的表面口感酥脆、帶有焦黃色澤，內部卻通熟軟嫩。一咬下去，溢出的法式清湯便流入口中。感覺就像在吃法式清湯口味的青花菜，但這道菜卻又是用烤的，真是太不可思議了。

……喜歡法式清湯的神官長會滿意這道菜嗎？

我瞄了一眼隔壁斐迪南的反應，只見他幾乎面無表情，目光低垂，嘴角卻微微上揚。看得出來他正在細細品味，顯然非常喜歡這道菜。

「這道菜不只花菜，感覺也能使用其他蔬菜來製作呢。簡直像在喝著有蔬菜外形的清湯一樣。」

「這道菜是敝舍廚師所構思的菜色。」谷斯塔夫說。

我這才想起了那位熱中於鑽研廚藝、聽說還與雨果比過餐點對決的尹勒絲，於是看向谷斯塔夫。

「尹勒絲在研究義大利餐廳要推出的新菜色嗎？今天的餐點變得比兩年前還要美味，嚇了我一跳呢。」

「因為她曾一度輸給羅潔梅茵大人的專屬廚師，自那之後便奮發向上。今天是破例讓她進入餐廳的廚房，因為她無論如何都想讓羅潔梅茵大人品嘗這道菜。」

谷斯塔夫看向廚房的方向。尹勒絲似乎為了我很努力在精進廚藝。如今我不需要再常常提供食譜，雨果、艾拉、妮可拉與尹勒絲也能在錯誤中不斷成長，自行發明出各種新菜色。一直想讓美食普及開來的我聽了非常高興。

「即便是新食譜，尹勒絲也能馬上吸收，做出自己獨特的味道呢。她那精益求精的姿態真是教人欣賞。」

「前幾日我曾接到報告，聽說羅潔梅茵大人提供給了我們一款新食材與新食譜。可惜的是，來不及當作是本日的甜點。雖然我們都覺得口感十分新奇、味道也不錯，但廚師還無法滿意。」

谷斯塔夫告訴我，尹勒絲雖然成功試做出了奶酪，但品質還沒有好到她覺得能在今天的餐會上端出來。

「羅潔梅茵大人，那款新食材究竟是什麼？尹勒絲希望我們能提供更多給她，但我們實在看不出來那是什麼呢。」

那是吉利丁，在製作明膠的時候，只取出透明度最高的部分，然後像煮法式清湯一樣，經過熬煮與去除雜質和浮沫，過濾完後便大功告成。製作明膠時只要多費點工夫，就能做出少許吉利丁。有了吉利丁，餐點與甜點的種類也能大幅增加。

「關於這項新食材，下次我打算把做法賣給芙麗妲。」

周遭的店主們不約而同抬起頭來。谷斯塔夫雙眼睜大，對面的班諾表情則有些凌厲，瞇起赤褐色雙眼說：「要把做法賣給芙麗妲嗎？」

「因為在我沉睡的這兩年來，芙麗妲努力守住了這間義大利餐廳，還讓餐點變得更加美味，所以我打算把做法賣給她作為獎勵……並不是無償贈與喔。」

……因為與料理有關的物品權利就算賣給班諾先生，他也接不下來了吧？

現在光是普朗坦商會的工作就讓他自顧不暇，為了擴展印刷業與製紙業，甚至忙到每年都要去外地出差。我也聽說他根本沒空管理義大利餐廳，都是交給芙麗妲經營。

我因為也是共同出資者，又單憑我的名字就能吸引客人上門，所以能夠分得義大利餐廳的部分營收。可是，我除了一開始出錢、提供食譜以外，後來什麼事也沒做。食譜若是提供給芙麗姐，她應該最能有效利用。

……況且之前為了領地對抗戰，才請渥多摩爾商會幫忙準備了大量的磅蛋糕，我平常也對公會長提出了不少無理要求，所以應該沒關係吧？

「我也知道不能低價出售食材的做法，所以請普朗坦商會不必太過擔心，我會確實訂定合理的價格。」

我挺胸說完，班諾卻有些自討沒趣似地撇了撇嘴角。他似乎不是擔心，而是對某件事感到不滿。我歪過腦袋，不明白他為何有這種反應時，斐迪南靜靜喚道：

「羅潔梅茵，對於守住義大利餐廳、還持續鑽研餐點口味的人，妳要給予獎勵是無妨。同樣地，要獎勵製作了王族髮飾的奇爾博塔商會也不成問題。但是，對於為擴展印刷業盡心盡力的普朗坦商會，妳也同樣有所表示嗎？」

「……啊。」

之前其實只是因為我急著推廣，便以獎勵的名義把新的染法提供給了奇爾博塔商會。奇爾博塔商會後來又以低廉的價格將染法賣給染織協會，金錢上的獲利固然不多，但藉由主辦染布比賽，便能在貴族間打響名號，加強影響力。然而不僅普朗坦商會，連古騰堡夥伴們我也只是口頭慰勞大家，沒有特別給予獎勵。

……不過，就如同我能提供吉利丁的做法給芙麗妲一樣，他們如果想要新商品，我當然也不是完全沒有新點子。

我看向班諾與服侍他用餐的馬克，手托著腮偏過頭。

「我腦中還有很多想以紙張製作的文具，普朗坦商會若是想要，我不介意把權利與做法賣給你們喔。但是，一旦我提供了新商品與其權利，普朗坦商會與古騰堡成員要涉獵的範圍將更廣泛，也會變得更加忙碌，那你們真的還想要新商品嗎？」

班諾瞬間語塞，馬克則是別開視線。不過，班諾立刻擺出商人特有的客套笑容，點一點頭。

「羅潔梅茵大人若願意提供做法與權利，我們自然是樂意之至。」

看來再怎麼忙碌，他們還是想得到所有與印刷及紙張有關的權利。班諾那雙赤褐色的眼睛在說：「妳這笨蛋，我們哪可能讓給其他人！」既然願意攬下更多工作，我個人當然沒關係，但先解決去葛雷修出差這件事吧。

「那麼改日再討論這件事吧……先等目前的工作告一段落。」

「感謝羅潔梅茵大人的費心。」

這個話題結束後，斐迪南意味深長地低頭看我，嘴角往上彎出了弧度。

「嗯，這樣看來，在妳沉睡的這兩年期間盡力幫忙的人，諸如普朗坦商會、奇爾博塔商會、渥多摩爾商會，都得到了應有的獎賞吧。」

……意思是我也應該給他獎勵吧。我聽懂了。

不只是沉睡的時候，就連現在我也承蒙了斐迪南的諸多關照。其實他大可不必講得這麼迂迴，只要明白表示「我想要獎勵」，我就會給他了，平常卻老是裝作一副不感興趣的樣子，讓人根本看不出來。

「斐迪南大人說是最關照我的人也不為過，您若有想要的東西，我都會雙手為您奉上，但有我能送給您的東西嗎？」

「就是妳的廚師想出來的食譜。現在種類增加了不少吧？」

只要算算斐迪南幫了我多少忙，舉凡回復藥水的原料、休華茲兩人的服裝，不過區區食譜，對他來說真是一點也不划算，但斐迪南都開口要求了，我當然沒有二話。

「我知道了。我會把雨果知道的食譜贈送給您。不過，由於之後預計集結成食譜集販售，還請對其他人保密。」

「我明白。」

得到了自己想要的東西後，斐迪南顯得心情極佳，緊接著湯品端上了桌。芙麗妲很快靠過來，要為我與斐迪南說明。

……芙麗妲也長大了呢。

之前都是隔著桌子會面，再不然就是總和發育良好的多莉一起出現，所以我沒有特別注意到，但此刻重新打量站在自己身旁的芙麗妲後，可以看出她成長了不少。第一次見到芙麗妲時，她還因為身蝕而個子長不高，比同齡孩童還要嬌小，但現在的外表已經與她的歲數相符了。

……真希望我也能快點長高。

我看著自己放在桌上的手，再看向芙麗妲為了說明拿著紙張的手，輕輕嘆口氣。

「本日的湯品是法式香濃清湯。」

聽說斐迪南在神殿的專屬廚師，廚藝比起雨果還差了一點，煮出來的湯雖然好喝，但他還是不太滿意。而我把薩姆與法藍提供的這項情報，再偷偷提供給了芙麗妲，所以今天的湯品她才會訂為斐迪南喜愛的法式香濃清湯吧。

「聽聞斐迪南大人十分喜愛雨果的法式清湯。為了煮出不輸給雨果的味道，我的廚師可是鬥志十足，特別精心熬煮了這道法式清湯。還請您品嘗看看。」

她說這是尹勒絲使出渾身解數完成的法式香濃清湯。為了不輸給雨果，湯頭在精心細膩的熬煮下帶有琥珀色澤。隨著清湯被倒入盤子裡，濃郁的香氣立即飄散開來，引人食指大動。只是聞到香氣而已，嘴裡彷彿就已經嘗到了湯頭的美味。盤中的香濃清湯清澈見底，一點混濁也沒有，呈現濃豔的金黃色，一眼就能看出下了十足的苦工。

我用湯匙舀湯喝了一口，馬上感受到了各種蔬菜與肉類濃縮在清湯裡的美味。

「……斐迪南大人，今天的香濃清湯還美麗嗎？」

我詢問後，斐迪南的嘴角難得揚起了柔和淺笑，而不是平常的假笑。

「嗯，真是美麗極了。味道雖然比我記憶中的更複雜而有層次，但融合得非常完美……就和製作回復藥水時一樣，不單是更動了原料的品質，甚至重新調整了步驟。我敢斷言不只是添加的食材有變化，最根本的做法應該也做了調整。」

……我聽完了還是聽不懂。

斐迪南變得比平常還要多話，侃侃而談地說起重新調整步驟有多麼不容易，成功時的感覺又有多麼美妙，但我只是聽得滿頭問號。

……總之神官長好像覺得很好喝，這樣就好了。

既然斐迪南心滿意足地稱讚這道湯很美麗，那就沒問題了。我正這麼心想時，芙麗妲卻露出了非常驚訝的表情，注視著斐迪南。

「真是教人吃驚，確實就如斐迪南大人所言。因為使用蛋白去除浮沫時，會使湯頭的風味稍有流失，所以廚師絞盡了腦汁，一直在思考有沒有辦法能不用蛋白就濾掉浮渣。雖然我感覺不出差異，但原來真的有人能夠喝出不同呢。相信廚師一定會很高興。」

……能夠發覺這種細微差異的神官長固然厲害，但能成功辦到的尹勒絲更是了不起。我佩服地吐出大氣。但是話說回來，斐迪南明明擁有這麼敏銳的味覺，居然還能做出那般視味道為無物的藥水，簡直教人震驚。

「這道菜是培根蛋黃麵。」

香濃清湯之後，接著端上桌的是培根蛋黃麵。在濃醇的鮮奶油中加入蛋黃後，白醬帶有淡淡的金黃色澤，麵條上還點綴著烤得酥脆的培根。

我用叉子捲起麵條，多餘的醬汁隨即往下滴落。我一邊感受著起司的黏稠與香氣，一邊小心著別讓醬汁滴到自己，吃了一口熱騰騰的培根蛋黃麵。

……這道菜也比雨果做的好吃。

我猜製作過程中多半也使用了法式清湯。嚴格說來，這道菜已經不能稱作是培根蛋黃麵了，但比起我當初提供的食譜，現在的美味程度明顯提升許多。

「羅潔梅茵，這和妳提供給我廚師的食譜相差甚遠吧？」

吃了培根蛋黃麵的斐迪南往我瞪過來。但瞪我也沒用，因為連我自己也是第一次吃到全新口味的培根蛋黃麵。

「這是在我沉睡的兩年期間，廚師獨自努力出來的成果喔。她根據我一開始提供的食譜，想必在鑽研後做了不少改良吧。味道也出乎我的預料。」

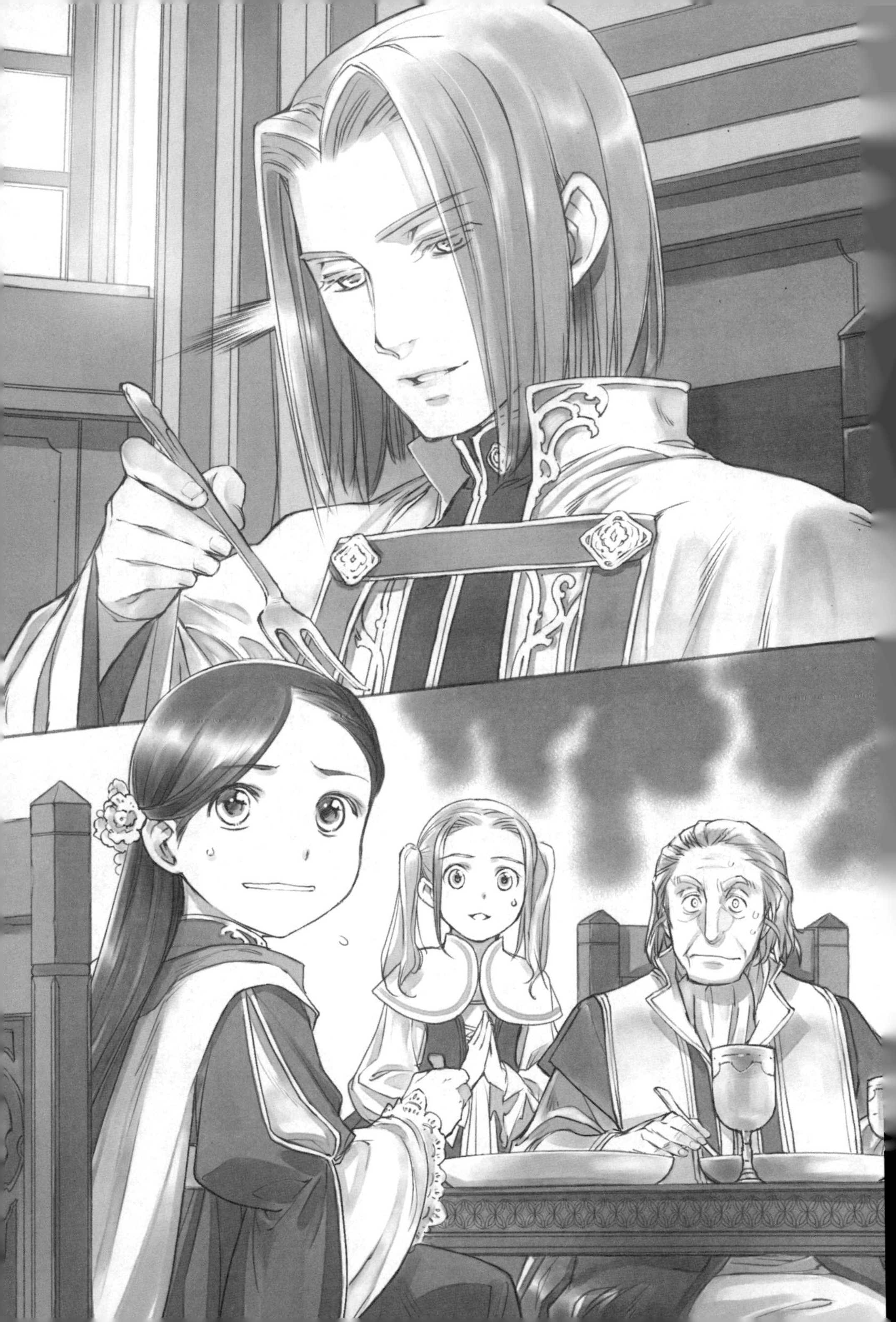

「哦……那我還真想延攬這名廚師。」

斐迪南雖然是小聲輕喃，但淡金色眼眸裡卻透露出了他的認真。不光是我，芙麗妲與谷斯塔夫都被他的發言嚇得一驚。兩人十分擔心尹勒絲被搶走，都用充滿不安的眼神看著我，無聲在對我說：「快想辦法阻止他！」

……知道了。我會試著阻止神官長。

我對著兩人用力點頭。班諾與歐托則是好整以暇地看著我們，一臉等著看好戲，很顯然沒打算出手幫忙。

「斐迪南大人，不能仗著自己有權又有錢就把人搶走喔。因為尹勒絲必須留在這裡，幫助義大利餐廳生意興隆。」

「我也明白，但想到居然是平民可以品嘗到這種美味，內心會有些不是滋味也是正常的吧。」

雖說是因為有尹勒絲的研究成果，但想到來義大利餐廳光顧的富有平民吃到的食物，竟比貴族平常的餐點更美味，心情確實會相當複雜吧。

「這道菜是燉牛小腿。使用小牛的帶骨小腿肉，連同產自戴肯弗爾格的比蘇酒與普瑪醬燉煮到軟嫩入味。」

茶褐色的牛小腿肉泛著油亮光澤，淋滿了普瑪醬汁。大概是有肉汁滲出來，連普瑪醬的表面也反射著油光。聽說這道燉牛小腿使用了大量戴肯弗爾格的比蘇酒，而這種酒在艾倫菲斯特很難取得。我教給雨果的食譜裡，使用的是艾倫菲斯特的酒，但看來尹勒絲透過谷斯塔夫的進貨管道，找到了更適合這道料理的酒。

……能夠毫不吝嗇地為尹勒絲廚師的料理研究提供這麼多資金，渥多摩爾商會也真是了不起呢。

雖然是因為預期到日後能夠獲利，但研究費用加總起來應該還是非常驚人。我覺得尹勒絲還是留在谷斯塔夫這裡，繼續盡情地鑽研料理比較好。

……倒不如說，公會長他們若敢開除尹勒絲廚師，我會搶在神官長之前招攬她。

我一邊想著這些事情，一邊拿起餐具朝著燉牛小腿進攻。但我幾乎沒出什麼力氣，肉與骨頭就順利分離。竟然能把肉燉煮到這麼軟爛，在這裡十分罕見。

「哇啊。」

我內心頓時盈滿期待，把柔嫩的牛小腿肉切成可以一口食用的大小，再讓肉吸滿濃稠的普瑪醬汁，接著送入口中。普瑪醬裡似乎添加了多種切碎後的蔬菜，吃起來比一般的普瑪醬更甘甜、滋味更豐富。

至於牛小腿肉，更是軟嫩得彷彿要在嘴裡化開，我「嗯～」地陶醉不已，卻發現斐迪南的眼神比較像在細細檢查，而不是在品嘗美味的料理。看來他真的很認真在考慮要從這裡挖走尹勒絲。

「斐迪南大人，雖然我的廚師並沒有這麼熱中於提升餐點的美味程度，但這兩年來，他們也靠著自己想出了好幾種新菜色喔。不過，斐迪南大人的廚師在這兩年來都沒有想出過新菜單吧？」

「……經妳這麼一說，確實沒有出現過新的菜色。」斐迪南輕揚起一邊眉毛。「這怎麼了嗎？」我微微聳肩，又吃了一口燉牛小腿。

「我想這得怪斐迪南大人自己喔。」

「妳是什麼意思？」

「在察覺到味道有些不一樣的時候，您應該向廚師發表自己的感想，像是這次的比較好吃；也可以提出要求，希望他某道菜要維持這樣的口味但改用某個食材，廚師聽了也會產生動力去達到您的期望。可是，斐迪南大人只是一味要求每天要做出一樣的口味，卻沒有栽培廚師，所以是您自己的疏忽喔。」

斐迪南因為成天都點自己喜歡的法式清湯，又會仔細檢查當天湯頭的味道有哪裡不一樣，他的廚師才會拚了命地照著食譜，努力做出一模一樣的味道，卻沒有心力讓餐點的口味更上層樓。

「……原來如此。不只青衣神官，廚師也是需要栽培的嗎？」

「我們會納專屬廚師，就是想讓他做出符合自己口味的餐點嘛。尹勒絲就算去了斐迪南大人那裡，到時也未必會像現在這樣，這麼熱中於鑽研餐點的口味喔。」

我說完，一邊吃著燉牛小腿，一邊在心裡頭瘋狂向斐迪南的專屬廚師道歉。

……對不起，真的很對不起。往後神官長可能會開始提出強人所難的要求！與其帶走別人花了時間與金錢栽培至今的廚師，不如栽培自己的廚師吧——我這麼阻止了斐迪南的挖角後，到了上甜點的時間。

這天的甜點是普那萊蛋糕。聽說現在已經和以前不同，海綿蛋糕幾乎不會再燒焦烤失敗了。綿軟又細緻的蛋糕體上塗滿了雪白鮮奶油，用酒稍微醃漬過的普那萊則切作薄片，排列成多瓣的花朵狀。

嗯……真想要有擠鮮奶油用的各種花嘴呢。

儘管擺盤已經用水果裝飾得十分華麗，但對於有著麗乃那時記憶的我來說，看起來還是有些樸素。我覺得可以利用鮮奶油再裝飾得更加豪華。回想起來，我雖然看到過填裝醬料用的圓形花嘴，但不確定這裡有沒有裝飾用的花嘴。

「可以先問問看雨果，要是沒有的話再拜託約翰吧？」

我一口咬下塗滿鮮奶油的蛋糕，內心想法就這麼脫口而出。班諾耳尖地聽到了我的低語，朝我投來警戒目光。

「羅潔梅茵大人，您又想指使約翰做什麼了？現在為了趕在他領商人來訪之前，讓更多水井都能裝上幫浦，約翰已經是分身乏術……」

班諾只差沒說「別再丟給約翰更多工作了」，對我的發言表示抗議。跟裝飾用的花嘴比起來，也確實是幫浦更重要。

「不一定要是約翰，也可以委託給薩克或丹尼諾製作呀。我再把設計圖交給你們。話說回來，金屬鍛造方面的工匠人手完全不足呢。也許該再多納幾名鍛造工匠成為古騰堡的一員。」

店主們倏地抬起頭來，目光投到我身上。見狀，班諾緩緩搖頭。

「我想最好等到染織協會辦完比賽以後，再來討論這件事。羅潔梅茵大人現在想必也十分忙碌吧？」

不要突然失控，快點停下來！班諾的雙眼朝我噴出怒火。經他這麼提醒，我也回想了下自己的行程，點一點頭。現在的確沒有時間再做其他事情。

「目前確實沒有時間慢慢挑選鍛造工匠呢。只好期待古騰堡們能栽培出更多徒弟了。」

就這樣，這天在義大利餐廳的餐會結束了。

「這幾位是製作本日餐點的廚師。」

離開前，廚師們也全部來到玄關大廳站成一排。笑臉上滿是成就感的尹勒絲也在其中。目光與尹勒絲對上後，我對她微微一笑。

「本日的用餐非常愉快，我與斐迪南大人都很滿意喔。今後接待他領商人的工作，相信可以放心交給各位吧。對於妳這兩年來的精進與努力，我也在此給予表揚。」

尹勒絲先是用力閉起眼睛，緊握起顫抖的拳頭，慢慢地吐氣之後，露出了為自己感到驕傲的笑容。

「感謝羅潔梅茵大人的表揚，竭誠期盼您再度光臨。」

葛雷修探訪與星結儀式

在義大利餐廳的餐會順利結束後，為了獎勵芙麗妲與普朗坦商會這兩年來的努力，我各自提供給了他們吉利丁的做法與新文具的構思。

「可以收納大量紙張的文具嗎？這商品太棒了。」

班諾因為在工作上已經開始使用植物紙，聽到我提出的收納用商品非常高興，還說要盡快請人製作。似乎是他自己想第一個使用。

「至於我們渥多摩爾商會，得準備製作吉利丁的工坊才行呢。」

「製作吉利丁時的臭味會非常強烈，所以我建議工坊別設在城市裡，最好設在養有大量豬隻的農村附近喔。」

「感謝您的建言，我們會好好商議。」

一旦吉利丁開始生產，料理的種類也能大幅增加。由於我也買下了尹勒絲改良過的新版食譜，相抵後不需要再付錢給彼此，談話很快就結束了。

「羅潔梅茵，我做完最後確認了！妳可以出發去葛雷修了！」

就在春季的成年禮結束後不久，我收到了韋菲利特寄來的奧多南茲。他的聲音聽起來得意非凡，完全表現出了他在完成重要的工作後有多麼興奮。緊接在他之後，印刷業務的負責人艾薇拉也捎來奧多南茲。她說因為韋菲利特已經做完最後確認，夏季的洗禮儀式結束後，我們就要準備去拜訪葛雷修。

我立刻向普朗坦商會轉達這項安排，再麻煩他們通知古騰堡夥伴。與此同時，我也請奇爾博塔商會幫忙準備灰衣神官們外派時的服裝，也請吉魯通知工坊的人，再向斐迪南告知我的行程。

我還透過奧多南茲與城堡的侍從們商量，正式敲定這次要帶布倫希爾德一同前往，她也能順便回家一趟。另外還敲定了兩名見習文官與兩名護衛騎士。

夏季洗禮儀式的兩天後，就是出發前往葛雷修的日子。與前往哈爾登查爾時一樣，我和古騰堡夥伴們約在神殿的正門玄關前會合。由於古騰堡全員出動，行李相當多，這天的小熊貓巴士是大巴士尺寸。

「嗚哇，這是什麼?!好驚人！」

海蒂雙眼發亮，把放置行李的工作都丟給丈夫約瑟夫，一個箭步衝向小熊貓巴士，最先衝上了車。「笨蛋，妳也來幫忙！」儘管約瑟夫在外邊這麼怒吼，海蒂也充耳不聞，在小熊貓巴士裡到處亂摸，興奮得大聲嚷嚷。

「好軟喔！摸起來也好舒服，鬆鬆綿綿的！這到底是用什麼材質做的呢？」

至於英格，則用感到發毛的眼神看著小熊貓巴士與情緒激動的海蒂。然而，看到不只班諾、達米安、路茲，連薩克與約翰都只是冷靜地檢查行李並放上車，英格用力握拳為自己打氣後，也開始搬起行李。

「羅潔梅茵大人。」

在吉魯帶頭下，帶著工坊工具的灰衣神官們也來到正門玄關。這次因為要在神殿以外的地方工作，又會與普朗坦商會一起面見文官，所以我為他們提供了品質與普朗坦商會學徒制服相當的二手衣。我發現這些從哈塞小神殿回來的灰衣神官們，正彆扭地不時摸摸領口、拉扯衣袖。

「因為他們從沒穿過工作服與灰衣神官服以外的服裝，換上漂亮衣服後，一時間還無法適應。」

但相信很快就會習慣吧——吉魯苦笑說道。吉魯因為已經外派多次，又會頻繁出入普朗坦商會，所以和其他灰衣神官不同，早已習慣穿外面的衣服。

「許久沒與羅潔梅茵大人一同遠行了，感覺真是懷念。」

「上次和吉魯一起出遠門，是去伊庫那吧。」

之前吉魯並未一同前往哈爾登查爾的祈福儀式，所以真的好久沒一起出遠門了。我漸漸有種要去遠足的感覺，心情變得雀躍期待。

等大家都放好行李，安潔莉卡便坐進副駕駛座，古騰堡夥伴們坐在後座。第一次乘坐騎獸的人都一臉緊張渾身僵硬；至於已經習慣的人，則是馬上繫好安全帶放鬆休息。海蒂雖然也是首次乘坐，但她好奇心強，又是在場最激動聒噪的人，無法歸類。

「妳要記住，即便只是簡短的對話，也要盡可能表現出自己支持韋菲利特，還有一定要小心別失控亂來。」

「我知道。我不在的這段期間，我已經吩咐雨果去神官長的廚房工作了，所以這陣子你能享用到新菜色唷。」

然後在斐迪南與法藍他們的目送下，我操控著小熊貓巴士出發。先到城堡與艾薇拉一行人會合後，再由騎士團護送著前往葛雷修。這趟旅程韋菲利特與夏綠蒂必須留在城堡，由幾名下級文官與我們同行。在騎著騎獸飛行的文官中，我發現到了達穆爾的哥哥漢力克的蹤影。

越過艾倫菲斯特城市西邊的河川，操控騎獸奔馳一段時間後，就能抵達葛雷修。這裡原本是直轄地，但在亞倫斯伯罕的女性領主候補生嫁過來後，便被賜給了不再是下任領主的那名領主候補生，他的身分也降為基貝。

假使當初亞倫斯伯罕的女性領主候補生沒有嫁過來，那名男性領主候補生也順利當上了領主，布倫希爾德現在可能就是領主候補生了。換句話說，葛雷修也是薇羅妮卡與前任神殿長的老家。基貝．葛雷修正是那位娶了萊瑟岡古的女性貴族，拒絕領回前任神殿長遺物的伯爵。

「羅潔梅茵大人，歡迎您大駕光臨。布倫希爾德，很高興看到妳氣色不錯。」

基貝．葛雷修特意出來迎接我們。結束了冗長的貴族問候後，趁著艾薇拉在與基貝交談的時候，布倫希爾德溜出隊伍去為我準備房間。她似乎是想表現出自己身為侍從，很克盡己職地在完成工作的模樣，好讓家人放心。

看著布倫希爾德離開，我才向葛雷修這裡負責印刷業務的文官介紹古騰堡一行人。就和之前長期派駐在伊庫那與哈爾登查爾時一樣，古騰堡夥伴們在葛雷修，同樣是住進祈福儀式與收穫祭時神官們所用的別館。

大概介紹完後，除了班諾與達米安，其他人都開始把裝有生活用品的行李搬進別館、整理房間。

「請問從工坊帶來的工具該如何處置？先搬下來比較好嗎？」

「我想在今天之內就把工具搬到工坊去。不然如果先拿下來，明天又要搬到騎獸裡頭再運過去，太浪費時間了。請人帶我們去趟工坊吧。」

「咦？羅潔梅茵大人要去平民區嗎？」

班諾、達米安與包括我在內的文官們，開始討論起接下來的行程，然而下級文官只是一味吃驚反問，導致討論遲遲沒有進展。

「那當然呀。不管在哈爾登查爾還是在伊庫那，我都去察看過印刷工坊的情形，韋菲利特哥哥大人先前來葛雷修時，應該也前往確認過了，不值得這麼大驚小怪吧？」

「話雖如此……但我們身為下級貴族，本就很常接到要與平民聯繫的工作，沒想到上級貴族與領主候補生也會與平民對話。」

「因為察看現場是很重要的工作啊。當然，你們也得一起去。」

我命令文官們也要同行。身為我近侍的菲里妮與哈特姆特立即遵從，所以下級文官們也俯首聽命。

「古騰堡成員們從明天開始就會投入工作吧？那麼與普朗坦商會的簽約事宜，預計會花多久時間呢？」

「……我想這點小事不勞羅潔梅茵大人費心。」

「普朗坦商會若沒有簽完契約，我也無法返回艾倫菲斯特。因為我不能把我重要的古騰堡們，留在一個沒有任何保障的地方。」

這個地方原是直轄地，後來才來了領主候補生與他領的女性領主候補生。伊庫那和哈爾登查爾若給人與平民共生共榮的感覺，那麼葛雷修給我的印象就是第二個貴族區。城堡內部與外頭的平民區似乎是徹底隔絕開來的。在這裡，也許無法像在伊庫那還有在哈爾登查爾那樣，合作起來那麼順利。有這種感覺的我面帶笑容向眾人施壓，暗示古騰堡們是我這個領主養女的人，要好好對待他們。

「但是，我認為羅潔梅茵大人沒有必要親自出面……」

對於我要前往平民也在的地方，布倫希爾德面露難色。但都要開始發展印刷業了，葛雷修的貴族怎麼能毫不關心。

「在場文官也有不少人是首次參與，還不習慣業務內容，所以上位者必須確實在旁監督。既然這是往後要在葛雷修開始發展的新事業，布倫希爾德也會一同前往，自己親眼確認吧？」

「……請讓我與您同行。」

於是不只基貝．葛雷修與布倫希爾德，貴族區長大的下級文官們也一臉吃驚，看著我操控小熊貓巴士載著工具，與古騰堡們一同前往設置在平民生活區域裡的印刷工坊。小熊貓巴士似乎把葛雷修的居民嚇壞了，擔任工坊長的中年男子張合著嘴巴出來迎接。

「這幾位是今後將指導你們的古騰堡成員。我將他們借給葛雷修的時間只到收穫祭為止。請各位趁著這段期間努力學習技術，經營印刷工坊。」

古騰堡成員與工匠們的介紹結束之後，雙方開始將印刷機的零件搬進工坊。搬完印刷工坊需要的物品，接著前往製紙工坊。來到立於小河邊的製紙工坊，同樣卸下幾樣工具後，我也向眾人介紹吉魯等一行灰衣神官。

隔天起，在我的監督之下，普朗坦商會開始處理簽約事宜。在他們談妥條件之前，這幾天我一有時間便帶著自己的近侍，還有漢力克與其他下級文官去參觀工坊，示範該如何與平民接觸。

起先布倫希爾德十分抗拒要進入平民區，但聽到我說：「印刷業將成為接下來的新流行喔。」她便咬緊了唇，隨我前往。

「……布倫希爾德對新流行的熱忱真的不是嘴上說說而已呢。我太佩服了。」

「羅潔梅茵大人，您在試探我嗎？」

她那雙蜜糖色眼眸微慍瞇起，但我筆直注視著她大力點頭。

「是啊。因為我想確認，究竟可以把事情託付給妳到什麼程度。看來只要是與流行有關的事，都可以交給布倫希爾德呢。我總算放心了。」

得到我的認同，布倫希爾德露出了五味雜陳的笑容，像是既高興又不知所措。因為她其實是個性不願認輸才跟著去工坊，卻得到了我的稱讚。

由於我的行事作風與至今的上級貴族截然不同，漢力克等人無不瞠目結舌。達穆爾看著這一幕，對他們投以同情的微笑。

「哥哥大人，我跟您說過了吧？羅潔梅茵大人的想法非常新穎，縱使自認為已經習慣了，還是會突然無法跟上。」

「我現在非常明白了……不過，要改變固有想法真是不容易。」

雖然漢力克夾雜著苦笑這麼說，但我當初就是以比較習慣與平民接觸為條件，請人挑選了年輕文官。這陣子去了幾趟工坊以後，眼看我會在葛雷修的工匠與古騰堡成員之間擔任溝通橋梁，菲里妮會向工匠發問，哈特姆特也會傾聽古騰堡的意見後，現在的漢力克也同樣能與平民對話了。

……漢力克似乎與達穆爾一樣，都是能夠變通的人。真不愧是兄弟。

「當初要挑選文官參與印刷業務時，我提出的條件就是要能傾聽平民的意見。漢力克在與平民交談的時候，完全不會高高在上地擺架子，在印刷業與製紙業的發展上想必能夠幫上大忙，真是教人高興呢。」

我這麼讚許後，其他文官也馬上開始仿效。照這樣栽培下去，應該可以順利培育出一些願意傾聽平民意見的文官吧。

這段日子，我只有用餐時才會與基貝．葛雷修碰到面。到了最後一天，他對我這麼說：「原來如此。如今我可以明白，為何布倫希爾德與艾薇拉都說您的想法從根本上就和我們不同。」這句話的意思是我很不像貴族吧。但這趟旅程的結果我十分滿意，並不認為有什麼問題。

我只帶著班諾，留下其他古騰堡成員，便啟程返回艾倫菲斯特。

後來，我陸續接到領內各地已經建好製紙工坊的通知，自己也利用奧多南茲與伊庫那聯繫，接連把普朗坦商會的人與灰衣神官們送往各地，時間一天天地流逝著。

「明天終於是雨果與艾拉也要參加的星結儀式了呢。」

「貴族區那裡也有儀式，所以必須審慎做好所有安排。」

法藍輕嘆口氣。由於兩名專屬廚師要結婚了，明天將只有妮可拉一個人負責煮飯。雖然屆時莫妮卡也會去廚房幫忙，但還是需要有女性侍從來照顧我，所以法藍正在煩惱這件事情。

「請放心。我已經預先備好了明天的材料，妮可拉就算一個人也應付得來。」

被法藍叫來的雨果說道，臉上帶著高興得不得了的燦爛笑容。雖說他已經幫忙準備好了食材，但妮可拉到時候還是會忙不過來吧。因為她得算好儀式在什麼時候結束，然後為我準備午餐。

「妮可拉雖然會很辛苦，但她也誠心祝福你們兩人，笑得很開心呢。她還說，明天會為了你們好好加油。雨果，你明天要保護好艾拉，別讓她被塔烏果實丟中喔。」

平民區的星祭有個習俗，就是新郎新娘舉辦完儀式從神殿出來時，居民會朝他們丟塔烏果實。新郎必須保護新娘，不讓她被果實砸中，然後一路跑向新家。單身男女會和從前的雨果一樣，在嫉妒的驅使下卯足全力丟果實，要成功避開可不容易。

「包在我身上。一群結不了婚的男人，我才不把他們的怒火放在眼裡。」

終於輪到我當主角了！雨果咧嘴笑道。看他這麼鬥志熊熊，我也就放心了。要結婚的艾拉因為有不少準備工作，今天請假，明天就能在禮拜堂看見她的新娘裝扮了。

而達穆爾身為結不了婚的男人，我知道他正恨恨地瞪著雨果，但我假裝沒發現。我之前已經拜託過艾薇拉了，所以無法再為達穆爾幫任何忙。

到了星結儀式當天，我一早就開始準備。

「羅潔梅茵大人，那我去孤兒院了。」

「弗利茲，孩子們就拜託你了。」

現在因為吉魯人在葛雷修，弗利茲主動攬下了帶孤兒院的孩子們去森林、撿塔烏果實的工作。之前吉魯外派去伊庫那與哈爾登查爾時，也都是由弗利茲帶孩子們去森林，所以他已經習慣了。

「羅潔梅茵大人，請往禮拜堂移步。」

法藍喚道，於是我小心著別踩到長長的下襬，往禮拜堂移動。半路上，達穆爾忽然小聲問我：

「羅潔梅茵大人，今晚艾薇拉大人會為我介紹哪位女士嗎？」

「這要問母親大人才知道呢。」

「……還請您事先問清楚。」

艾薇拉最近也非常忙碌，除了原本的家務，還要努力擴張派系、處理印刷業務，還得做好準備迎接蘭普雷特的新娘。我只能祈禱她沒把達穆爾這件事給忘了。

「神殿長入殿。」

聽見斐迪南話聲的同時，灰衣神官們打開門扉，與達穆爾的對話也就此中斷。我抱著法藍遞來的聖典，走進禮拜堂。

禮拜堂內迴盪著清脆鈴音，我筆直前進，經過新郎新娘與青衣神官們面前，走到臺上。斐迪南以他清晰嘹亮的嗓音朗誦起神話。內容是最高神祇黑暗之神與光之女神結為連理後，儘管歷經各種波折，但兩人仍是合力度過了難關，這也是星結儀式的由來。

我一邊聽著斐迪南的朗讀聲，一邊從臺上環顧在禮拜堂內排排站開的新郎新娘。由於大家各自穿著代表出生季節的貴色，所以星結儀式時禮拜堂內的色彩最是繽紛，讓人看著就感到歡樂愉快。

艾拉與雨果站在最前面。

艾拉穿著代表春季貴色的碧綠色正裝，昂首看著臺上。在她接近紅色的褐髮上，晃動著我與多莉挑選的髮飾。與周遭的新娘相比，她的裝扮並沒有豪華到特別醒目，但也清秀淡雅，讓人忍不住想多看一眼。平常都只能看到她穿著工作服的模樣，如今盛裝打扮以後，艾拉看起來也非常可愛。而且可能是因為天天出入神殿，被妮可拉的言行舉止影響了，她的儀態比四周的新娘還要端正，很有小家碧玉氣質。

……艾拉看樣子是不用擔心，那雨果呢？

艾拉在與我四目相接的時候揚起開心微笑，然而穿著深綠色正裝的雨果，臉部表情卻緊張得非常僵硬。昨天那般高興又得意的樣子，早已經消失無蹤。我擔心地偷偷觀察起雨果後，卻發現艾拉也不時仰頭看他，還會故意小聲取笑他。那幕光景讓人不覺莞爾，所以我馬上停止為雨果擔心。

……都有這麼可愛的新娘為他擔心了，我根本不必擔心嘛。希望你們永浴愛河！

我這樣心想著，唸出祈禱文給予祝福。

「司掌浩浩青空的最高神祇，暗與光的夫婦神啊，請聆聽吾的祈求，為新夫婦的誕生賜予祢的祝福。彼等的赤誠真心奉獻予祢，謹獻上祈禱與感謝，懇請賜予祢神聖的守護。」

向最高神祇的夫婦神祈求祝福後，黑金兩色的光芒便從戒指飛出，灑落在新郎新娘身上。第一次親眼見到我給予的祝福，雨果與艾拉都張大眼睛。

「得到了最高神祇的祝福，諸位人生的新旅程將是一片光明吧。」

斐迪南說完，灰衣神官「嘰嘰」地打開神殿大門。夏日的耀眼陽光瞬間灑入，照在雪白牆面上，禮拜堂內忽然變得無比明亮。與此同時，消音用的魔導具也停止作用，新郎新娘都發出了興奮的叫喊。

「太好了，是真正的祝福！」

「今年順利得到神殿長的祝福了。接下來就只剩躲開塔烏果實了。」

「我覺得自己一定能成功！」

面對即將開始的盛大祭典，新郎們無不激動振奮，走出神殿。雨果也意氣風發地揚起頭，但在離開前先回過頭來。一直在身旁看著他的艾拉，也同樣轉身往我看來。

「神殿長，感謝您這麼美好的祝福！」

雨果的大嗓門在禮拜堂裡響亮迴盪。正準備要走出去的新郎新娘們也因此停下腳步，紛紛為祝福向我表達謝意。我在這裡已經給予過好幾次祝福了，大家頂多是大感讚歎

地說著「好厲害喔」，但有人像這樣當面向我道謝還是頭一次。我忍不住露出微笑。

「祝各位能夠幸福長久。」

我這麼回覆雨果兩人與其他新郎新娘後，他們高興得發出歡呼，場面更是熱鬧沸騰。

「艾拉，走吧。我今天一定會好好保護妳。」

「不只今天，是永遠都會保護我吧？」

「對，沒錯。」雨果一邊應道，一邊抱起艾拉，接著衝出神殿。希望他能維持這股氣勢，一路衝回新家。

蘭普雷特哥哥大人的婚事

在貴族區舉辦的星結儀式也很快結束，沒有特別值得一提的事情。

真要說的話，就是艾克哈特今年因為有了安潔莉卡這個未婚妻，不用再出席未婚男女集結的宴會，與安潔莉卡兩人都一臉愉快地執行著護衛工作；還有就是達穆爾今年依然未能找到可愛的戀人。都是一些小事而已。

在貴族區舉行完星結儀式的隔天，我收到了蘭普雷特的會面邀請函，信上寫著關於他即將迎娶的妻子，有話想跟我說。帶來邀請函的黎希達輕嘆一聲。

「大小姐近來想必也十分忙碌，但若有機會能說說話，還是見面談談比較好呢……現在光是因為有亞倫斯伯罕的女性貴族要嫁過來，所有人都緊張兮兮的。我希望別再重蹈嘉柏耶麗大人那時的覆轍了。」

原來以前從亞倫斯伯罕嫁過來，攪得艾倫菲斯特天翻地覆的那位女性領主候補生名字叫作嘉柏耶麗。據說黎希達那時正在同樣是上級貴族的親戚身邊當見習侍從，一邊接受指導，是當時的領主夫人拜託她，請她去嘉柏耶麗身邊擔任侍從。

「嘉柏耶麗大人是位可憐的人。她因為是大領地的領主候補生，所以成了第一夫人受到敬重，然而丈夫卻仍深愛著不得不成為第二夫人的妻子，對她僅是盡到丈夫的義務而已。」

當初是嘉柏耶麗說服自己的父親，說自己既是大領地的領主候補生，想必會備受呵護，於是強行嫁來到艾倫菲斯特，偏偏她鍾情的丈夫並不歡迎她。

嘉柏耶麗一面在艾倫菲斯特帶起了以前未曾有過的新流行，藉此引來矚目，一面也試圖讓自己從亞倫斯伯罕帶來的近侍與艾倫菲斯特的貴族成親，成立自己的派系。但是，要為近侍找到結婚對象卻也不容易。因為艾倫菲斯特的上級貴族之間，彼此多少都有血緣關係。也就是所有人都與萊瑟岡古有關。黎希達儘管血緣關係比較淡薄，但是連她也不例外。

於是乎，嘉柏耶麗積極籠絡魔力偏高、又對萊瑟岡古抱有反感的中級貴族，逐步培養自己的勢力。後來女兒薇羅妮卡也直接接管了母親成立的派系，又成了領主夫人，所以舊薇羅妮卡派的成員便以中級貴族居多。

「當年舊薇羅妮卡派的權勢之大，甚至一度力壓萊瑟岡古等上級貴族，他們為了再度取回權勢，想必會去接近蘭普雷特大人的妻子吧。他的新婚妻子若知道意圖拉攏自己的勢力，是一群有著亞倫斯伯罕血緣的人，也說不定會因此感到親近。」

「畢竟遠離了故鄉以後，會想念家鄉也是人之常情嘛。」

光是艾倫菲斯特領內，每塊土地的特色與氣候都不一樣。如果還從他領嫁過來，肯定會在日常的習慣與飲食中感受到差異，因而心生思鄉之情。

「所以，請大小姐要與蘭普雷特大人，也與家人好好談談。能否順利地將她拉攏進芙蘿洛翠亞派，對艾倫菲斯特來說也是一件非常重要的事。」

我的未婚夫是韋菲利特，擔任他近侍的蘭普雷特又是我的哥哥，所以這位新娘子的一舉一動也會為我帶來不小的影響。

「總之我先問問蘭普雷特哥哥大人，他的新娘子是位怎麼樣的人。我想母親大人應該也有許多想法……」

我回信給蘭普雷特，表示「我也想聽聽母親大人的想法」，最終決定為此召開家庭會議。由於要到卡斯泰德家集合，這還是我成為養女以後首次回老家。

這次又因為回老家是為了出席家庭會議，所以侍從與文官皆不同行。再加上艾克哈特與蘭普雷特也會一起回去，我本來還心想護衛騎士有柯尼留斯一個人就夠了，不知為何卻看見安潔莉卡也做好了同行的準備。

「我因為是艾克哈特大人的未婚妻，聽說也可以參加家庭會議。艾克哈特大人也吩咐過了，要我擔任羅潔梅茵大人的護衛。」

「因為最好還是有女性騎士與妳同行，安潔莉卡也是最適合的人選。」

艾克哈特說完，安潔莉卡用手輕輕托腮，露出楚楚動人的含蓄微笑。

「羅潔梅茵大人一家人討論事情的時候，我絕對不會插嘴。只要指示我該怎麼做，我一定遵從。」

「……真不敢相信安潔莉卡是祖父大人的弟子。她個性這麼乖巧溫順，竟然承受得了他嚴苛的訓練。」

蘭普雷特與安潔莉卡的接觸時間最短，似乎完全被她的外表騙了，但其實安潔莉卡只是不想思考任何有關派系的事情，意思是「請告訴我結果就好」才對。知道安潔莉卡真面目的艾克哈特與柯尼留斯，只是對看一眼後聳了聳肩。

「那出發吧。」

我坐進騎獸，跟上在前方帶路的蘭普雷特。雖然我現在很習慣回神殿了，但成為養女、住進城堡以後，一次也沒回過老家，所以其實我不曉得卡斯泰德家在哪裡。

……之前也只坐馬車去過卡斯泰德家，操控著騎獸在空中飛時，在底下星羅棋布的白色建築物又都長得一模一樣，根本分辨不出誰家在哪裡嘛。

即使到了卡斯泰德的宅邸，也因為之前只在洗禮儀式前待過短暫時光，並沒有什麼懷念的感覺。但是，看到出來迎接的艾薇拉，與當時照顧過我的侍從們都面帶笑容，為我的歸來感到高興，很奇妙地我竟然又感到有些懷念。

「羅潔梅茵大人，歡迎您的歸來。」

「我回來了。」

由於餐後要屏退其他人、舉行家庭會議，所以我預先梳洗完畢。這樣一來參與討論時，我就能夠待到想睡為止。回房以後，馬上可以上床睡覺。沐浴時侍從們還告訴我：「主廚今天可是拿出了所有看家本領。」所以到了餐廳後，便開始享用我一直滿心期待的晚餐。

看來不只尹勒絲，卡斯泰德家的主廚也根據雨果傳授的食譜，發揮了創意進行改良。餐桌上出現了少見的食材組合，也出現了我從未品嘗過的新款沙拉醬。

「真是美味呢，處處皆能看出廚師努力的痕跡。」

「我會轉告主廚。因為他可是費盡了心思，設法做出新菜色呢。」

「羅潔梅茵，妳那裡還有新食譜嗎？」

卡斯泰德用充滿期待的眼神看來，我燦笑回道：「還請參考接下來要販售的食譜集。」新的食譜集是妮可拉花費心力、努力整理出來的，希望卡斯泰德也能為營業額貢獻一份心力。我這麼回答後，卡斯泰德抖著肩膀笑出了聲，答應我會購買新的食譜集。

「羅潔梅茵，妳還是這麼會做生意。」

吃完了和樂融融的美味晚餐，我們屏退其他人，開始家庭會議。我忽然發現，不管是餐桌邊，還是此刻的家庭會議，都不見卡斯泰德的第二夫人與異母弟弟尼可拉斯的身影。就算平常是在別館生活，但今天要談論的事情很重要吧。我環顧眾人，歪過頭問：

「朵黛麗緹與尼可拉斯不會出席嗎？」

「因為她隸屬舊薇羅妮卡派，不能參與今日的討論。」

據說朵黛麗緹是在薇羅妮卡的半強迫下，卡斯泰德不得不迎娶進門的第二夫人。怪不得在我成為領主的養女以後，還是和她沒什麼交流，尼可拉斯受洗完後，柯尼留斯還提醒我在應對上要多加小心。

……即便是一家人，還是脫離不了派系的影響嗎？貴族還真是麻煩。

「好了，蘭普雷特，那快點告訴我們吧。即將嫁來我們家的那位女性究竟是什麼樣子的人呢？當然我也掌握到了大概的資訊，但我還是想聽你親口說。」

艾薇拉雍容爾雅地面帶微笑，蘭普雷特先是端正坐好，然後開始講述。

他即將進門的妻子名為奧蕾麗亞，是奧伯・亞倫斯伯罕弟弟的女兒。而且她是第三夫人的孩子，所以雖是侄女，卻少有機會直接見到奧伯，在擁有同一個父親的孩子中，所受待遇也不算好。反倒妹妹因為是老么，個性活潑討喜、腦筋又機靈，所以備受疼愛。而奧蕾麗亞的母親，也就是第三夫人，因為是法雷培爾塔克出身的上級貴族，政變過後更是過得如履薄冰。

「那你們究竟是如何相識，又是因為什麼事情而情投意合的呢？」

艾薇拉提筆問道，表情分外認真，眼前擺著一疊植物紙。是我的錯覺嗎？我怎麼覺得艾薇拉只是在為下一本戀愛小說尋找題材？

艾薇拉問得鉅細靡遺，從他們是如何萌生情愫，再到因為情勢的變化，兩人不得不分開時蘭普雷特的心境為止，然後她才心滿意足地點點頭。

「果然很多細節只有當事人才曉得呢，部分內容也與我蒐集到的情報有些出入。」

「我不曉得母親大人究竟蒐集到了哪些情報，但奧蕾麗亞因為眼尾上揚，第一眼給人很兇又冷冰冰的印象，所以經常被誤會，但她其實是個好女孩。」

奧蕾麗亞似乎經常因為外表而被人誤會個性不好，蘭普雷特急忙為她補充說明，也請求艾薇拉多給予她支持，讓奧蕾麗亞能加入芙蘿洛翠亞派。

「畢竟她今後將成為我們家的一員，無論有何背景，我都會歡迎她，也會邀請她參加茶會。但是，下一步要怎麼走，就看奧蕾麗亞大人自己的決定了。」

舊薇羅妮卡派勢必會接近奧蕾麗亞，屆時她要怎麼應付這些籠絡？來到艾倫菲斯特以後，決定保持怎樣的立場？蘭普雷特必須先審慎過濾情報，只把可以提供的資訊與她分享，然後引導她進入芙蘿洛翠亞派。

「蘭普雷特，你將成為奧蕾麗亞大人的丈夫。為她打點好身邊一切，讓她能夠過得舒適自在，是你的責任，不是我的喔。」

「母親大人?!」

「雖說情勢有所改變，但她仍是你所挑選、渴望結為連理的女孩吧？既然如此，你應該要表現出無論如何都會保護妻子的氣魄。若連自己的妻子也保護不了，如何能勝任騎士的工作呢？」

我看著一時語塞的蘭普雷特，眼角餘光中瞥見卡斯泰德在聽見最後一句話時，悄悄別開了視線。因為卡斯泰德似乎是在收我為女兒後，才曉得先前第二夫人與第三夫人的鬥爭其實對艾薇拉造成了不小的負擔。

「我們必須盡快將艾倫菲斯特領內的情勢告訴奧蕾麗亞大人。包括嘉柏耶麗大人與薇羅妮卡大人做過什麼、與萊瑟岡古之間的恩怨，以及好不容易開始整合的派系又因為這樁婚事再度開始分裂，還有羅潔梅茵遭遇過的事情。雖然對奧蕾麗亞大人來說，這些都已經是過去的事了，她也無能為力，卻是她為未來做決定的依據。」

縱使奧蕾麗亞自己並沒有做錯任何事情，但大家對於亞倫斯伯罕抱有的情感實在太複雜了。

「究竟該告訴她哪些事情、哪些資訊該隱瞞？要讓她靠近誰、不靠近誰，你又要如何保護從他領嫁來的妻子……蘭普雷特，也讓我見識見識你的能耐吧。」

艾薇拉定睛凝視蘭普雷特，漆黑雙眸閃著凌厲光芒。明明不是在對他們說，但柯尼留斯與安潔莉卡也都倒吸口氣。

「倘若奧蕾麗亞大人有能力整合舊薇羅妮卡派，甚至帶著他們加入我們的派系，那我當然是高舉雙手歡迎唷。」

……居然接到了這種不可能的任務，奧蕾麗亞大人！

奧蕾麗亞恐怕也想不到自己會有這樣的婆婆吧。因為蘭普雷特與艾薇拉雖說相像，其實也不太像。

「還有，我為你們兩人在別館布置了新房。為了掌握屆時有哪些貴族進出，還是讓你們和我們住在一起比較好。房間雖然小了點，但請將就一下吧。」

「母親大人，那家具呢？」

「我正命人把目前閒置的家具搬過去。相信奧蕾麗亞大人也有自己的喜好，最好還是你們日後自己購置吧。」

可能因為在場都是自家人，艾薇拉的態度有些敷衍了事。明明她平常做事總是一絲不苟，真難得會這樣。

……是不是累了呢？

「蘭普雷特哥哥大人，您自己有沒有在為婚事做準備呢？不應該全部交給母親大人，您也該自己挑選和準備吧。」

「話雖如此，但同樣是女性，應該會比較清楚該怎麼準備吧？」

「怎麼可能呢。最了解奧蕾麗亞大人喜好的，應該是蘭普雷特哥哥大人吧。母親大人從未見過她，怎麼會知道她喜歡什麼顏色呢……該不會哥哥大人自己也不知道吧？」

我試著從奧蕾麗亞的隨身物品推敲出她的喜好，於是提出了幾個問題，蘭普雷特也幾乎都能肯定地給我答覆，代表他確實很用心在觀察她。儘管眼下的情勢十分複雜，但能與喜歡的人結婚，我還是希望兩人能過得幸福。

「蘭普雷特，奧蕾麗亞大人喜歡怎樣的寶石飾品呢？你先前準備了怎樣的魔石？如果她有特別喜歡的圖案，也能在挑選家具時作為參考。」

艾薇拉也做起筆記，接連發問。她看來相當樂在其中，大概又當成了在蒐集題材吧。不管多麼疲憊，也不忘享受愛好所帶來的樂趣，老實說艾薇拉真教我佩服。

艾薇拉滿足地輕笑一聲後，放下筆說：「希望這位奧蕾麗亞大人真的如同蘭普雷特所說呢。」然後，她轉頭朝我看來。

「羅潔梅茵，在奧蕾麗亞大人明確立場之前，妳絕對不能與她接觸。因為在艾倫菲斯特，許多該保密的事情都與妳有關，而妳行事總是不夠小心謹慎。」

這句話我完全無法反駁，只能乖乖點頭，並且保證在得到監護人們的許可之前，絕不與她接觸。

「柯尼留斯、安潔莉卡，你們兩人身為羅潔梅茵的護衛騎士，也要在旁好好監督。」

「請交給我吧，艾薇拉大人。在得到許可前，我不會讓兩人有半點接觸。」得到了自己能力範圍內的工作，安潔莉卡神色凜然地立即接下。「那就麻煩你們了。」艾薇拉點點頭，再看向靜靜坐著的艾克哈特與安潔莉卡，偏過臉龐問：

「對了，那艾克哈特與安潔莉卡預計何時成親呢？你們雖然不像蘭普雷特這麼著急，可以訂在明年舉辦，但新房的布置還是應該及早準備。如果訂婚以後，拖了許久才成婚，安潔莉卡也會感到不安吧？」

艾克哈特已有自己的宅邸，第一夫人亡故前與他一起住在那裡。如果要讓安潔莉卡住進去，也必須重新整頓、購買新的生活用品。聞言，艾克哈特微微皺起臉龐，安潔莉卡則是笑著搖頭。

「……關於要何時成婚，我全由艾克哈特大人決定，況且我現在還需要多加磨練，想先得到師父的認可，聽到他說我變強了，所以我真的一點也不著急。就算要等到羅潔梅茵大人成年以後再成婚也沒關係。」

安潔莉卡挺胸說完，艾克哈特苦笑道：「那也未免太晚了。」艾薇拉則是扶額。

「若讓妳等到羅潔梅茵成年，只怕妳的父母會顏面掃地。竟有女性比艾克哈特更不渴望結婚，我真是不敢相信。」

……母親大人，不能期待安潔莉卡會有戀愛的少女心喔。

為了不讓安潔莉卡拖過適婚年齡，又被人指指點點，最終得出了要在她二十歲前成婚的結論，這天的家庭會議也宣告結束。

「好了，羅潔梅茵趕快去歇息吧。」

今天的討論就到此為止——艾薇拉說道，側臉透露出濃濃的疲倦。

「……母親大人，您最近不只要以文官身分處理印刷業務，還要整合派系、籌備婚禮，一定忙得不可開交吧？雖然也許幫不了多少忙，但我想為您施予簡單的治癒，可以嗎？」

「但我沒有受任何傷呀。」

「只是我的一點心意而已，願治癒女神洛古蘇梅爾的祝福與母親大人同在。」

我向戒指獻上祈禱，綠色柔光旋即飛出。希望可以稍微減緩艾薇拉的疲憊。也許是感受到了我的心意，艾薇拉露出溫柔微笑。

「羅潔梅茵，謝謝妳，我感覺輕鬆多了呢。明天久違地在家裡舉辦茶會吧，現在主廚也能製作好幾款點心了。」

「好的，真是教人期待。」

走回房間的半路上，柯尼留斯活動起肩膀關節。

「累死我了。雖然我早就聽說與他領貴族結婚會有很多麻煩，卻沒想到這麼誇張。」

「是啊。我也知道貴族之間不是單憑喜歡，就能與對方結為連理，但這次的情況連我也感到驚訝呢。柯尼留斯哥哥大人會這麼嫌麻煩，難道意中人也是他領的貴族嗎？」

「不，並不是……」

柯尼留斯沒有多想，一派理所當然地否認，但倏地摀住嘴巴低頭看我，臉上寫著「糟了」。雖然他馬上裝作若無其事，但一瞬間的慌亂已經被我看得一清二楚。

我「唔呵呵」地笑起來，仰頭看向柯尼留斯。

「那麼柯尼留斯哥哥大人想要護送的意中人，是艾倫菲斯特的貴族吧？您已經向對方提出請求了嗎？若不趕快開口，說不定會有其他男士搶先邀請這個好女孩，到時候就來不及了唷？」

「……唉，簡直像是有兩個母親大人。羅潔梅茵，妳房間到了。這麼晚妳也該睡了。妳累了吧？我想一定累了。願席朗托羅莫的祝福賜妳一夜安眠，晚安。」

柯尼留斯沒有回答我半個問題，急急忙忙把我推進房間。

隔天的茶會，話題依然是在蘭普雷特的婚禮上打轉。由於要在領地邊界舉行婚禮，聽說我們當天會在萊瑟岡古伯爵的夏之館吃完午餐，再前往境界門。

「當天晚上也是在萊瑟岡古伯爵的宅邸留宿嗎？」

「嗯，應該會吧。雖然還沒有完全確定，但因為那一帶多是舊薇羅妮卡派的貴族，在薇羅妮卡大人受到懲處以後，很少有地方還願意迎接領主一族。」

我記得從前去舉行祈福儀式時，也曾在萊瑟岡古伯爵那裡遭到襲擊。當時是住在提供給神官留宿的別館，再加上我睡著了，所以詳細情況並不清楚，但希望這次不會再發生同樣的事情。

「妳不用擔心有人偷襲，因為這次我們會帶著騎士團前往，放心吧。」

艾薇拉咯咯笑道。後來我們又一起討論了婚禮當天的晚宴，與歡迎奧蕾麗亞的亮相儀式要怎麼準備。說到結婚，我忽然想起一件事。

「對了，就連母親大人也無法為達穆爾找到對象嗎？」

「……剛好目前的時機特別不巧，若不等到情勢再穩定一些，恐怕非常困難。」

艾薇拉為難地嘆了口氣，表示要為達穆爾找到對象實在不是一件易事。首先，因為魔力量無法匹配，她很難從同個階級的下級貴族中尋找對象。再者，就如同當年的布麗姬娣也曾為此面露難色，除非有超乎常人的覺悟，否則女性一般不可能自降身分，嫁給既不是繼承人也沒有房子的下級騎士。

此外，一旦讓擔任領主養女近侍的人成為女婿，那一家人從此就無法再更換派系。通常中級貴族都想往權勢較大的一方靠攏，所以若無法任意更換派系，會令他們十分困擾。尤其現在又宣布了將有亞倫斯伯罕的女性貴族要嫁過來，中級和下級貴族都屏氣凝神，觀望著派系的動靜。

不僅如此，達穆爾雖是我的近侍，但當初也是因為受罰才被貶到神殿去，所以沒人曉得他這個下級護衛騎士會不會突然被解任。雖然我自認為很需要他，但看在旁人眼裡，都不覺得他能穩踞這個位置。正如波尼法狄斯說過的，大多數人都覺得他不久後就會被替換掉，而這個隱憂也讓貴族們很難將他列入考慮。

回到神殿以後，我向達穆爾轉述了艾薇拉這番話。

「……所以就是這樣，母親大人說了，達穆爾短期之內恐怕很難結婚。」

「也就是說，我從此不可能結婚了吧？」

達穆爾頹喪地垮下腦袋。那副模樣實在太過可憐，我不忍心附和，便想了一下。

「其實也不是完全沒有可能喔。只不過，你可能得先等到領內的情勢穩定下來，母親大人與養母大人的派系也完全掌握了艾倫菲斯特；再不然就是只能等到學會了魔力壓縮法的下級貴族長大，而魔力量也與你相當。」

「這就相當於不可能嘛。」達穆爾垂頭喪氣，但這件事我也無能為力。我在貴族間幾乎沒有人脈，所以這方面我幫不了他。

眼角餘光中只見達穆爾意志消沉，我們則為了即將到來的星結儀式開始進行準備，挑選屆時要一同前往的灰衣神官。婚禮將在境界門舉行，而且那裡沒有禮拜堂。準備期間，斐迪南也教了我如何用魔石做出鎧甲，以及怎麼為灰衣神官們加強防護。他還教了我幾個咒語，包括如何用光帶把人綑起來、如何變成網子一口氣網住複數的敵人，還有如何變出簡易版女神盾，以防遭遇突襲。正所謂有備無患。

在城堡與神殿間往來的貴族近侍們也告訴我，城堡那裡正在討論騎士團的護衛配置、留宿地點的安排，還有宴會的準備工作等等，並把工作分配給眾人。

我還收到吉魯拿來的信，聽說城裡開始出現他領商人了。我於是前往孤兒院與工坊視察，感受到了從平民區傳來的熱鬧氣氛。

夏季尾聲，平民區洋溢著與過往截然不同的活力，我們也朝著領地邊界動身出發。

境界線上的婚禮

這天的小熊貓巴士尺寸相當大。因為要載神殿長室的侍從法藍、莫妮卡與妮可拉，還有神官長室的兩名侍從，以及專屬廚師雨果與城堡的四名廚師。除此之外，還有用於星結儀式的神具與供品、我與斐迪南的儀式服、侍從們的食物與更換衣物等等，行李龐雜眾多。

而這次要同行的貴族近侍，侍從我帶了奧黛麗與布倫希爾德，文官帶了哈特姆特，護衛騎士帶了安潔莉卡與萊歐諾蕾。因為會在萊瑟岡古的夏之館留宿，我優先選擇了萊瑟岡古那邊的貴族一同前往。這次安潔莉卡一樣是以艾克哈特未婚妻的身分出席。其餘近侍則留在城堡。

這天柯尼留斯不再是我的護衛騎士，而是新郎的弟弟。同樣地，卡斯泰德今天也不是騎士團長，而是新郎的父親。所以我聽說齊爾維斯特的護衛騎士是以副團長為中心安排人手。

由於領主一族也被要求參加在境界門舉行的儀式，同行者也包括領主夫婦、韋菲利特與夏綠蒂。波尼法狄斯雖是領主一族，本來也該同行，但因為他已公開發表引退聲明，便請他留在城堡負責守衛。畢竟有這麼多人離開城堡，又各自帶著近侍，城堡的守備將變得十分薄弱。

最終要出席婚禮的，不只負責主持儀式的神殿人員及其侍從，還有領主一族及其近侍、擔任護衛的騎士團，而且因為這場婚禮的新郎不只蘭普雷特一個，還有名為弗洛登的貴族，所以他的家人也會出席。聽完說明的時候，我為這般龐大的人數倒吸口氣。

「陣容真是龐大呢。」

「若不是亞倫斯伯罕強調其中一位新娘是奧伯的侄女，以及近來領地間的關係十分緊張，婚禮的規模也不會變得如此盛大吧。」

斐迪南說，如果是一般的貴族，要迎娶或招贅來自他領的貴族時，都是在取得兩地領主的許可後，僅由親族前往境界門迎接；兩家在打過招呼後，便會帶著新娘或新郎打道回府。而這時雙方還沒有舉行儀式，只能算是未婚夫妻，正式成婚得等到夏季的星結儀式。

「那麼不是一般的貴族，又是指哪些貴族呢？」

「即是需要得到國王許可的貴族。」

他說王族與領主一族的婚事不只領主，也需要徵得國王的同意，所以會在領主會議期間，由中央神殿派出神殿長舉行星結儀式。地點則是貴族院的大禮堂後側，在採集神的意志時曾經過的、設有祭壇的那間禮拜堂。之後等回到領地，再於眾人面前公開亮相。總之似乎都不會像這次這樣，兩地的領主一族皆聚集來到境界門舉行儀式。

「那為何這次的迎娶規模會這麼盛大呢？我個人在猜，是因為奧伯・亞倫斯伯罕會擔心侄女，畢竟她要嫁進萊瑟岡古血緣非常濃厚的家庭，也想順便暗示我們，別再像嘉柏耶麗大人那時一樣冷落她，所以才會特地來境界門舉行婚禮吧。」

我得意洋洋地說出自己的推論後，斐迪南卻反駁道：

「妳的想法太天真了。倘若蘭普雷特所言為真，新娘可是法雷培爾塔克出身的第三夫人的女兒，根本不需要這般勞師動眾。恐怕是在艾倫菲斯特確定要與中央以及庫拉森博克進行貿易後，又極力與亞倫斯伯罕保持距離，所以想藉此機會對我們進行牽制，這才是最主要的目的吧？亞倫斯伯罕想必也十分焦急。」

斐迪南說完，嘆了口氣。

「原本幾十年來，嘉柏耶麗的女兒所屬的薇羅妮卡派，也就是深受亞倫斯伯罕影響的派系，在艾倫菲斯特領內一直是最大勢力。後來薇羅妮卡的兒子齊爾維斯特又當上了領主，他們的勢力本該更是穩若磐石。然而，齊爾維斯特卻對妳伸出援手，制裁了前任神殿長與母親薇羅妮卡，徹底撇開了原是自己勢力的派系。」

聽完斐迪南的說明，我總算能夠明白齊爾維斯特的處境。在我還不了解貴族派系關係的時候，我還曾心想：「為什麼這些壞人為所欲為，還可以這麼囂張跋扈？」但是，在我明白了失去後盾意味著什麼以後，這其實是件非常可怕的事情。當時齊爾維斯特的制裁，等同是割捨掉了原先他所隸屬的、有助於他坐穩領主之位的派系。

換作是我處在相同的情況下，就等同是我親自處罰或疏遠了領主夫婦、兄妹、卡斯泰德與艾薇拉，以及幾乎所有近侍。屆時還在我身邊的貴族，只會剩下原本支持自己、但開始用猜疑眼光看我的人，以及至今本就不親近，或是反對我、一直對我懷恨在心的人。我得在沒有人能安心信任的環境下生活，同時還得治理領地。

「妳不必露出那種表情。齊爾維斯特是認為有其必要，才採取了行動。事實上，艾倫菲斯特確實需要這樣的改變……此外，先前因為沒能在貴族院看到妳，亞倫斯伯罕此行的目的也可能是要觀察妳。」

「大家已經囑咐過很多次了，所以我知道。除非神官長有指示，否則我不能主動採取任何行動。祝福也給最基本的量就好了，對吧？」

為了向對方展現出，我只是照著監護人的指示在行動的樣子，我預計到時候就如同跟在親鳥後頭的雛鳥一樣，躲在斐迪南身後。

我們一大早就出發，順利地在中午之前抵達萊瑟岡古。由於只是一直線朝著目的地前進，跟祈福儀式還要前往各地的冬之館時相比，路程縮短了許多。主要也是因為此行成員都是中級以上的貴族，又騎著騎獸移動，所以能夠加快速度吧。

「歡迎各位遠道而來。」

萊瑟岡古伯爵等人出來迎接，領主夫婦、韋菲利特與夏綠蒂他們魚貫走進宅邸。他們的近侍與負責護衛的騎士團也尾隨在後。

「這幾位是廚師，今天還請多關照了。」

雨果與從城堡帶來的宮廷廚師，都是要來協助今晚歡迎兩位新娘的宴會。由於曾祖父大人先前買過食譜集，他們也會負責示範如何正確製作書上的餐點，代替住宿費用。

不過，我與斐迪南還不能馬上進屋。脫離了隊伍以後，我們仍得維持住騎獸的外形，向法藍他們下達指示。我讓貴族近侍們先在原地等候，向神殿人員下達指示。

「等吃完午餐，我們便會前往別館更衣，請大家為此做好準備。」

與祈福儀式和收穫祭時一樣，神官與巫女不得進入伯爵的宅邸，所以我與斐迪南在更換儀式服時，也必須在別館裡進行。聽到大家都說這是常態，我想起了去伊庫那舉行收穫祭時，他們還允許照料我們的灰衣神官們自由進出，果然伊庫那比較寬鬆呢。

「稍後我們還得先去境界門準備祭壇。時間所剩不多了。」

「遵命。」

斐迪南說完，灰衣神官們都開始動作。他們得打掃別館，趕快吃完艾拉準備的便當，然後把更衣所需的用品搬進去。恐怕一刻也不得閒吧。

看著灰衣神官們開始行動後，我與斐迪南才帶著自己的近侍們進入宅邸。

吃完午餐，在別館換上神殿長的儀式服後，神殿組率先出發。說是神殿組，其實我與斐迪南的貴族近侍們也包含在內。

由於從未在境界門舉行儀式，那裡當然沒有祭壇，所以必須搭造簡易祭壇。同時斐迪南還會對大門的等候室與舉行儀式的房間做點改造，好防範偷襲。

莫妮卡與妮可拉協助我換好衣服後，我再坐進小熊貓巴士。確認安潔莉卡坐在副駕駛座，灰衣神官們也坐進了後座，起飛出發。

我們從萊瑟岡古更往南方前進，在空中飛行。

「……咦？」

青衣巫女時期，來舉行祈福儀式的時候，記得當我從空中往下俯瞰，根本無法分辨哪邊是艾倫菲斯特，哪邊是亞倫斯伯罕，放眼望去皆是森林，看不出領地邊界在哪裡。

然而，今天我卻能清楚地看見邊界。彷彿真的有人劃了一道明確的界線般，一邊是蒼鬱森林，一邊則是灌木遍布的草原。由於近來我只負責直轄地的祈福儀式與收穫祭，沒有來到貴族管轄的南端，所以從不知道邊界附近的景色竟有這麼大的變化。

我看向斐迪南，發現他臉色凝重地俯瞰著眼下光景。果然這種情況並不尋常吧。雖然有很多事情想問，但這又不是緊急事態，要是坐在騎獸上扯開喉嚨發問，他肯定會罵我：「身為領主的養女，妳這樣成何體統。」沒辦法，我決定忍到境界門再說。

據說只要有貴族越過領地的邊界，領主都能察覺。反過來說，只要越過邊界的人魔力不到成為貴族的標準，領主就無從得知。多虧了守護邊界的結界，領主才能馬上察覺他領貴族的入侵。而境界門的存在，就是為了避免貴族在正常出入他領時，被懷疑有侵略之嫌。

「……那個就是境界門嗎？」

在眼下綿延開展的翠綠森林中，突兀地聳立著一座巨大的雪白大門。由於建造時就預想到會有貴族的嫁娶隊伍來到這裡，所以遠比城市的大門還要寬敞又雄偉。只不過四周沒有高牆，只有看不見的結界從境界門往外延伸，因而看起來就像有道大門突如其來出現在森林裡頭。除了供馬車通行的道路以外，四面八方是清一色的綠意，所以往下俯瞰時非常醒目。

「完全不用擔心跑錯地方，這點真是太棒了呢。」

安潔莉卡說得沒錯。雖然感覺很奇怪，但確實絕對不會跑錯地方。

「羅潔梅茵大人、斐迪南大人，恭候兩位大駕。」

抵達境界門後，守門的騎士們立即出來迎接。這裡不只艾倫菲斯特的騎士，亞倫斯伯罕的騎士也在。

「各位今天的工作非常重要，由於兩邊領地的領主一族都將到場，勢必得時時刻刻提高警覺，但就麻煩各位了。」

我照著斐迪南的指示，向雙方擔任代表的騎士問候，然後把斐迪南事先交給我的皮袋遞給雙方代表。裝在皮袋裡的犒賞鏘啷作響，讓守在境界門的騎士們之後能自己去喝酒慶祝。

因為若直接提供喜酒，擔心被人摻東西，所以最好別由我們主動提供。而且不直接提供美酒，也就不用擔心有人在執勤期間偷喝，再加上我是當著眾人的面給予犒賞，擔任代表的騎士就不可能自己私吞吧。

「多謝羅潔梅茵大人。」

大概是因為給了犒賞，讓他們能在完成重要任務後去慶功，騎士們臉上都帶著淺笑。第一印象非常重要。看來一開始已經成功讓他們擁有好心情，我再請艾倫菲斯特的騎士帶我們去舉行儀式的房間。

「神官們開始架設祭壇吧。羅潔梅茵，妳去等候室待命。」

法藍等人在斐迪南的指示下，從騎獸裡頭搬出所有道具。待他們全部搬空，我便收起騎獸，往等候室移動。法藍他們做著準備時，由奧黛麗與布倫希爾德負責服侍我。兩人忙碌張羅，為我泡好了茶。配茶的點心，是艾拉在出發前幫忙準備的餅乾。

我正吃著餅乾時，大概是下達完了指示，神具等道具也設置完畢，斐迪南也走進等候室。尤修塔斯立即動手泡茶。斐迪南帶來的近侍，有尤修塔斯和其他幾名我從未見過的人。當中因為不見艾克哈特的蹤影，總有種奇妙的感覺。

複習了今天的儀式流程與工作分配後，我向斐迪南問起剛才往地面看見的景色。

「……話說回來，現在邊界附近的景色變了好多唷。雖然和我記憶中的不一樣，但應該和我當初遇襲時是同一個地方吧？」

斐迪南顯然聽懂了我所謂的「當初」是什麼時候，皺眉點頭道：「嗯，應該相去不遠吧。」當時我並未看見這道顯眼的境界門，所以應該還是有段距離，但一樣是在與亞倫斯伯罕接壤的邊界附近。

斐迪南從腰帶上的皮袋裡拿出防止竊聽魔導具，朝我遞過來。「因為在場還有亞倫斯伯罕的騎士。」他帶著死心似的嘆息小聲說道，我才意識到自己又失言了。

「對不起。」

「無妨。恐怕邊境附近的這塊土地，曾是賓德瓦德伯爵的管轄範圍。在他遭到處分之後，不知是派來此地的貴族魔力不足，抑或為了懲罰這塊土地的人民，刻意不派貴族前來，也可能是亞倫斯伯罕整體的魔力都有下降……總之，亞倫斯伯罕看來相當苦於魔力不足。」

斐迪南這麼解釋完，我「唔」地嘟起嘴唇。

「在魔力這麼不足的情況下，還讓兩名女性貴族嫁過來，到底有什麼目的呢？其中一人還是領主的侄女，代表她是上級貴族，魔力還比壓縮魔力前的蘭普雷特哥哥大人要高吧？明明是非常貴重的人手……」

「既讓兩名女性貴族嫁過來，必然會要求我們付出更甚於此的回報。但目前還不清楚他們的目的為何……」

蒐集到的情報實在太少了——斐迪南說著，喝了一口茶。

祭壇架設好時，艾倫菲斯特要出席儀式的人都到了，緊接著亞倫斯伯罕一行人也抵達境界門。兩地的領主互道起冗長寒暄。我心不在焉地聽著他們的說話聲，觀察起亞倫斯伯罕此行前來的人們。

由於兩位新娘子都站在後方，臉上戴著刺繡面紗、看不見五官，所以道著寒暄的奧伯・亞倫斯伯罕及其家人最先進入我的視野。

……這位就是奧伯・亞倫斯伯罕嗎？

從年紀來看，奧伯・亞倫斯伯罕感覺都能叫他爺爺了。也許快要六十歲了吧。喬琪娜與他站在一起時，兩人的年齡差距大到看起來就像父女。再加上旁邊的蒂緹琳朵，完全像是三代同堂。

另外還有一個小女孩躲在奧伯・亞倫斯伯罕身後，看來比蒂緹琳朵更年幼，似乎與我差不多大。那個小女孩金髮碧眼，長得非常、非常可愛。

……她就是另一名領主候補生嗎？

既然是領主候補生，那麼就是領主的孩子，但母親應該不是喬琪娜。因為我聽說蒂緹琳朵是喬琪娜的么女。況且她的五官也不像喬琪娜，從所站位置來看，也不是母女間會有的距離。

……奧伯還有其他夫人嗎？還是說她和我一樣，是從旁系收養來的養女？

在我觀察著亞倫斯伯罕領主一族的時候，兩位領主似乎也道完了寒暄。喬琪娜面帶溫婉微笑，靜靜站在奧伯．亞倫斯伯罕的半步後方。給人的感覺沉穩低調，和她出現在艾倫菲斯特的時候好像不太一樣。

蒂緹琳朵露出親切的笑容，走向韋菲利特。

「韋菲利特，聽說你與羅潔梅茵訂婚了？……不過，你們兩人的關係看來沒什麼變呢。」

「因為我和羅潔梅茵本來就是一家人，當然沒什麼變。」

之後，蒂緹琳朵也禮貌性地與初次見面的夏綠蒂互道問候。我以眼角餘光看著這一幕，再轉頭看向蘭普雷特的新娘奧蕾麗亞與其家人。

奧蕾麗亞因為戴著面紗，看不清楚容貌，但身上的服裝隆重典雅，完全符合領主的侄女這個身分。她比一般成年女性要高一些，與身為騎士有著挺拔體魄的蘭普雷特站在一起時，感覺非常登對。

奧蕾麗亞的父親也和奧伯．亞倫斯伯罕一樣，年紀看來相當大了。他的第一個孫子大概都成年了吧。奧蕾麗亞的母親第三夫人多半是他很晚才迎娶的妻子，與艾薇拉的年紀相仿。我再看向與奧蕾麗亞的母親站在一起的少女。

……這名少女就是個性活潑討喜、腦筋又機靈，所以備受疼愛的妹妹嗎？感覺跟多莉有點像呢。

那名少女將一頭蓬鬆的頭髮編成辮子，笑臉迎人，渾身散發出活潑又開朗的氛圍，讓我不由自主聯想到多莉。乍看之下，好像也和多莉差不多大。不過，多莉的發育因為比一般人要好，所以這名少女應該其實是與蒂緹琳朵同年紀吧。雖然多半與我差了幾個年級，但想必也在貴族院就讀。

奧蕾麗亞一行人身後，弗洛登一家人，與將結為親家的亞倫斯伯罕中級貴族那一家人，正在互道寒暄。

「那麼，開始舉行星結儀式吧。」

星結儀式在斐迪南的指揮下開始了。親族們都往祭壇所在的房間移動，新郎新娘、我與斐迪南的近侍們則留在等候室。

「請問，您就是蘭普雷特大人的妹妹，也是這次要舉行儀式的神殿長嗎？聽聞您是艾倫菲斯特的聖女，但您年紀還這麼小，真的沒問題嗎？」

奧蕾麗亞的話聲讓我不由得回過頭。雖然大家禁止我與她接觸，但她都主動向我攀談了，總不能當作沒聽見。在我轉身的同時，安潔莉卡也上前一步採取警戒，近侍們更團團包圍住我。待在兩位新娘身邊的亞倫斯伯罕騎士們也像是反射動作，立即擺出警戒動作。

「你們都退下。在今天這種喜慶的日子，不需要反應這麼過度。」

我待在近侍們身後開口制止，再對奧蕾麗亞說了：

「把這麼重要的儀式交給我一個小孩子，亞倫斯伯罕的貴族或許十分不安吧。不過，我身為神殿長，已經多次舉行過儀式。我會萬無一失地給予祝福，還請放心吧。」

「羅潔梅茵大人，您被禁止與新娘有私下接觸。」

萊歐諾蕾提醒道，但我做好了之後會被監護人們罵到臭頭的覺悟，一臉若無其事地別過頭，挺起胸膛。

「我並沒有與任何人接觸喔，這是我的自言自語。」

「哎呀，您的自言自語還真是大聲呢。」

不管奧黛麗怎麼說，反正我就是在自言自語。我這麼堅稱後，亞倫斯伯罕那邊也傳來了細若蚊蚋的話聲。雖然中間隔著好幾個人，不太能肯定，但我想應該是奧蕾麗亞。

「……那麼，我也是自言自語，不知我能否得到祝福呢？」

話聲中帶有著驚訝與不安，我不禁眨眨眼睛。艾倫菲斯特的內部並不團結，這項消息應該早就從舊薇羅妮卡派傳到亞倫斯伯罕那裡去了。看在我們眼裡，這次根本是亞倫斯伯罕逼著我們迎娶兩名女性貴族，但是對兩位新娘來說，或許她們也是在權力逼迫下不得不結這個婚。如果真是如此，最感到不安的人，其實是在這麼緊張的情勢下還得嫁往外地的兩位新娘吧。

「這次一樣是我的自言自語喔。為新郎新娘獻上祝福，不是理所當然的事情嗎？我也是為此才會在這裡……雖然領地的情況十分複雜，雙方都有許多不安，但夫婦兩人應該要互相溝通、扶持，建立起在艾倫菲斯特的新生活。我會衷心祈願，祝福新郎新娘往後都能過得幸福快樂。」

對於我們這麼大聲地說著自言自語，兩邊的護衛騎士都面面相覷，最終嘆著氣往後退。多虧於此，等候室內的氣氛也緩和許多。

「神殿長請入場。」

法藍的聲音從門扉另一邊傳來。我向兩位新娘投以微笑後，抱著聖典走向打開的門扉。行走時，感受得到亞倫斯伯罕一行人投在我身上的強烈目光，但我筆直地走向祭壇前的斐迪南。同時十二萬分的小心，很怕在這麼重要的儀式上踩到下襬，摔得四腳朝天。

放置聖典用的祭壇後方，還擺著為我準備的踏腳臺。我如同既往把聖典交給斐迪南，請他幫忙放在祭壇上後，自己再走到臺上。

見我做好準備，斐迪南揚聲開口。

「星結儀式正式開始，新郎新娘入場！」

灰衣神官打開門扉，新郎新娘走了進來。儘管儀式期間，兩邊的騎士團都顯得緊繃戒備，但看見臺下的親族都在拍手道賀，我還是有些鬆了口氣。

斐迪南講述了聖典神話後，接著在兩地領主的見證下，分別詢問兩對新人是否願意與對方結為連理。由於這次是女性貴族嫁入艾倫菲斯特，所以要由艾倫菲斯特準備結婚證書。新郎新娘拿起魔導具筆，在齊爾維斯特拿出的契約書上簽名。當兩張契約書都燃起金色火焰，最終消失得無影無蹤，兩對新人也正式結為夫妻。

「接下來，由神殿長為新夫婦的誕生給予祝福。」

這時輪到我出場了。為了可以控制祝福的量，斐迪南遞來了他預先灌有魔力的魔石。我要只用這顆魔石裡的魔力給予祝福。斐迪南命名為「防止失控大作戰」。妳絕對不能多此一舉——斐迪南用眼神這麼向我警告。我輕輕點頭，做了一個深呼吸後，向神獻上祈禱。

「司掌浩浩青空的最高神祇，暗與光的夫婦神啊，請聆聽吾的祈求，為新夫婦的誕生賜予祢的祝福。彼等的赤誠真心奉獻予祢，謹獻上祈禱與感謝，懇請賜予祢神聖的守護。」

請求最高神祇夫婦神給予祝福後，熟悉的黑金兩色光芒便如漩渦般從戒指浮出，飛往天花板附近。緊接著黑金兩色的光芒互相纏繞、重疊，然後迸散開來，化作細小的光粒往下飛散，灑落在新郎新娘身上。

這次因為吩咐過我要克制，再加上只有兩對新人，所以祝福的量並不多。大家常說我的祝福很容易被情感左右，但幸好祝福很平均地飛向四人，我為此感到如釋重負。

「噢……」亞倫斯伯罕那邊也傳來了充滿讚歎的吐息。

「艾倫菲斯特的聖女，這真是了不起的祝福。」

「您過獎了。」

奧伯．亞倫斯伯罕忽地面帶微笑。

然而，他的雙眼卻不是看著我，而是斐迪南。

染布比賽的商討會

星結儀式順利落幕，我也如同預期昏睡了好幾天。醒來以後，竟從斐迪南口中得知，這次因為舊薇羅妮卡派的孩子們竭力奔走，成功地防範了一波攻擊於未然。

「意圖偷襲的匪徒大概以為神殿人員會搭乘馬車吧。我們接到騎士團的報告，說是曾在道路兩側的森林裡發現數道氣息。」

「在道路兩側的森林裡嗎？這是為什麼？騎乘騎獸的好處，就是可以不必行走平面道路，能一路直達目的地吧？我們又不可能自找麻煩，特意沿著道路在上空飛行，那群匪徒在想什麼呢？」

真是莫名其妙──我嘟嘟囔囔，斐迪南卻沒好氣地瞪我一眼。

「他們當然是完全沒料到，妳會用自己的騎獸載著所有灰衣神官移動。因為只有少部分的貴族知道妳的騎獸能自由變換大小，一般的貴族也難以想像，領主的養女竟會用自己的騎獸載灰衣神官。」

「……也就是說，這次是我懂得變通的創意贏了呢。」

「應該要說不合常理。」

斐迪南說明，由於我不符合貴族常識的行動，導致匪徒沒能找到他們該攻擊的對象。一想到襲擊者們都埋伏在森林裡頭，一動也不動地等著馬車經過，我覺得那幅畫面實在滑稽，太好笑了。

聽說那些匪徒的魔力極低，很難被騎士團發現；而騎士團才剛展開搜索，他們馬上就四散逃逸，魔力也忽然消失了。僅靠著微弱魔力搜索敵人的騎士們因此跟丟，後來便加強了境界門的警戒。

「就結果而言，什麼事也沒發生。但是，舊薇羅妮卡派的孩子們在得知這起計畫後，想盡辦法要在事前警告我們也是不爭的事實。多虧羅德里希的來信與情報提供者們，我們才曉得森林裡有埋伏。黎希達告訴我，他們會這麼做，似乎是因為妳先前在貴族院百般提倡，要眾人不分派系、互相協助。」

其實我只是不喜歡自己周遭的氣氛那麼壓抑緊繃，才那樣要求大家。況且我還以為小孩子因為必須跟著父母選擇派系，所以在大家回到領地以後，這種互助合作的情況也會暫時終止。這出乎預料的發展真是太教我高興了。我本來還打算等他們成年，可以自由選擇派系以後，再把他們網羅過來，想不到舊薇羅妮卡派的孩子們表現如此積極。

「藉由鼓起勇氣採取行動，羅德里希他們向領主展示了自己的忠誠呢。相信養父大人應該很清楚，與自己的父母對立是件多麼不容易的事情，也請神官長幫我拜託養父大人，請他手段高明地把孩子們拉攏過來吧。」

在貴族社會，如果還沒成年就決意要離開父母身邊，等同捨棄自己的後盾。萬一沒有人能接著庇護自己，他們的未來將是一片黑暗。而且基本上見習工作也都是在親族的安排下進行，所以很有可能一下子被擊垮。

「……聽說他們為了通知妳可是煞費苦心，妳不自己拉攏他們嗎？」

「我可以把他們納為近侍嗎？我確實有想納為近侍的人，但我要是率先去籠絡舊薇羅妮卡派的人，大家應該不會贊同吧？」

我覺得由目前勢力還不夠穩固的齊爾維斯特，以及將成為下任領主的韋菲利特去招攬會比較好。畢竟我背後還有萊瑟岡古這股勢力，但如果由我出面拉攏，對舊薇羅妮卡派的人會最有效果，我是打算毫不客氣一一網羅過來。

「慢著，妳想直接納為近侍嗎？不是表揚他們的功勞或給予獎賞？……妳的急性子還真是一點也沒變。只展示這麼一次忠誠，就貿然招攬他們為近侍也太危險了。」

「但我之前一直在貴族院裡頭觀察他們的表現，其實並不突然喔。真要說的話，當初我根本沒見過哈特姆特與布倫希爾德，卻僅憑幾份資料就決定納他們為近侍，那才叫突然呢。」

當初我那些近侍候補人選，事先都經過監護人們的篩選，所以對他們來說並不突然吧。但是對我來說，我與選好的近侍們幾乎都是初次見面，也不曉得他們的為人。相比之下，我反而趁著在貴族院，觀察了舊薇羅妮卡派的孩子們一整個冬季。

一開始，他們還不太想協助不同派系的人，但隨著分好組，開始上課學習以後，所有人變得團結一心，也馬上就願意提供資料、相互指導。例如藉由蒐集情報賺錢也是，他們很努力蒐集來只有舊薇羅妮卡派才能取得的亞倫斯伯罕情報；在準備領地對抗戰時也會動腦思考，每個人都待在適合自己的位置上。一起生活以後，就算是平常再會偽裝的貴族，也多少能夠看出他的真實面貌。

……至於我這個人有沒有看人的眼光，倒是另當別論。

「原來如此。聽妳這麼說，以妳而言或許不算衝動行事吧。但是，對身邊的人來說還是太突然了。若要招攬舊薇羅妮卡派的人為近侍，還需要一點時間與更多的功績。不過，為了往後著想，最好先給予一些回報。那妳想怎麼做？」

就算問我，我也回答不出來。我已經提出了自己的希望，也就是想收他們為近侍。除此之外，還有什麼獎賞既能吸引舊薇羅妮卡派的孩子們加入我們的派系，又能讓大人稍微改變想法嗎？

「除了納為近侍……記得我以前也提議過，就是能不能稍微更改魔法契約的內容，把魔力壓縮法教給他們呢？」

「……妳的魔力壓縮法嗎？」

現在都是挑選出確定為芙蘿洛翠亞派的貴族，把壓縮法教給他們。但如果能教給立下功勞的人當作獎賞，願意為我們派系做事的人極有可能增加。

「舊薇羅妮卡派的孩子們曾經說過，為什麼他們不能自己決定派系？假使要等到成年才能自行決定，到時候成長率會有很大的差距吧……他們為此非常著急。」

「我想也是，年紀會對成長率造成極大的影響。只要拿蘭普雷特與達穆爾，以及安潔莉卡與柯尼留斯這兩個年齡層的人做比較，就能發現明顯的差距。」

「況且為了解決艾倫菲斯特魔力不足的情況，神官長你們也想讓更多人習得魔力壓縮法吧？若能簽訂魔法契約，讓他們站到我們這一邊，我也希望孩子們能夠趁著發育期讓魔力大幅成長。」

斐迪南表情肅穆，靜靜聽著我說。既然沒有立刻否決，代表多少有些希望。

「關於能否教給他們魔力壓縮法，我還需要問過高層的意見，無法現在給妳回覆，但把孩子們拉攏進我們的派系，確實是當務之急。究竟要在籠絡孩子以後，也把父母拉攏到我們這邊來？還是為免珍貴的人才在成年之前便被摧毀，至少要保住孩子，而把父母捨棄掉……恐怕我們很快便會面臨選擇。」

「是啊。再這樣下去，想往亞倫斯伯罕靠攏的父母，與想自己選擇派系的孩子，兩者之間的對立很有可能加劇，所以我想未成年的孩子們會需要庇護。」

但我還是小孩子，庇護不了舊薇羅妮卡派的孩子們。這是治理艾倫菲斯特的齊爾維斯特該做的工作。我希望他身為領主，能夠回報孩子們的功績與決心。

「我明白妳的想法了，我會替妳轉告。」

身體狀況恢復以後，我也回歸到平常的生活。菲里妮與哈特姆特開始出入神殿、處理一般公務後，我也開始收到來自平民區的會面請求。主要是即將舉辦染布比賽的奇爾博塔商會。

敲定會面日期後，我向布倫希爾德送去奧多南茲。

「布倫希爾德，我將在神殿與奇爾博塔商會討論有關布料展示會的事情，妳要一起來嗎？我想神殿應該會比葛雷修的平民區好一點。」

「如今菲里妮與哈特姆特都會出入神殿，您無須擔心，我願意前往。」

布倫希爾德傳來回覆，說她願意過來神殿。似乎是其他近侍平常在出入神殿以後會告訴她感想，所以與平民區比起來，她比較沒有那麼抗拒。

「哈特姆特，提到神殿的時候，你是怎麼向她描述的呢？」

「我說這裡雖然沒有貴族，但有神官，所以和城堡一樣乾淨整潔；而且平民出身的灰衣神官也都受過良好教育，因此就算出現在四周也不會令人感到不快。」

「我也會向她報告，自己在神殿做了哪些工作。」

不只哈特姆特，菲里妮也笑著向我補充。

「羅潔梅茵大人，接下來與奇爾博塔商會的會面，因為要討論有關布料展示會的事情，我想除了布倫希爾德，您也該通知艾薇拉大人一聲。」

經哈特姆特提醒，我也聯絡了艾薇拉。結果與奇爾博塔商會的會面，不只護衛騎士與文官，布倫希爾德與艾薇拉也會參加。

這天由於艾薇拉與布倫希爾德也會出席會議，所以開會地點不在平常的孤兒院長室，而是安排在距離神殿正門玄關最近、這陣子才剛整理好的一間接待室。

「我們要出發了。」

收到艾薇拉捎來的奧多南茲後，我立即吩咐妮可拉準備茶水與點心，再帶著法藍、莫妮卡、達穆爾與安潔莉卡，前往正門玄關迎接。我仰望天空來回察看，不久發現有群騎獸排成了一列隊伍，正從城堡方向飛來。人數比我預期的還多。連兩名見習文官與三名見習護衛騎士，也跟著艾薇拉與布倫希爾德一起來了。

「這裡就是神殿嗎……」

布倫希爾德是第一次來，用打量的眼光環顧起神殿。不過，艾薇拉因為來過神殿長室，毫不遲疑地起腳踏進神殿。見狀，布倫希爾德不敢置信地張大蜜糖色眼睛。

其他近侍走進神殿時也是毫不猶豫。跟著大步行走的一行人，布倫希爾德也進入神殿。雖然她很努力不把情緒表現在臉上，但看得出來眼神有些游移飄忽。

「這裡便是接待室，貴族文官與平民區的商人都在這裡開會。」

接待室裡的家具，都是沿用前任神殿長遺留下來的物品。由於青衣神官都曉得現在的情勢變了，再加上老家不願領回，因此連在神殿裡頭也沒人願意領走，一直堆在倉庫裡。這次是斐迪南一聲令下，決定搬出這些家具有效利用。前任神殿長當時不僅是依據老家的地位挑選家具，也會定期打磨和更換椅面布料，所以拿來擺在接待室後，要用來接待上級貴族也完全不是問題。

布倫希爾德掃視了屋內的家具一圈，然後滿意地點點頭，反倒菲里妮卻是怯生生地左顧右盼。看來對下級貴族來說，這個房間又太過豪華，讓她緊張得無法安下心來。

「這天的點心是科黛塔，是廚師推出的新點心喔。」

這款科黛塔由艾拉與妮可拉製作，充分體現了當季新鮮水果的美味。我招呼眾人享用後，法藍立即幫忙倒茶。他泡的茶似乎十分合布倫希爾德的口味。只見她啜飲了一口後，輕輕閉上眼睛，仔細品味。

「這茶真是美味呢。」

「法藍接受過斐迪南大人的教導，工作能力也得到了很優秀的評價喔。」

「哎啊……」

我們品嘗著茶水與點心時，吉魯領著奇爾博塔商會一行人進來。發現接待室內有一大群貴族，看得出來歐托瞬間倒吸口氣。他看著我加深了臉上笑意，八成是在掩飾內心的慌亂吧。

……看到現場有多達十人的貴族，也難怪會嚇一跳嘛。

結束冗長寒暄，我也請歐托坐下，招呼他用茶。

「歐托，平民區現在的情況如何？有不少他領商人都入城了吧？我去工坊與孤兒院巡視的時候，聽見平民區傳來了比往年還熱鬧的鼎沸人聲呢。」

我喝著法藍泡的茶，品嘗著科黛塔，向歐托發問。必須讓貴族們親眼見識一下，來自平民區的情報多麼有幫助。

「城裡現在可說是盛況空前。不只商業公會，大店也忙得人仰馬翻，雖說已經發現了幾個問題點需要在明年改善，但目前一切還算順利。」

雖然有些問題得在明年之前改善，但出入城市的人變多，也意味著帶來更多商機。聽說當時也去義大利餐廳參加餐會的大店老闆們，都已經在為明年做準備。

「奇爾博塔商會這裡，絲髮精與髮飾的銷量正急遽成長。至於義大利餐廳，幸虧當初訂下了介紹制度，得以控制每天的來客量，所以還有餘力將餐點製作得更加高級且精緻。來自中央的商人享用了餐點後，無不瞠目結舌。艾倫菲斯特固然還有許多不足，但也有一些長處能夠勝過他領，商人們都引以為傲。」

我馬上可以想像到，即使面對來自中央與庫拉森博克的商人，歐托與班諾仍能不卑不亢地與之談生意，不禁感到非常開心。

「聽來沒有什麼大問題，那我就放心了。街道依然維持著整潔嗎？」

「那是一定的。士兵們直到現在仍會巡邏，但近來居民們的抱怨已經減少許多。多半是大家也漸漸習慣了生活中的新規定吧，還請您一定要好好慰勞士兵。」

歐托還說，為了在積雪深厚的冬天，居民仍能出去倒垃圾和穢物，城裡正在鋪設專用走道，還會加上屋頂。建築相關的工坊與經營木材買賣的商會也都忙得不可開交。

「那麼，接下來討論新款布料的展示會吧。染色工坊的反應如何呢？」

「聽說能得到領主一族賜予的稱號，又有機會成為貴族的專屬，現在所有染色工坊都散發出了前所未有的活力。年輕工匠們為了和古騰堡一樣取得稱號，全都鬥志高昂，試圖研究出新的染色方法；資歷較深的工匠們則在努力回想他們還是學徒的時候，從師傅那裡聽來的描述與做法，設法重現舊有技術。」

雖然舊有的技術已經失傳，但奇爾博塔商會裡頭還有殘存的老舊手記與布料，染織協會的倉庫裡也留有一些資料。聽說工匠們都在根據這些不多的資訊，努力重現技術，染織業現在可說是熱鬧非凡。

「這是確定要參加展示會的染色工坊與工匠清單。」

我看起歐托遞來的清單，發現名單上有「伊娃」這個名字。再比對工坊的名字，確定了就是母親後，我的心情瞬間變得無比激動。

……嗚哇！媽媽也要參加！我一定要指定媽媽成為專屬！

我佯裝冷靜地看著清單，其實已經在心裡比出勝利姿勢，大喊「好耶！」歐托從我身上移開視線，看向艾薇拉。

「艾薇拉大人，請問展示會預計何時舉辦？我必須向工匠們傳達確切日期。」

當天要何時把作品搬入會場、茶會要何時開始、茶會規模又要多大、能讓多少人進入城堡等等，這些重要的事情基本上都由歐托與艾薇拉在討論後決定。布倫希爾德不時也會加入。對於大家逐一決定好的事情，我只負責點頭。

負責點頭的時候，我也在思考關於染色與服飾，可以給予什麼稱號。雖然是歐托希望我能賜予工匠稱號，但我還沒想到適合的名字。

……像古騰堡這個稱號，也只是因為約翰做的金屬活字太讓我感動了，我才會沒有多想就脫口而出，而且撇開書籍與印刷不說，我對染布其實沒什麼興趣。

如果要和圖書館及印刷有關係，我可以想出一大堆名字，但連麗乃那時候我都是在母親的邀約下才去參加染布體驗，所以根本不記得有什麼人名可用。就算看過再多的書，沒記下來也沒用。順便補充說明一下，我會想把染法推廣給工匠，原本也只是為了防範尤修塔斯又跑去平民區打探消息。不管染布比賽還是新稱號，都不在我的預料之中。也因為我沒投注多少熱情，自然想不出什麼好名字。

嗯……如果想不到人名的話，乾脆用染料的名字，或者是我最一開始想到的友禪？可是，日語單字的發音對這邊的人來說不太好唸呢。

再加上這裡的人喜歡模仿貴族，稱號名字偏要取得老長。要是取個短短的名字，大家一定會露出無法接受的表情。

……真傷腦筋。不然往重現技術這方面去想，選擇有這層涵義的單字吧……那叫什麼來著？我的腦筋快點動啊，雖然很多事情都忘了，但不是有那個嘛。就是那個時代。區分起來很麻煩的，文化的復活與再生……

「呃……對了，就是文藝復興！」

終於想起來了！我猛然抬頭，卻發現大家都露出難以形容的眼神看著我。

「哎、哎呀，真是失禮了。那個，因為我在思考要賜予優秀的工匠什麼稱號。」

我「呵呵呵」地笑著想蒙混過關，然而大家臉上依舊是難以言喻的表情。現場靜默了一瞬後，歐托露出打圓場的笑容，環顧眾人。

「哦……文藝復興嗎？這就是羅潔梅茵大人要賜予染色工匠的稱號吧？見您一臉凝重，我還以為是否我們有所失儀，原來您一直在思考這件事情。」

……歐托超級努力在幫我說話！但現在的氣氛又讓我根本說不出口：「不是的，我只是不小心脫口而出。」這下子該怎麼辦?!

「文藝復興……」

「能夠訂下羅潔梅茵大人自己也滿意的稱號，真是太好了呢。」

我在心裡抱住頭，苦惱著該怎麼訂正過來的時候，染色工匠的稱號就已經敲定是文藝復興了。哈特姆特與菲里妮還把這個稱號記下來。站在歐托身後，負責輔佐的提歐也記在寫字板上。

……糟糕！這跟染色一點關係也沒有嘛。再這樣下去，媽媽就要被稱作是文藝復興了。不要啊——！

討論結束後，奇爾博塔商會一行人告退離開。隨後，艾薇拉要求下級文官們退下。

「你們可以先退下了。請把剛才的討論結果寫成會議紀錄，再提交給芙蘿洛翠亞大人與夏綠蒂大人。我還有話要告訴羅潔梅茵大人與斐迪南大人。」

艾薇拉似乎已經和斐迪南說好，等與商人開完會後有事找他。下級文官們告退後，我請莫妮卡去通知斐迪南，再請法藍重新泡茶。

「母親大人有話要說嗎？我完全沒聽說呢……」

「是我從奧蕾麗亞那裡聽來的，有關亞倫斯伯罕的內部情況。斐迪南大人或許認為妳沒必要在場聆聽，但我認為妳也應該知道。」

我轉頭看向自己的近侍們。布倫希爾德與哈特姆特似乎也覺得我最好在場聆聽。剛才會議結束時他們還鬆了口氣，現在已經一臉正色。

「母親大人，蘭普雷特哥哥大人的新婚妻子，奧蕾麗亞大人現在怎麼樣了呢？」

「妳往後基本上都是以領主養女的身分與她見面，所以叫她奧蕾麗亞即可……她與蘭普雷特討論過後，似乎會嚴格挑選面見的對象；截至目前為止，奧蕾麗亞還與舊薇羅妮卡派沒有任何接觸。」

蘭普雷特與奧蕾麗亞的新家就在卡斯泰德家裡的別館，所以若有貴族進出，他們都會曉得。

「至於另一名嫁過來的女性貴族貝緹娜，倒是好像與舊薇羅妮卡派有密切往來。雖然這也是理所當然呢。」

艾薇拉告訴我，迎娶貝緹娜的弗洛登，是隸屬舊薇羅妮卡派的中級貴族。與親戚往來的時候，自然也會與舊薇羅妮卡派變得更加親近。這部分倒是無可奈何吧。

「不過，奧蕾麗亞總是從早到晚戴著面紗，我直到現在也沒見過她的容貌。」

「這麼說來，蘭普雷特哥哥大人曾說過，她想避免被人誤解呢。」

「但她始終戴著亞倫斯伯罕的面紗，我倒覺得這樣更容易引來他人的誤解呢。」

艾薇拉發出嘆息。但是，如果奧蕾麗亞一直以來老是被人誤會，在現在這種緊張的情勢下，會想避免招來誤會也是正常的吧。

「對了，母親大人。布料展示會也要邀請奧蕾麗亞參加嗎？雖然大家禁止我與她接觸，但這個展示會必須邀請她才行吧？」

主辦人有丈夫主人的母親芙蘿洛翠亞、婆婆艾薇拉，還有我這個丈夫的妹妹，若不邀請奧蕾麗亞，看在旁人眼裡完全就是在排擠她。

「是呀，確實是不得不邀請。屆時我會盡可能待在妳身邊，也會讓布倫希爾德陪著妳。妳要小心自己的發言。」

就在我聽著艾薇拉的諸多叮嚀時，斐迪南也到了。

「艾薇拉，快說吧。」

「這些是蘭普雷特問來的消息……」

艾薇拉先說了這句開場白，然後告訴我們，亞倫斯伯罕的領主候補生之所以突然變少的理由。

「據悉奧伯・亞倫斯伯罕原先的第一夫人是多雷凡赫出身，第二夫人是孛克史德克出身，而第三夫人便是艾倫菲斯特的喬琪娜大人。」

「孛克史德克嗎……原來是這麼一回事。」

單憑這項資訊，斐迪南似乎就已經心領神會。但很遺憾，我可是一頭霧水。總之，起碼我知道孛克史德克是在政變後消失的大領地。

「當時第一夫人育有三個女兒，沒有兒子；第二夫人則育有兩個兒子。」

由於第一夫人與第二夫人皆是大領地出身，所以眾人原本都推測，會由第二夫人的其中一個兒子成為亞倫斯伯罕的下任領主吧。而第一夫人的三個女兒不是嫁往他領，便是與領內的上級貴族成了婚。

不料，後來發生政變，第一夫人與第二夫人的老家又分屬不同的陣營。最終奧伯・亞倫斯伯罕決定與第一夫人的老家站在同一陣線。由於與多雷凡赫站在同一邊，亞倫斯伯罕才能在政變中屬於獲勝的一方。

「但是眾所皆知，政變結束後，進行了大規模的肅清。」

在新任國王與庫拉森博克的主導下，對貴族進行了肅清。落敗大領地的貴族們皆遭到嚴懲。

「第二夫人是當時奧伯・孛克史德克的妹妹，據說遭到了處刑。原本她的兩個兒子也將受到牽連，但在奧伯・亞倫斯伯罕的極力求情下，才藉由將兩人降為上級貴族，保住了他們的性命。」

但也因為這樣，亞倫斯伯罕雖然在政變中屬於獲勝方，卻陷入了幾乎沒有半名繼承人的困境。儘管如此，事後卻還分得了戰敗方的領地，該掌管的領地範圍更是擴大。

「而第二夫人的兩個兒子不再是領主候補人選、被降為上級貴族時，第一夫人的女兒們又都已經出嫁，不再是亞倫斯伯罕的領主一族。因此，聽說當時的第一夫人有意收養自己女兒的孩子，也就是孫女為養女，藉此增加領主候補生的人數。」

然而無論哪個領地，貴族人數比起以往都有減少，因此她只收養到了一個孩子。她原本預計要栽培那名孫女為下任領主，再收養雖降為上級貴族，但仍流有領主一族血脈的孫子，增加領主候補生的人數。

未料第一夫人竟過世了，並由喬琪娜成為第一夫人。

「據悉喬琪娜大人的長女也已經嫁給了上級貴族，不再是領主候補生。而今只剩下蒂緹琳朵大人，與前任第一夫人收為養女的萊蒂希雅大人。」

「但領主的弟弟不也是領主一族嗎？倘若弟弟的子嗣更多，應該盡早將領主之位讓給他，藉以增加領主一族的人數吧？」

對於斐迪南這番發言，艾薇拉緩緩搖頭。

「聽說亞倫斯伯罕有個不成文的規定，在確定領主人選之際，同輩的領主一族便要悉數降級。奧蕾麗亞的父親早已被降為上級貴族，獲賜土地。」

也就是說，亞倫斯伯罕現在的處境可說是四面楚歌。

「……我從蘭普雷特那裡聽來的消息就是這些。」

「聽起來還是有不少疑點，但奧蕾麗亞若是法雷培爾塔克出身的第三夫人的女兒，恐怕也問不出更詳細的情報吧。」

斐迪南眉頭深鎖，露出了厭煩至極的表情，沉浸在思緒之中。

染布比賽

蘭普雷特他們的星結儀式辦在夏季尾聲，所以很快地，又到了夏季的成年禮與秋季的洗禮儀式。儀式結束後，我前往城堡準備染布比賽。在回神殿為收穫祭進行準備之前還有一點時間，這段時間我都會待在城堡。

「羅潔梅茵大人，終於就快完成了。」

我一抵達城堡，莉瑟蕾塔臉上便綻放出愉快的笑容，向我展示她手上的布。布料上滿是精密的魔法陣與具有混淆作用的刺繡，看來五彩繽紛。在莉瑟蕾塔與夏綠蒂等人的努力下，休華茲兩人服裝的刺繡幾乎就快完成了。

「莉瑟蕾塔，妳們真是太厲害了！」

「只剩下一點點了呢，我也來幫忙。」

想記下魔法陣的安潔莉卡立即藍眼發亮，跟著拿起刺繡的針。優蒂特也反應過來般地抬起頭，不服輸地伸手拿線。

……大家都具備女性該有的技能呢。

我決定把這件事交給擅長針線活的女孩子們，自己來做其他事情。

「護衛工作就交給達穆爾與柯尼留斯了。哈特姆特、菲里妮，你們負責抄書。這項任務的時間也所剩不多，所以要加快腳步。」

我想在出發去貴族院之前，把向戴肯弗爾格借來的書籍抄寫完畢，因此我們現在可是火力全開。雖然我其實不算是抄書，是改成現代的白話文，但一樣是分秒必爭。

我把茶會的準備工作全丟給布倫希爾德、艾薇拉與芙蘿洛翠亞，自己則是埋頭抄寫書籍，很快地到了舉辦染布比賽的日子。

茶會從下午開始，但奇爾博塔商會的人會在第三鐘就進入城堡，搬運布匹。接到奇爾博塔商會已經抵達了的通知，我便前往會場察看情況。我第一個趕到會場，緊接著芙蘿洛翠亞與艾薇拉也來了。看見我們到來，正向員工下達指示的歐托便挨過來寒暄。貴族特有的冗長問候結束後，艾薇拉環顧會場內的布置。

「歐托，那些木框是怎麼回事呢？」

這時，奇爾博塔商會的店員們正把一個個木框架在牆邊。我一眼就能看出那些木框是展示布料用的，但在芙蘿洛翠亞與艾薇拉的認知當中，布料就是要由商人攤開來展示在自己面前，所以無法看出木框的用途吧。

而歐托帶來的木框以衣架來說，比較接近和服用的掛架，可以把和服整件攤開掛起來，這樣說明會比較好懂嗎？高度約兩公尺，形狀類似神社的鳥居。看著這樣的木框一個個被擺在牆邊，艾薇拉的眉頭擰了起來。聽她這麼發問，歐托露出有些為難的笑容，開始說明。

「因為今天雖說是展示會，要展示以新染法製成的布料，但其實更可說是茶會。為了讓坐在一段距離外的賓客也能看到所有布料，這是我們想出來的辦法。」

貴族在挑選布料時，都是命人先把布料擺在眼前，再指使商人從中拿起布料攤開平展，自己也會摸摸布的質感，然後挑選出自己喜歡的。但這次因為有大量貴族在場，如果想讓每位貴族都看過所有布料，卻又要採用平常的做法一對一進行展示，不僅人手不夠，布料與時間也不夠。面對這棘手的情況，歐托似乎苦思良久。

「提出這個辦法的人，是為羅潔梅茵大人製作髮飾的工藝師。她說倘若城堡裡都是一整面的白牆，那麼只要把染好的布料擺在牆邊，想必會十分醒目。布料若能整個展開來當作擺飾，貴族大人要找到自己喜歡的布料應該也更方便。」

萬一這時候起爭執就糟了。我立刻幫歐托說話。

「今天不是要請大家訂做新衣，而是在展示新布料的同時，讓大家決定專屬。也因此，必須先請大家別拘泥於喜好，看過所有的布料。在場又只有奇爾博塔商會，人手不足以一對一向每個出席者展示布料吧。我認為像這樣攤展開來，讓大家能先篩選出自己喜歡的布料，這個方法很不錯呢。」

只要在決定專屬與布料的時候，別搞錯應對順序就好了——我這麼幫腔後，艾薇拉的表情這才有些放柔。

「說得也是，若想讓賓客在看過所有布料後進行挑選，即便改為一次向一整桌的人展示，時間也還是完全不夠用呢。」

店員開始擺上布料後，各式各樣的紅色在雪白牆面上綻放。由於布料都預計要做成冬季服裝，所以每塊布料皆使用了象徵冬季貴色的紅色。但雖說都是紅色，當中也有接近粉色的紅與接近橘色的紅，各種紅色爭奇鬥豔，也有不少布料是自身就有著濃淡不一的紅。大概是依照了我當初的建議，幾乎所有布料都染著花朵圖案。

當布料一一平展開來，布倫希爾德開始對奇爾博塔商會的店員們指手畫腳。

「那邊的人，請把這兩個木框再分開來一點。這塊布料的花色都被蓋過去了。」

「遵、遵命。」

「這款布料應該要調整一下，才能清楚看見布面上的花朵圖案。」

「您說得是。」

對於每塊布料該怎麼展示更能突顯其特色，布倫希爾德非常仔細地下達指示。雖然不得不配合她的指示、細心調整布料位置的店員們十分辛苦，但布倫希爾德的眼光真是太精準了。確實只是稍做調整，布料給人的感覺就完全不一樣。

「羅潔梅茵大人……」

因此忙得暈頭轉向的店員們都用眼神向歐托示意，歐托也小聲向我求助。但是，看見布倫希爾德這麼神采奕奕，我一點也不打算阻止她。

「我想最好還是聽從布倫希爾德的建議，出席茶會的貴族們也更能接受這個做法喔。奇爾博塔商會也該趁此機會，好好了解上級貴族的審美觀。」

這時，城堡的侍從們也開始在會場裡忙進忙出，為茶會做準備。聽見侍從前來報告桌子準備好了、點心準備好了，芙蘿洛翠亞負責上前確認。

艾薇拉看著展示在牆邊的布料們，像是忽然想起什麼，抬頭呼喚歐托。

「光看這些布料，也不曉得是哪個工匠做的吧？上頭會有名牌嗎？」

艾薇拉問，歐托搖了搖頭。

「為了讓工匠們覺得公平，運來會場的這些布料只會標有編號，並且只有奇爾博塔商會知道對應的製作者是誰。若有中意到想納為專屬的布料，還請告訴我們號碼。我們會再告知該號碼所屬的工坊與工匠名字。」

「所以就是全憑自己的眼光來挑選吧。畢竟是新的染法，這做法真不錯呢。」

艾薇拉輕輕點頭，表示同意，然而我不是很想接受。一旦採用這個做法，我可能就無法指定母親為專屬了。聽出歐托所謂的「以示公平」，其實是要讓我不能偏袒家人，我噘起嘴巴。

……讓我偏心一下有什麼關係嘛！歐托先生太壞心眼了！

無可奈何下，我只能靠著自己的雙眼找出母親的作品。

……誰怕誰！就讓你瞧瞧我對家人的愛！

吃完午餐，全面檢查過一遍後，確認一切已經準備就緒，第五鐘開始便是茶會。為了可以多吃點茶會的點心，我午餐吃得不多，還因此挨黎希達罵，但艾拉最近精心製作的點心，多是容易有飽足感的派與塔類。如果不稍微留點空間，根本吃不了幾口。

「羅潔梅茵大人，請容我再次為您介紹。」

剛才先回家吃午餐的艾薇拉，此時帶著戴有亞倫斯伯罕面紗的奧蕾麗亞再度回來。奧蕾麗亞戴著繡滿圖紋的厚重面紗，遮蓋住了臉龐，確實如同艾薇拉的擔憂，乍看下給人她更重視亞倫斯伯罕的風俗，而且不願接受艾倫菲斯特的感覺。

「羅潔梅茵大人，這位便是蘭普雷特的妻子奧蕾麗亞。我擔心她一個人可能不好意思來城堡，所以儘管為時尚早，但還是先帶著她一起過來了。奧蕾麗亞，這位是羅潔梅茵大人。她雖是我的女兒，也是蘭普雷特的妹妹，但如今已是領主的養女，還在妳的星結儀式上擔任神殿長，妳們應該有過一面之緣吧？」

「是的。她還賜予了我祝福，對此我真的非常高興。」

艾薇拉介紹完，我與奧蕾麗亞互道寒暄。但是隔著面紗，真的完全看不見對方的表情。

「奧蕾麗亞，今天還有其他貴族會到場，妳是不是摘下面紗比較好呢？」

「連羅潔梅茵大人也這麼說了唷，奧蕾麗亞。」

「不，婆婆大人。無論兩位怎麼說，我還是……」

奧蕾麗亞緊緊捏住面紗，彷彿在表明自己絕對不會摘下的決心。

看得出來艾薇拉已經多次建議過奧蕾麗亞該摘下面紗，我也能明白在看不見對方表情的情況下，總會感到不太舒服，希望她能把面紗摘下的心情。但是，看到奧蕾麗亞緊抓著面紗的手在微微顫抖，我想即便戴著面紗，奧蕾麗亞仍是感到十分害怕吧。

「奧蕾麗亞，我們是在擔心妳。妳若這般堅持戴著亞倫斯伯罕的面紗，會讓人以為妳絲毫無意融入艾倫菲斯特。」

「我並沒有這個意思，可是……」

奧蕾麗亞緊捏著面紗的手完全沒有放鬆力道。雖然不知道她至今究竟遭受過怎樣的誤解，但似乎在她心裡造成了很難抹滅的傷痕。

「奧蕾麗亞，若妳堅持要戴著面紗，要不要改用艾倫菲斯特的布料做塊新的呢？這樣一來，至少第一眼會給人奧蕾麗亞融入了艾倫菲斯特的感覺吧。」

聽完我的建議，奧蕾麗亞明顯定住了一秒鐘。艾薇拉也在思索片刻後，無奈表示：

「是呀，那樣確實能稍微改變給人的印象。」

「今天其實也是新款布料的展示會，工匠們各自使用了艾倫菲斯特舊有的與最新的染色技法。而新的染法是我提供給工匠的喔。奧蕾麗亞可以從中挑選自己喜歡的花色，再用來製作面紗，我想光是這樣，給人的感覺就會截然不同。妳覺得呢？」

「羅潔梅茵大人，非常感謝您這般有用的建議。我決定用艾倫菲斯特的布料重新做塊面紗。」

奧蕾麗亞的話聲顯得如釋重負。

隨後，艾薇拉與接著來到的芙蘿洛翠亞一起做最後確認，忙碌地來回走動。當她們眼神銳利地檢查起布倫希爾德展示布料的方式有無問題時，我則是看起牆邊的布料，想找到母親製作的那一塊。

布料的顏色從橘紅到紫紅各有不同，有的布料呈現著由深紅轉為淡紅的漸層；有的似乎是採用絞染，呈現獨特的紋路與花色；有的是間隔相等地重複染上相同圖案。

……媽媽做的布料是哪一塊呢？

在一片各異其趣的紅色布海中，只有零星幾塊布料在花朵部分使用了明亮的顏色，或是另外點綴了綠葉。由於同時有多種顏色的布料還不多，格外引人矚目。

……咦？怎麼好像黏上我了呢？

不知為何，奧蕾麗亞正慢吞吞地跟在我後頭移動。但因為芙蘿洛翠亞與艾薇拉都很忙，閒閒沒事的我應該陪她說說話吧。

該找什麼話題呢？話題話題，呃……

「奧蕾麗亞，妳一直戴著面紗，看得見前面嗎？」

「……咦？」

「我以前也戴過遮住臉龐用的面紗，可是那時候我只能看到自己的腳，完全看不見與我面對面的人呢。」

青衣巫女時期我曾去外地舉行祈福儀式，當時也戴過面紗，對方應該看不見我的長相，但我也看不見他的。這種情況下應該無法與人社交吧。

聽了我的疑問，奧蕾麗亞發出了十分過意不去的話聲。

「因為我的面紗上繡有魔法陣，所以……」

所以奧蕾麗亞似乎看得見我們。

「所以妳就算戴著面紗，也不會認錯人吧。」

「是、是的，沒錯。」

「面紗上的刺繡看來很複雜呢，奧蕾麗亞擅長刺繡嗎？」

「就和一般人差不多。」

……也就是十分擅長囉？因為莉瑟蕾塔也說她和一般人差不多嘛。

「羅潔梅茵大人應該沒有不擅長的事情吧？蘭普雷特大人說過，您是他引以為傲的妹妹呢。還說您就如同真正的聖女，心地慈悲善良。」

據說蘭普雷特曾對奧蕾麗亞說，當初若不是我對他的主人韋菲利特伸出援手，也不會有現在的他。

「他還對我說，您連孤兒與不同派系的人都展現出了惻隱之心，也絕對不會一見面就討厭我，但我當時還是無法馬上相信。可是，羅潔梅茵大人在星結儀式時，開口對我說話了吧？那時候我真的很高興。今天您也不是再三要求我摘下面紗，而是提議我做塊新的，我真的打從心底非常高興。」

由於我平常沒什麼機會與蘭普雷特接觸，也很少說到話，因此我直到這時候才知道，原來他這麼感謝我。奧蕾麗亞會抱著好感接近我，主要也得歸功於蘭普雷特對她說過的話吧。

雖然我也想讚美蘭普雷特幾句，幫他多加點分，只可惜我想不到適當的話題。總之，就先與奧蕾麗亞加深交流吧。

「那麼，便由我這個哥哥大人引以為傲的妹妹，送塊布料給奧蕾麗亞吧。當作是結婚賀禮。妳比較喜歡可愛的還是美麗的圖案呢？」

「我的個子偏高，外貌也與可愛的布料並不相稱……」

奧蕾麗亞搖頭說道，但從語氣聽得出來她只是覺得不適合自己，但其實喜歡可愛的東西。

「如果是平常要穿的衣服，確實該仔細斟酌顏色是否適合自己，但今天挑的布料是要做成面紗，到時也看不見容貌，我想用不著考慮適不適合自己唷。」

奧蕾麗亞的頭部定住了一會兒。彷彿可以由此看出奧蕾麗亞內心的情緒波動，我開始覺得有些好玩。我轉頭看向也跟在身後的布倫希爾德。若要尋求對布料的建議，布倫希爾德的眼光更準確。

「布倫希爾德，如果是挑選做成面紗的布料，哪種花色比較適合呢？」

「這款同時使用了絞染與蠟染的布料如何呢？如果想要展示比較顯眼的圖案，這款也不錯。但考慮到還要繡上魔法陣，那麼像是這款中間留白、但下襬帶有圖案的布料，或許會比較方便吧。」

奧蕾麗亞認真地端詳起布料。雖然看不見表情，但從她站在布料前面緊盯良久都不動這點來看，就能知道她喜歡哪款布料。我以餘光看著布倫希爾德記下奧蕾麗亞看得特別久的布料編號，繼續尋找母親製作的布料。

早在展示會開始前，便與奧蕾麗亞加深了交流的我，被安排坐在奧蕾麗亞與艾薇拉之間。今天的我還接到密令，要盡可能向奧蕾麗亞丟出有關亞倫斯伯罕的話題，努力打聽到更多情報。這可是非常重要的任務。

……與亞倫斯伯罕有關的話題嗎？

我一邊喝著茶，一邊向奧蕾麗亞開口。

「奧蕾麗亞，關於亞倫斯伯罕我有些好奇的事情，方便問妳嗎？」

「是、是，當然。只要是我知道的事情……」

奧蕾麗亞的話聲變得僵硬，帶有警戒，但我還是得完成重責大任。

「亞倫斯伯罕的圖書室裡，藏書量有多少呢？」

「……圖、圖書室的藏書量嗎？」

奧蕾麗亞的嗓音變尖，聽得出來她十分驚慌。艾薇拉與芙蘿洛翠亞則是垂下雙眼，好像在說「不對」。

「是的。既然是大領地，城堡裡頭果然有很多書籍吧？」

「真是抱歉，確切數量我並不清楚。因為我先前很少出入城堡。不過，藏書量自然還是貴族院的圖書館多得多呢。」

聽說她雖是領主的侄女，但因為是第三夫人的女兒，所以受到冷落。倘若如此，會很少出入城堡也是無可奈何吧。

「奧蕾麗亞，那妳帶來的嫁妝裡頭，是否有亞倫斯伯罕的書呢？我最喜歡故事書了。戴肯弗爾格領內流傳著許多描寫英勇騎士的故事，亞倫斯伯罕那裡又有什麼故事呢？請告訴我妳知道的故事吧。」

我興沖沖地等著回答，奧蕾麗亞稍稍側過頭。

「如果您想知道經常傳頌的騎士故事，最有名的就是擊退海上魔獸的故事了吧。」

「哎呀，竟然有這種故事嗎？稍微說來聽聽吧。」艾薇拉也表示道。

「但真的是很常聽見的故事呢。」奧蕾麗亞說著，點一點頭。

然後，奧蕾麗亞說起了騎士是如何打倒巨大海上魔物的故事，但這在艾倫菲斯特根本不常見，我以前也從來沒聽說過。菲里妮在我背後拚命做紀錄。

奧蕾麗亞講述的故事中還出現了大量魚名，那麼等到與她交情變好，說不定能透過她取得晒乾的海藻與魚貝類。我內心的期待不由自主不斷膨脹。

……魚！有魚！海產耶！萬歲！

在我眼裡，奧蕾麗亞面紗上的複雜圖案正慢慢變成一大群魚。

「我曾在地理課上學過，亞倫斯伯罕與艾倫菲斯特不同，領地與大海相鄰。海洋裡頭能捕到哪些魚類呢？那些魚好吃嗎？好吃嗎？」

我緊緊交握雙手，仰起臉龐用充滿期待的目光注視奧蕾麗亞。她似乎感到畏縮，身體微微晃動。

「我認為艾倫菲斯特的餐點更美味唷。但因為畢竟是故鄉的料理，所以亞倫斯伯罕的飯菜我也同樣覺得美味……」

「來到艾倫菲斯特以後，就吃不到魚了嘛。」

嫁妝裡頭沒有帶點海產過來嗎？我正大失所望，奧蕾麗亞也略微垮下了肩膀。

「其實我放在能夠暫停時間的魔導具裡，從亞倫斯伯罕帶了點東西過來，結果卻沒有辦法享用呢。」

「這是為什麼?!」

「很遺憾，箱子裡頭沒有一樣東西是我曾經吃過的。」

聽奧蕾麗亞說，她為了在心生想念的時候能夠享用，請人準備了故鄉的料理放進箱子並帶過來，卻發現箱子裡的都是還未經過調理的食材。上級貴族千金不可能自己做菜，煮飯是廚師的工作。所以就算那些魚再新鮮，她再怎麼想念故鄉的美味，也無法直接享用。目前因為艾倫菲斯特的──正確地說是卡斯泰德家的餐點很美味又少見，帶來的魚便一直放在魔導具裡頭。

「但是，用以暫停時間的魔導具非常消耗魔力，所以我正心想反正都不能吃，不如

把那些魚丟掉。」

「請等一下。怎麼能丟掉呢，太浪費了！與其要丟掉，不如給我吧！」

「羅潔梅茵大人，您這樣央求物品太不成體統了。」

艾薇拉與布倫希爾德都皺起臉龐。但這時候要是乖乖自制，眼睜睜看著珍貴的魚被丟掉，我一定會後悔到死也無法瞑目的地步。

……魚！海水魚！好想吃，超級想吃！單純鹽烤也沒關係，我好想吃！

「奧蕾麗亞，我會把魚交由我的廚師料理。雖然這裡用的調味料與亞倫斯伯罕不同，多半做不出故鄉的味道，但是可以做成新菜色。」

「……新菜色嗎？」

聽到新菜色，艾薇拉的眉毛一挑。

「所謂婚姻，就是要尊重雙方生長環境的文化才能順利走下去，不能有人單方面忍讓。奧蕾麗亞會想念家鄉也是正常的。偶爾也當然會懷念故鄉的美味。但既然現在只有食材，那用艾倫菲斯特的調味料來烹煮也未嘗不可吧？這也是領地間的一種交流。」

又不是我結婚，我也知道自己講得太臉不紅氣不喘了。但是，這種事管它的。重點在於透過蘭普雷特這樁聯姻，我往後能不能吃到海產。

「故鄉的食材若能自然而然地在這裡開始流通，奧蕾麗亞也更能適應在艾倫菲斯特的生活吧？我想交由艾倫菲斯特的廚師，用亞倫斯伯罕的食材做出新菜色！這說不定也會變成一種新流行。奧蕾麗亞，我們一起加油吧。」

「……是、是。」

我散發出驚人氣勢，逼著奧蕾麗亞答應我，絕對不會把食材丟掉。

只可惜儘管得到了新食材，我卻沒能從展示在牆邊的眾多布料裡頭，找出母親所做的布。好不容易過濾到只剩三個可能的選項時，茶會就結束了。我沒能選出自己專屬的文藝復興。

最終，我以「最適合用來做多莉設計的那款新衣」為條件，請布倫希爾德選出了冬季服裝要用的布料。她選的那款布料，有著從深紅慢慢轉為溫暖朱紅色的漸層，同時還遍布著濃淡各有不同的小花，看得出來應該經過了無數次的細心浸染。

……我對家人的愛，竟然輸了。

染布比賽過後與收穫祭

染布比賽結束後的隔天，便是訂做服裝與測量尺寸。今天來城堡的不是歐托，而是帶著裁縫師們的珂琳娜。因為要用我在染布比賽上挑選的布料製作冬季服裝。雖然不能指定母親為專屬讓我很難過，但至少服裝要採用多莉的設計。

「羅潔梅茵大人，在此由衷向您獻上我等的感謝。」

珂琳娜說，昨天的染布比賽可說是非常成功。貴族婦人們都透過自己的專屬商會，向工坊與工匠下訂單，因此不光是一直以來都擔心只有奇爾博塔商會能獨占好處的大店，包括染織協會、染色工坊與工匠們，都對這次的比賽盛讚有加。

工匠們耗費苦心染出的布料得到了上級貴族的喜愛，新的染色技法也就此在艾倫菲斯特扎根。有工匠分別從芙蘿洛翠亞與夏綠蒂手中獲得了文藝復興的稱號，聽說讓眾人羨慕不已，所以不少人更是燃燒起旺盛鬥志，把目標放在下一次的比賽上。

「由於羅潔梅茵大人並未決定誰能得到文藝復興的稱號，所以工匠們全都摩拳擦掌，等著下個季節的到來。聽說還有年輕工匠拿羅潔梅茵大人這次選中的布料當參考，開始學習繪畫呢。」

至今染色工匠都被要求染出均勻又美麗的單色。但是，現在若想利用蠟染勾勒圖案，自己也必須要有繪畫能力。

「這次的染布比賽，有工匠是自己繪製圖案，也有的是委託美術工坊畫好花朵，也有的是請來刺繡時會先畫草圖的裁縫師，幫忙畫好花卉或果實。艾倫菲斯特的染織業出現了巨大的改變呢。」

聽說所有工匠都在挑戰新的染法。我很高興，也覺得這是好事，但還是開口說了：

「但製作服裝時，單色布料仍是不可或缺，所以還請提醒染織協會一聲，希望單色的布料不會就此從艾倫菲斯特消失。」

我可不希望大家因為追求流行，就讓寶貴的技術失傳。正如同當初亞倫斯伯罕的女性領主候補生讓單色染法掀起流行後，艾倫菲斯特固有的技術隨即消失，這次要是換成單色的染法失傳就沒意義了。

「我會如此轉告染織協會。」

珂琳娜點頭回應我說的話時，雙手也忙個不停，很快為我量好尺寸。我豎起耳朵仔細一聽，發現這次的數字竟然稍有變動。原來我終於稍微長高了！

……好耶！過了一年，我總算長高一點點了！

我竭力不表現出來，但內心暗暗感動得渾身顫抖。珂琳娜接著拿來布倫希爾德選擇的布料，在我身上比對，同時露出意味深長的微笑。

「羅潔梅茵大人的眼光真是準確呢。」

「咦？」

「這塊布料的製作者正是伊娃。儘管只有編號，沒有亮出名字，您仍是成功找出來了呢。歐托也佩服不已。」

……不對。不是我。找到的人並不是我。

縮小範圍的人雖然是我，但最終選擇的人是布倫希爾德。

……啊啊啊啊啊！我對家人的愛居然徹底輸給了布倫希爾德！

早知道這塊布的製作者是母親，我就會直接給予文藝復興的稱號，但我自己都已經決定「這次無人符合」，事到如今也不能反悔。儘管失望於自己竟然沒能親眼選出來，但想到可以用母親做的布料製作冬季服裝，我還是由衷高興。

「我很喜歡夏季的那套服裝，冬季服裝也能做成類似的款式嗎？」

珂琳娜立即答應，面帶微笑，彷彿在說「我明白」。我已經對艾薇拉與芙蘿洛翠亞宣稱，「我想讓氣球狀的裙子成為常見的流行」。夏綠蒂也說過她覺得很可愛，想要穿穿看，所以暫時我都會穿氣球狀的蓬蓬裙。

「另外還請麻煩多莉，製作一個搭配這款服裝的髮飾。」

「遵命。」

量好尺寸、訂好服裝與髮飾，接著要返回神殿。因為收穫祭就快到了。回到神殿以後，我向斐迪南報告了在染布比賽上發生的事情。我也告訴他自己與奧蕾麗亞交談過，再說到自己想用亞倫斯伯罕的食材製作新菜色時，卻被他搖頭否決。

「妳說得簡單，卻會害了要處理未知食材的廚師。」

斐迪南滔滔不絕地講了一長串說明。歸納起來，就是我的專屬廚師並不曉得要怎麼處理亞倫斯伯罕的奇異食材。要是不知道怎麼處理，廚師有可能會遭遇危險。新食材完全被當成了危險物品。

……這麼說來，還是平民的時候，遇過不少得經過特殊處理的食材呢。例如類似大蒜必須先敲扁的蔬菜，還有因為會跳舞得先烤過的野菇，意外有不少食材若不知道處理方法，可能會有麻煩。

「從前不時會有南邊的貴族向城堡進獻亞倫斯伯罕的食材，因此舊薇羅妮卡派貴族的專屬廚師，或是城堡裡的宮廷廚師，也許會知道該如何調理。但是，目前我還無法信任奧蕾麗亞，所以無法放心地使用她帶來的食材。」

就因為斐迪南不信任奧蕾麗亞，再這樣下去，那些魚兒會永遠無法落入我手中。我連忙向斐迪南說明。

「奧蕾麗亞人並不壞，她還畏縮得不敢摘下面紗呢……」

「妳這笨蛋，所以別人才說妳思慮不周。妳不能只看奧蕾麗亞本人，也要考慮到她周遭的情況。」

斐迪南的意思完全就是要我暫緩領取，我感到想哭。

……明明那些魚都來到我眼前了，卻要看著牠們溜走，這也太過分了！

「神官長，為了讓奧蕾麗亞能適應在艾倫菲斯特的生活，也為了為下次的新流行找靈感，我需要研究亞倫斯伯罕的食材。而且、我也已經到極限了……我真的……真的好想吃魚。只要鹽烤就好了。複雜的調味慢慢研究也沒關係，總之我好想吃鹽味烤魚。」

抹鹽烤過以後，再擠上產季已經快到尾聲的柑橘類水果刺陀菱，只要這樣簡單的調味就好了，我好想吃魚。我殷殷傾訴自己的心願後，斐迪南按住太陽穴。

「還說想讓奧蕾麗亞適應在艾倫菲斯特的生活、想為新流行找靈感，妳一開始說得好聽，結果只是為了滿足自己的口腹之欲嗎……唉。妳真是一點也沒變。看來我至今的教育毫無用處。」

「多虧神官長的教育，我確實改變了喔。如果沒有你的教育，我當天就會帶著雨果與艾拉一起去奧蕾麗亞家打擾，早就把魚吃掉了。」

我現在可是會乖乖問過大家的意見。雖然身邊人們對我的評價好像不是很正面，但我覺得自己進步很多了。我指出自認為的進步後，得意挺起胸膛，卻被斐迪南罵道：「我要求的進步可不只這點程度。」

……嗯，我想也是啦。

「我會去問問齊爾維斯特，城堡的廚師裡有沒有人懂得處理亞倫斯伯罕的特殊食材，而妳暫時都不能離開神殿。若不好好監督，感覺妳會自己找機會偷偷外出。好比利用神殿與城堡的往返途中繞去奧蕾麗亞家，或是慫恿食欲旺盛的人一起溜出去……」

斐迪南開始列出我可能會採取的行動。最近因為有貴族近侍同行，所以即使沒有斐迪南陪同，我也獲准能夠往來神殿與城堡。我正暗自盤算著能不能中途跑去吃魚，想不到已經被斐迪南看出來了。

……糟糕，完全被看穿了。神官長該不會懂得讀心術吧？

我感到坐立難安，抬頭往他偷瞄，只見斐迪南厭煩地沉下了臉。

「由於有個習慣偷跑、令人頭痛不已的上司，我只是把他至今做過的事情列舉出來，看來妳也有自知之明。」

……養父大人那傢伙！

「還有，妳的想法都寫在臉上了。只因為在神殿，妳也未免太鬆懈了。」

「唔唔……」

正如斐迪南所說，我待在神殿的時候確實比較放鬆，精神也會鬆懈下來。我急忙用手托住臉頰，做出貴族該有的表情，斐迪南卻受不了地嘆氣。

「妳為了自己的私利顯然是忘了，目前仍禁止妳與奧蕾麗亞接觸。雖然先前在艾薇拉的監督下，允許妳在染布比賽上與她交流，但妳也明白那是例外吧？」

由於在茶會上相談甚歡，我早就徹底忘了，但大家確實吩咐過我不能與她接觸。可是，我並不覺得奧蕾麗亞是危險人物，況且我無論如何也想吃魚。

……既然在無人監督的情況下不能與她接觸，那有監護人在旁邊監督就好了吧？

我輕拍自己的臉頰，端出坐姿，露出貴族該有的優雅微笑。

「如今這片土地的所有生命，都將被生命之神埃維里貝激昂的情感所掩蓋，那麼在寒冬來臨之前，我希望能為料理之神科威克勞羅準備供品。不如就藉由融合亞倫斯伯罕與艾倫菲斯特，來準備能令科威克勞羅滿意的供品吧。這可是難得一見的光景，斐迪南大人要不要共襄盛舉呢？」

「萬一傳出謠言，說奧蕾麗亞想在艾倫菲斯特推廣亞倫斯伯罕的料理，屆時舊薇羅妮卡派的貴族肯定會一窩蜂地湧向她。妳別再給艾薇拉製造更多麻煩了。」

明明我試著很有貴族風範地邀請斐迪南，結果卻只是被他一瞪，他還二話不說拒絕。看來在查探完周遭的動靜之前，我只能與魚分隔兩地。

……我的魚正離我越來越遠。魚、好吃的魚啊啊啊——！

後來，我還是鍥而不捨地嘗試說服斐迪南，但每次都以失敗告終，好幾天就這麼過去了。就在這時，我收到艾薇拉的通知，聽說羅溫沃特已經建好製紙工坊了，韋菲利特也已經做完最後確認。

由於到了製紙工坊後，只是要傳授給當地居民最基本的製紙方式，所以派人去待一個月就夠了，趕得及在收穫祭之前回來。我操控著小熊貓巴士，載著羅潔梅茵工坊的四名灰衣神官，還有普朗坦商會要負責成立植物紙協會的人員，出發前往當地。被派往製紙工坊的指導員，都是由曾經去過伊庫那的灰衣神官，以及曾在哈塞與其他平民相處過的灰衣神官組成。再加上還有普朗坦商會的都帕里在，應該不用太過擔心吧。總之，我還是叮嚀了好幾次說：「請勿無禮對待灰衣神官。」「他們都算是我的人喔。」

除了派往製紙工坊的灰衣神官外，也要挑選今年冬天去哈塞交接的神官，還得準備過冬、察看印刷進度。在忙碌的生活追趕下，很快地到了收穫祭的季節。

由於現在韋菲利特與夏綠蒂都會幫忙分擔，所以我該前往的地方不多。斐迪南也說我只要參考春天的祈福儀式，同樣去那幾個地方就好，因此這次幾乎沒經過討論，就決定好了收穫祭要去的範圍。

除了確定要去的幾個直轄地，還預計去一趟葛雷修，接回古騰堡成員。這次同行的徵稅文官不是尤修塔斯，而是另一名上級貴族。聽說是哈特姆特成為我近侍前的上司，還是哈特姆特的舅舅。

「羅潔梅茵大人要騎著騎獸前往嗎？」

通常與青衣神官一起移動的時候，必定是搭乘馬車。由於要長期遠行，還得攜帶自己的行李，所以貴族也需要準備馬車。對於外出舉行神殿的儀式時竟會使用騎獸，文官似乎十分意外。於是我向他說明，我雖然會讓侍從們坐馬車，載著行李先走，但自己是以騎獸移動。我也說這是為了自己的身體狀況著想，才會採用這個做法，但文官若要搭乘馬車也沒關係。不過，文官似乎也想騎乘騎獸移動。

……嗯，我懂。因為比馬車快又輕鬆嘛。

再討論了一些細節之後，便要出發前往收穫祭。收穫祭因為是神殿的祭祀活動，又會離開城市，所以未成年的見習生們只能留在城堡。能與我同行的，只有安潔莉卡與達穆爾。聽到這件事，優蒂特用充滿怨懟的眼神看著達穆爾：「我又只能留守了嗎？」

「優蒂特，至少這件事完全不能怪我吧。」

達穆爾傷腦筋地撓撓臉頰，安潔莉卡也表示同意。

「是啊。妳與其羨慕達穆爾，不如努力變強，讓自己能夠更完美地執行護衛工作。要不要我去拜託師父，請他為妳特訓？」

「……他已經指示我要提高命中率，我會自行練習。」

優蒂特就此不再抗議後，剩下的便是我不在的這段期間，要指示大家做什麼工作。見習騎士們為了加強團隊合作，基本上每天都要參加特訓，也正為了狩獵大賽在做訓練。因為收穫祭期間，城堡會為了準備過冬而舉辦狩獵大賽。

「請大家在狩獵大賽上要踴躍表現，別輸給成年騎士們喔。」

「是！我們必不辜負主人的期望。」
「至於見習文官兩人，請繼續抄寫戴肯弗爾格的書籍。」
「請包在我們身上。」
「侍從們還請完成刺繡工作。我預計收穫祭結束後，要拿給斐迪南大人檢查。」
「遵命。」
囑咐完我出去舉行收穫祭時，大家該做哪些事情後，我的目光最後停在布倫希爾德身上。
「布倫希爾德，妳先前提議過，在貴族院出席升級儀式與交流會的時候，可以讓所有女學生都配戴髮飾吧？那麼請妳找來奇爾博塔商會，為今年的女學生都準備一個髮飾吧。每個人的預算都是一枚小銀幣。」
聽完我的指示，布倫希爾德蹙起柳眉。
「一枚小銀幣嗎？但那是下級貴族與中級貴族在戴的髮飾，不符合羅潔梅茵大人的身分。」
「我打算再加上平常用的，一次戴兩個髮飾，上級貴族也可以模仿我喔。我只是不希望在所有人都要配戴髮飾的情況下，卻有下級貴族買不起髮飾。」
我說明自己的應對方法後，布倫希爾德立刻變得精神抖擻，說她一定會挑選好適合大家髮色的髮飾。我暗暗鬆了口氣。
……這下子在我外出舉行收穫祭的時候，城堡的近侍們也不會無事可做吧。
要為每個人安排適合他們的工作，意外地相當不容易。

收穫祭期間，陪我坐小熊貓巴士移動的只有法藍與安潔莉卡。莫妮卡、雨果、艾拉和羅吉娜都是坐馬車。四人與灰衣神官們坐上馬車後，預計先前往哈塞的小神殿，而這次擔任護衛的一樣是大門士兵，父親正站在最前方。我環顧要負責護送的士兵們。

「上次光顧義大利餐廳時，我親眼看見了平民區依然維持著整潔美觀。餐會上，商業公會與大店的老闆們也告訴我，這都多虧了有士兵幫忙奔走。真的非常感謝各位，領主大人也十分高興。今晚在小神殿用餐時，還請與我分享各位的感想。」

「遵命，我們也很期待今夜的晚餐。」

父親用右拳往左胸敲了兩下，其餘士兵也露出自豪的笑容，跟著照做。我也模仿他們，在左胸上輕敲兩下後，目送馬車隊伍離開。

下午我騎著騎獸出發，抵達哈塞後，馬上開始舉行收穫祭。聽說今年一樣豐收，所有農民都興高采烈地歡迎我。在我舉行洗禮儀式、成年禮、星結儀式的時候，徵稅官則與鎮長利希特處理徵稅以及有關亡者的事宜。

儀式結束後，就是玻爾非比賽。今年大家照樣是熱血沸騰。雖然我十分同情被踢來踢去的玻爾非，但除了我以外好像根本沒人在乎。

而在哈塞舉辦的收穫祭，還是小孩子的我一樣中途便離場。把徵稅官留在哈塞的冬之館後，我往小神殿移動。

「羅潔梅茵大人！」

儘管不能喝酒，但此刻小神殿裡已經辦起了宴會，不只灰衣神官，士兵們也熱烈歡迎我的到來。我從儀式服換成便裝後，前往成了宴會場地的食堂。

「小神殿旁的田地也是大豐收喔。果然是因為盈滿了羅潔梅茵大人的魔力吧。」

托爾樂不可支地向我展示他為今天採收的蔬菜。每樣蔬菜看來都比我在平民時期見過的還要肥美，感覺就很好吃。瑞克也在旁邊笑得十分開心，指向食堂角落的木箱。

「為了羅潔梅茵大人，我們已經把特別漂亮的蔬菜打包起來，讓人送回神殿。葉菜類因為容易腐爛，我們已經浸在油裡頭，不然就是抹了鹽做成醬菜，放在罐子裡頭；根莖類則預計明天一大早再採收，也請分給神殿孤兒院裡的大家吧。」

大概是因為開始下田工作，比起剛從艾倫菲斯特的孤兒院來到哈塞的灰衣神官，小神殿裡的灰衣神官們都曬得更黑，看來也更健康。

「和本來就在哈塞長大的托爾他們不一樣，灰衣神官以前從來沒有下田耕作過，你們做起不習慣的工作應該很吃力吧？」

「但是，我們也因此種出了美味的蔬菜。每天都能在餐桌上看見自己栽種的蔬菜，跟以往只能餓著肚子等待恩惠的那時候比起來，現在更令我們感到幸福。」

從前在艾倫菲斯特的孤兒院，青衣神官的人數減少後，神的恩惠也跟著減少，大家因此經常挨餓。其實只要自己設法取得食物就好了，但這麼簡單的事情，那時候卻做不到呢——灰衣神官輕笑說道。看見大家都很高興自己能做的事情越來越多，我也跟著感到開心。

慰勞了灰衣神官們以後，我再走向士兵們。這是難得能與平民交談的寶貴機會。先聽完了士兵們為了因特維庫侖計畫，是如何賣力地在城市裡頭奔走相告後，我再問起他領商人開始出入城市以後，大家的生活有哪些變化。

「雖然商業公會和普朗坦商會向我報告過了，但我也想聽聽不同角度的看法。治安是否有惡化呢？商人以外的居民有沒有因此蒙受什麼損失？看在士兵眼裡，覺得城市有怎樣的改變呢？」

對商人來說，來自他領的商人變多後，他們固然忙得不可開交，但荷包也因此賺得肥碩飽滿。我也聽說雖然還有許多地方需要改進，但幸虧平民區變乾淨了，再加上會招待他領商人在義大利餐廳用餐，應該成功留下了好印象。而我這麼一問後，士兵們爭相向我訴說感想。

「現在因為人變多了，買東西的人也變多，物價都上漲了。雖然工作也因此變多，薪水稍微漲了一點，但在加薪之前，其實有陣子過得還挺辛苦。」

「幸好現在正值夏天，只要去森林採集，還不至於餓肚子，但以後要是每年都是這種情況，恐怕不太妙。」

「印象中我每次去酒館和飯館都擠滿了人。這還是我第一次看到城裡有這麼多人，嚇了我好大一跳。」

一個士兵剛說完，另一個士兵馬上接口。我看見法藍正努力地把他們說的話記錄在寫字板上，我自己也拿出寫字板，寫下他們的意見。

看樣子從他領前來的不只商人，還包括他們的僕從，所以進城的人數相當多。聽說工匠大道因為在城南，還有商人特意找上門，想了解商品都是如何製作。但由於居民都對素未謀面的商人懷有戒心，幾乎沒有工坊願意讓他們進門。

「工匠都說他們太可疑了。更何況現在工作委託一個接一個來，所有人都忙得要命，只覺得那些想問東問西的外地人很礙事。」

「至於從東門到西門那條大道是旅人最常走動的地方，所以那一帶從早到晚鬧哄哄的，真的從來沒有這麼熱鬧過。不過，酒館和飯館也時常發生爭執，得找士兵過去調解，所以東門的士兵忙得不得了。」

儘管如此，他們也覺得大致上一切都算順利。聽起來和商人們的報告沒有太大出入，這讓我鬆一口氣。

「多虧士兵們到處巡邏、引導居民，平民區才能一直保持整潔，大家也才能養成新的生活習慣。而且有這麼多他領的商人來訪，卻都沒有爆發太大衝突，想必也是各位的功勞吧。真的很謝謝大家，今後也拜託各位了。」

「如果不是有羅潔梅茵大人的建言，我們也不會這麼認真巡邏、盡力通知到每一個人。若非如此，恐怕現在的平民區已經是面目全非了吧。守護城市是我們士兵的職責。今後再有任何情況，還請盡速與我們聯絡。」

父親敲了兩下左胸，我也回以同樣的動作。

……太好了。我好像確實地保護了平民區的大家呢。

收穫祭與葛雷修

原本我還很擔心平民區的情況，但聽到沒有什麼問題後，總算卸下心頭大石。不過，根據大家的描述，感覺今年光是接待現有的商人就已經到達極限，明年可能很難再增加貿易對象。只有一年的時間，不可能連同明年還會增加的商人人數也考慮在內，準備充足的高級旅舍與員工。

……或許也該考慮直接販售絲髮精與髮飾的做法了呢。

隔天早上，灰衣神官們真的是一大早就開始幹活，從田裡採收了蔬菜後與行李打包在一起。這段時間我則是吃早餐。

這天的菜色是蔬菜湯與沙拉，用的都是從小神殿農田現採來的新鮮蔬菜，另外也切了幾片我們從艾倫菲斯特帶來的培根，拿去火上烘烤過。而雨果從昨天開始製作的麵包上，塗抹了大量以果實與蜂蜜熬煮而成的果醬。這個果醬是使用了很像黑醋栗的伏歐樂沛果實，哈塞的巫女們特意為我去森林裡摘來，熬煮好後正打算今天拿給我品嘗。微酸的伏歐樂沛正好中和了蜂蜜的甜膩，實在非常好吃。

「今天早上的湯與果醬都很美味呢。全要歸功於大家栽種的蔬菜。」

「這座小神殿周圍因為充滿了羅潔梅茵大人的魔力，森林的恩惠十分豐富。」

聽托爾說，小神殿四周的土地還比隔了一條小河的哈塞肥沃。為了明年也能長出美味的蔬菜，我往禮拜堂的魔石努力多注入一些魔力。

吃完早餐，就要目送返回艾倫菲斯特的馬車離開。返回孤兒院的馬車中，載有交接後要回神殿的灰衣神官們、托爾他們採收的蔬菜、在哈塞印製的印刷品，和小神殿結算用的帳目資料等等。

我照例把出差津貼遞給父親與每位士兵，麻煩他們護送馬車回神殿。

「冬天因為會有厚重的積雪，想必不方便外出倒垃圾，所以請一定要多多提醒大家，以免到了春天的時候，平民區又變得慘不忍睹。」

「是。我們現在正在加蓋屋簷，讓居民即使戶外積雪也能出門丟垃圾。剩下的，就要靠大家的協助了。我們士兵會勤加巡邏，堅守自己的工作崗位。」

想起父親以前下雪天也都要出門工作，我輕輕點頭。平民區只要交給父親他們，一切就不用擔心吧。士兵們向我敬禮後，我也回禮，馬車叩咚叩咚地出發了。

看著遠去的馬車越變越小，我也該準備出發了。首先得去哈塞的冬之館，監督徵稅官完成工作。莫妮卡與羅吉娜正在整理行囊準備出發，灰衣神官與灰衣巫女們在收拾用過早餐的餐桌，我還瞥見雨果與艾拉正把中午的便當交給法藍。接著，我走向諾拉與她攀談。

「諾拉，小神殿這裡的過冬準備應該不用擔心了吧？」

「是的，現在我們已經能與哈塞居民合作，自己完成過冬準備。總不能老是麻煩普朗坦商會嘛。」

以往都是請普朗坦商會幫忙準備，但聽說小神殿現在藉由提供報酬與人力，很順利地與哈塞建立起了合作關係。等等也要向利希特道聲謝，並請他往後也多多幫忙。

「羅潔梅茵大人，準備已經就緒。」

「諾拉，那接下來就拜託你們了。小神殿正慢慢變得和以前不一樣，從孤兒院過來的神官們會很困惑吧。再麻煩妳帶領他們，學習如何在這裡生活。但是與此同時，你們也別忘了要檢視自己的生活，以免與神殿的生活相差過多。萬一變化太大，往後必須回到艾倫菲斯特孤兒院的時候，適應起來會很辛苦。」

「是，我明白了。」

為了跟在莫妮卡他們搭乘的馬車旁邊一起移動，我也載著法藍與安潔莉卡，操控著小熊貓巴士前往哈塞的冬之館。莫妮卡他們先在冬之館與徵稅官的侍從們會合後，就要往今天的住宿地點移動。我則在哈塞確認過徵稅官的工作以後，騎著騎獸出發。

「莫妮卡，晚點見了。」

「是，羅潔梅茵大人。」

目送莫妮卡他們離開後，我在利希特的帶領下繞到廣場，看著徵稅官把今年徵得的作物送回城堡。昨天舉行過儀式的舞臺上，此刻鋪展著繪有魔法陣的布，徵得的作物正一一被搬上去。徵稅官一伸手觸摸轉移陣，魔法陣立即發光，大量作物在眨眼之間憑空消失，其中也包含了我的那一份。

「利希特，聽說哈塞居民也會幫忙小神殿準備過冬吧？灰衣神官們因為在神殿長大，不諳世事，感謝你們教導他們生活技能。」

「這是因為我們也能得到報酬，而且也獲准在小神殿附近採集。」

我們這是互相幫忙——利希特微笑說道。原來因為小神殿四周充滿我的魔力，所以周遭森林的果實纍纍豐碩，動物也會跑來覓食，很適合在那裡打獵。

「我們哈塞也希望，今後能與小神殿繼續保有友好往來。」

「好的，那就麻煩你們了。」

我與利希特對彼此微笑的時候，徵稅官也完成了工作。

「羅潔梅茵大人，前往下個直轄地吧。」

我們騎著騎獸，往下個目的地的冬之館前進。每次都是舉行完儀式後，隔天早上完成徵稅，然後再度出發。一路上與徵稅官聊天時，話題都是關於今年的收成和哈特姆特。據他所說，哈特姆特本來是個非常冷漠的孩子，如今卻對艾倫菲斯特的聖女無比崇拜，這樣的改變令他莞爾，卻也感到不安。

……嗯，我偶爾也會感到不安喔。正因為他很優秀，反而更恐怖嗎？居然還把研究我這件事視為畢生志向……

把徵稅官對哈特姆特的形容擇要歸納之後，就是：「他對主人說的話言聽計從，還請您一定要好好管束他。」這麼說來，記得奧黛麗也對我說過類似的話。

「哈特姆特的能力十分優秀，若能成為近侍待在您身邊，相信定能任您差遣。」

「他的適應力快，也懂得隨機應變。就連神殿的公務也很快就習慣了呢。」

我提起哈特姆特在神殿工作的模樣後，徵稅官瞠大雙眼。

「哈特姆特向來頑固，別人再怎麼說也不願改變自己的想法，羅潔梅茵大人卻是如此看待他的嗎？那麼我想，恐怕是為了侍奉羅潔梅茵大人，即便要放下身段改變想法他也願意，而他也確實那麼做了吧。」

剎那間，我腦中迸出了「狂熱信徒」這四個字，但感覺有夠恐怖，我立刻揉成一團往旁邊丟。哈特姆特似乎比我想的還要對我一片忠心。

……感覺應該要送點獎賞給他呢。

之前看著法藍他們手上的寫字板，哈特姆特還一臉羨慕，也許可以統一送給每個近侍同樣的東西。我思考著這件事情，旅程途中一度身體不適，昏睡了好幾天，但幸好直轄地的收穫祭還是順利完成。回到神殿以後，再度大睡一場。

由於在收穫祭中途昏睡了幾天，我似乎是最晚回來的人。聽說韋菲利特與夏綠蒂都已經舉行完收穫祭，還剛好勉強趕上了狩獵大賽。

「神官長，那我接下來要去一趟葛雷修。」

「妳記得先聯絡艾薇拉。不僅為了收穫祭，妳還要去那裡把古騰堡成員帶回來，也要確認印刷業的進度吧？」

經斐迪南提醒，我拍向掌心。這次由於是以神殿長的身分前往，還要主持儀式，所以屆時會住在別館，我還心想只是順便再帶古騰堡夥伴回來。但是去葛雷修的時候，說不定會與基貝碰到面。布倫希爾德的父親是非常純粹的貴族，若不找人一同前往，我可能會想不出話題，也不知該如何應對，需要有艾薇拉與布倫希爾德居中當橋梁。

「母親大人，我是羅潔梅茵。直轄地的收穫祭已經結束了，我接下來打算前往葛雷修。」

我向艾薇拉寄出奧多南茲後，很快便收到回覆。她說她還要做不少準備，也得帶文官同行，所以訂在三天後出發。

時間決定好後，我也通知布倫希爾德，自己將前往葛雷修，並問她是否要一同前往。布倫希爾德雖然還未成年，但因為葛雷修是她老家，所以沒有這層顧慮。

「神官長，這次因為我要以神殿長的身分過去舉行收穫祭，還能帶著哈特姆特等見習文官一同前往嗎？上次是有印刷業務的關係，才讓他們同行……」

祭祀儀式不需要有城堡的近侍隨行。但是，如果我又要以貴族、以領主一族的身分行動，就需要有近侍。這種可說特例的身分還真是麻煩。

「妳還是帶著吧。如果是直轄地那倒也罷，但要去的地方是葛雷修，不知道妳屆時會需要以何種身分行動。」

於是我照著斐迪南的建議，神殿與城堡都帶了人同行。神殿這邊是法藍、莫妮卡和專屬廚師雨果。如果會住在貴族的宅邸，宅邸裡頭也有廚師，但這次因為要以神殿長的身分住在別館，我得帶自己的廚師過去。

我照著約定時間，三天後做好儀式準備，啟程前往葛雷修。葛雷修就好比第二個艾倫菲斯特。當初因為顧及第一夫人是亞倫斯伯罕的領主候補生，所以賜給第一任葛雷修伯爵的是人口最多、又與道路相鄰的直轄地。獲得土地以後，又是依照嘉柏耶麗的期望進行整頓，所以貴族們生活的小小貴族區，便與平民居住的平民區徹底隔離開來。不同於直轄地，我在這裡沒看見冬之館，平民自然也不可能和伊庫那的居民一樣，聚集在基貝的宅邸附近等著舉行儀式。即便從空中往下俯瞰，也看不出我要在哪裡舉行儀式。

……在我還是青衣見習巫女時，雖然因為祈福儀式來拜訪過，但當時也只是送送小聖杯……

況且，當時也是由斐迪南從別館去基貝的宅邸打聲招呼，然後一下子便辦妥了交付小聖杯的任務，我幾乎沒參與到。

「徵稅官知道要在哪裡舉行儀式嗎？」

「不。由於徵稅都是在基貝的宅邸裡進行，關於儀式我並不清楚。」

聽說在基貝管理的土地，基貝都早已算好稅收，徵稅官只要負責收下神官已做好登記的名牌，再把計算好的作物送回城堡即可。徵稅官完全不用踏出基貝的宅邸半步，就能完成工作。沒辦法，我決定抵達後再自己詢問。

「基貝・葛雷修，請問舉行儀式的地點在哪裡呢？還請為我帶路。因為我是第一次來這裡舉行收穫祭。」

道完寒暄後，我馬上問起收穫祭的舉行地點。然而，葛雷修伯爵似乎也不知道。只見他一手摩挲著下巴，神色納悶地歪過頭，再揚起另一隻手喚來侍從，小聲講了幾句話。隨後，疑似是下級文官的人急急忙忙跑來：「由、由我來為您帶路。」

「身為神殿長的我得先去舉行儀式，麻煩艾薇拉與其他人先去討論印刷業務的相關事宜吧。除了護衛騎士，其他近侍也和儀式沒有關係，可以先進屋。」

負責印刷業務的文官們點點頭，走進宅邸，只有哈特姆特一雙橙眼閃閃發亮，非常堅持地說：

「您舉行儀式的時候請讓我同行。神殿的禮拜堂因為禁止無關人士進入，我很少有機會能目睹羅潔梅茵大人給予祝福。但葛雷修這裡沒有神殿，也就沒有這個限制吧？」

由於哈特姆特講得實在太慷慨激昂，我也懶得想藉口拒絕他，就決定除了法藍與安潔莉卡，也帶哈特姆特一起過去。明明要前往貴族都避而遠之的平民區，但既然本人看來興高采烈，那也就算了吧。

「我得先送廚師雨果去準備餐點。」

我對下級貴族這麼表示後，先往別館移動。沒記錯的話，古騰堡成員應該都住在這裡，然而此刻我卻發現別館裡空無一人。看見別館明顯長期無人使用的模樣，我覺得自己全身的血液都在逆流，不由得狠狠瞪向同行的下級文官。

「我的古騰堡成員們在哪裡？」

「他、他們目前正住在平民區。因為別館離工坊太遠了，他們要求更換住處……」

下級文官回答得支支吾吾。據他所言，似乎是每天來回太浪費時間了，古騰堡們希望改住到工坊附近。

「我們絕對沒有加害於他們，或強迫他們搬離。」

「我明白了。那麼，現在請帶我前往舉行儀式的場所吧。雨果，你留下來準備餐點，莫妮卡負責打掃這裡，以便在這裡留宿。」

儘管古騰堡夥伴們現在改住在平民區，但法藍與莫妮卡是神官及巫女，還是得住在

別館，需要時間來打掃和準備餐點。

我載著法藍、安潔莉卡與哈特姆特，操控著小熊貓巴士跟著下級文官的騎獸，在帶領下前往廣場。達穆爾負責殿後。葛雷修這裡舉行儀式的地方，在艾倫菲斯特的平民區就相當於是中央廣場。

「……人還真少呢。」

今年要參加洗禮儀式、成年禮與星結儀式的人們，都聚集來到廣場。明明葛雷修的人口比其他地方要多，聚集於此的人數卻顯得相當稀疏。感覺就只有要參加儀式的當事人和他們的親人。其他地方可是全體居民彷彿在參加慶典，相較之下真是天差地別。不過，也因為人比較少，我一下子就在聚集的居民裡頭發現了古騰堡一行人的蹤影。看到他們都很有精神，並沒出什麼事，我內心的不安總算消散。

「那麼，請恕我就此失陪了。」

只負責帶完路，那名下級貴族就回去了，像是沒辦法在平民區多待一秒鐘。我想他大概是不想待在又髒又臭的平民區吧。好久沒聞到平民區特有的臭味，連我也不由得皺起臉龐。就算以為自己已經習慣了，但臭味也不會因此消失。

「哈特姆特，請你與安潔莉卡站在那邊，別妨礙到儀式進行。」

「我去幫法藍的忙應該沒關係吧？」

哈特姆特指向正獨自一人奮鬥的法藍。法藍不只要協助受洗的孩子們在名牌上蓋血印，還要核對參加成年禮與星結儀式的人是否為本人。

「那怎麼可以，怎能讓哈特姆特大人幫忙……」

「我可是見習文官。你別擔心，我當然知道登記證要怎麼辦理登記，身為羅潔梅茵大人的近侍，我也向葳瑪請教過了儀式流程。」

哈特姆特說完，逕自站到法藍旁邊。看他一派悠然自若，而且動作十分流暢地為孩子辦理起登記，我也用眼神向法藍示意，要他就讓哈特姆特幫忙吧。畢竟速度會比只有他一個人快得多。法藍也死了心，接受哈特姆特的幫助。

眼看兩人很順利地開始辦理登記、核對身分，我也為孩子們朗讀聖典繪本。唸完神話，再要求他們向神獻上祈禱，然後由我給予祝福。

「風之女神舒翠莉婭啊，請聆聽吾的祈求，為今年聚集於此的孩子們賜予祢的祝福。彼等的赤誠真心奉獻予祢，謹獻上祈禱與感謝，懇請賜予祢神聖的守護。」

黃色是風之女神舒翠莉婭的貴色，只見一陣黃光從戒指飛出，如同點點星光灑落在孩子們身上。對我來說，還有在艾倫菲斯特的神殿與直轄地的收穫祭上，這幕光景早已是司空見慣，但在葛雷修卻不是如此。

「嗚哇?!這是什麼?!」

「好厲害喔！有什麼在發光耶！」

孩子們的反應像是第一次看到祝福，我也這才想起，自己確實是第一次在葛雷修給予人民祝福。圍在四周的親人也是一臉茫然。這時，和古騰堡夥伴們站在一起的吉魯得意揚揚地挺胸，抬高音量說了：

「你們看，我不是說了嗎？我才沒有說謊。羅潔梅茵大人可是能夠給予真正祝福的聖女，而且我還是羅潔梅茵大人的侍從喔。」

大概是在平民區生活了一段時間，吉魯的說話方式變得粗野直接。看來他很融入平民區的生活呢。但與為此心頭一暖的我不同，法藍卻是皺起臉龐說：「講話那麼粗鄙，竟然還敢自稱是羅潔梅茵大人的侍從……」

「……吉魯，看來你回神殿以後會挨罵喔。」

不知是孩子們的歡呼聲太響亮，還是聽見了吉魯說的話，感到好奇的居民們開始湊過來看熱鬧。在我舉行完成年禮，又給予新婚夫婦祝福的時候，現場聚集的民眾已經增加不少。

「看這樣子，又有更多人知道聖女傳說了呢。」

哈特姆特一臉陶醉地說。眼看聖女傳說更是流傳開來，自己能夠親眼見證這一瞬間，似乎讓他非常高興又愉快。我實在匪夷所思。

「但這並沒有什麼大不了的啊。」

在這些儀式上給予的祝福根本用不了多少魔力，就和向貴族問候時讓戒指發光差不多。然而，哈特姆特聽了卻緩緩搖頭。

「面對絕不可能回以祝福的平民，您卻願意消耗自己的魔力，給予他們祝福，這點正是您了不起的地方。」

我再一次體認到，自己與貴族之間果然存在著既深又廣的鴻溝。

雖說是收穫祭，但葛雷修與艾倫菲斯特的平民區一樣，不會像農村那樣大家聚在一起慶祝今年的收成。不過儀式結束後，左右鄰居似乎會舉辦慶祝宴，所以隨著儀式的喧騰熱氣散去，居民也三三兩兩地成群離開。廣場上人潮漸少，我向古騰堡夥伴們招了招手。吉魯第一個衝過來。

「羅潔梅茵大人，您有何吩咐？」

看來吉魯也不是完全忘了侍從該有的遣詞用字。要是法藍因為講話粗俗要責怪吉魯，到時我再幫他說說話吧。我這樣心想著，輕笑起來。

「今晚請大家回別館過夜，因為我想聽取你們的報告。」

「我們早就知道羅潔梅茵大人會在收穫祭時過來，已經做好移動的準備了。」

「那我載大家，坐騎獸過去吧。」

我在廣場上變出小熊貓巴士，大家坐上車後，往古騰堡們現在的住宿地點移動，準備帶所有人回別館。然而，灰衣神官們卻堅決不肯上車。

「我們至少也該淨身後換件衣服，否則這副模樣怎能出現在羅潔梅茵大人面前，更別說是坐上您的騎獸……」

灰衣神官們站在小熊貓巴士前，全都僵直了身子這麼表示。看來在平民區生活的時候，他們雖然不會在意自己的模樣，但出現在我面前時就會在意得不得了。

「……現在沒有時間了。那我一次性幫你們所有人洗乾淨吧。」

「什麼？」

讓大家先把行李搬上小熊貓巴士後，我要求古騰堡們集中站在一起。包括路茲、吉魯、薩克、約翰、約瑟夫，所有人都一臉不安地左看右看，不曉得會發生什麼事。

「請大家捏住鼻子，閉上眼睛。」

我邊說邊變出思達普，注入魔力。

「羅潔梅茵大人，請您務必調節好水量。」

站在我身後的達穆爾捏著鼻子，急忙開口提醒我，似乎是已經做好了也會被波及的心理準備。看到達穆爾立刻捏住鼻子，古騰堡夥伴們也跟著照做。

「瓦須恩！」

這次對水量的控制看來很成功。我召喚出了剛好可以包住古騰堡一行人的水球，而且數秒後就消失了。突然被水淹沒的古騰堡們雖然都捏住了鼻子，但大概還是忍不住張大了眼睛和嘴巴，好幾個人劇烈咳嗽。不過這樣一來，所有人都變乾淨了。接觸到洗淨魔法的那部分地面也順便變得亮晶晶。

「好，這下子就沒問題了。請大家上車吧。」

我催促後，古騰堡夥伴們一臉像是丟了魂地走進小熊貓巴士。我還聽見路茲小聲嘀咕：「這就是讓平民區變乾淨的魔法嗎？」

……路茲，答對了。

一回到別館，古騰堡一行人隨即忙碌起來，有人去換衣服，有人在討論今晚的睡舖要怎麼分配。莫妮卡則服侍我換下儀式服，穿上貴族服裝。等我與古騰堡夥伴們討論完正事，再用奧多南茲向布倫希爾德通知一聲就好了吧。

「大家在葛雷修的工作情形如何呢？」

由於這裡和艾倫菲斯特的平民區差不多，聽說古騰堡們與貴族幾乎沒有接觸，再加上我一開始也警告過葛雷修的工匠們，所以工作起來十分順利。

「並沒有特別需要向您稟報的問題。」

「……只有灰衣神官們稍微受了一點折磨。」

藉由因特維庫侖與洗淨魔法改造平民區是今年春天的事，所以在那之前，工匠們一直是住在汙穢雜亂的平民區，來到這裡後也很快就適應了。然而，灰衣神官們是在打掃得乾乾淨淨的神殿長大，難以忍受平民區的髒亂與惡臭，聽說在習慣前過得非常痛苦。

「以前我們也曾被派去伊庫那，但那裡人口不多，居民又會把穢物倒進田裡施肥，所以很少注意到氣味，但是在這裡……雖然到現在當然也習慣了。」

灰衣神官們略帶不滿地說。在平民區若不直接表達出情緒，很難與人溝通，因此在這裡生活過的他們，不管是情緒還是用詞都比以前好懂多了。

「葛雷修這裡也和哈爾登查爾一樣，鍛造工匠製作的金屬活字，還沒能達到約翰的合格標準。」

「不過就只差一步了，所以我們正在商量，想讓他們冬季期間派人來我們工坊。能請羅潔梅茵大人向基貝徵得許可嗎？」

這陣子在鍛造工坊出差的薩克與約翰說完，我點了點頭。有了在哈爾登查爾的經驗，約翰很努力多與人溝通，薩克也圓滑地居中協調，所以他們似乎很順利地與葛雷修的工匠們建立起了信任關係。

「我在木工工坊教導了印刷機的做法。雖然需要與鍛造工坊齊心合力，但這邊合作起來沒什麼問題。」

英格接著表示。他說在教了木匠要挑哪種木材，木材該如何切割、組裝以後，一切便進行得十分順利。聽說還完成了兩臺全新的印刷機。

「墨水工坊呢？」

「是！我……」

海蒂活力充沛地舉起手來，正要搶答，但約瑟夫看了眼在場的哈特姆特後，急忙摀住她的嘴巴。

「海蒂，拜託妳閉嘴……現在在墨水工坊，已經可以順利做出黑色墨水，但要製作彩色墨水的時候，發現有些材料在這一帶採不到。目前正利用葛雷修周邊的幾樣材料，開始研究他們能做的彩色墨水。」

「約瑟夫，謝謝你。」

只要成功做出了黑色墨水，那就可以進行印刷。至於彩色墨水，只能請他們用葛雷修的材料自己研究了。

「接下來，只剩製紙工坊了吧？」

「……製紙的情況不太樂觀。」

路茲稍稍垮下肩膀說。吉魯與灰衣神官們也互相對看，慢慢長嘆口氣，拿出了他們在葛雷修製作的紙張。與在艾倫菲斯特製作的紙比起來，這裡的品質確實粗糙許多，乍看下像是草紙。

「怎麼會這樣呢？」

「……因為這裡的水很髒，做不出乾淨的紙張。」

在艾倫菲斯特，流經城市西邊的大河雖然水質汙濁，但繞過森林與之匯合的支流卻很乾淨，所以我們都是從那條小河引水做紙。而伊庫那大概因為位在鄉間，河水非常清澈，完全不用擔心水質。

「看來只能設法引來乾淨的水，不然就是得把汙水處理乾淨……這不是工匠有能力解決的問題呢。我會再與基貝．葛雷修討論。」

正事大致都討論完了。我與哈特姆特確認著彼此記錄的內容時，只見路茲與吉魯對看了一眼，然後兩人咧嘴而笑，往我走來。

「另外，這份禮物想獻給羅潔梅茵大人。」

「這是為了示範印刷流程，在葛雷修印製的書。由於這本書很薄，內容也不多，不適合賣給貴族，但相信羅潔梅茵大人收下後仍會很高興吧。」

由於是用從艾倫菲斯特帶來的紙張進行印製，紙質還不錯，外觀也和往常的書一樣。只不過，眼前這本書相當薄。聽到他們說「不適合販售」，我納悶地偏著頭，翻開書頁。大略看過內容以後，我眨了眨眼睛，接著猛然抬頭，看向路茲與吉魯。兩人都帶著志得意滿的笑容。

「只要每到發展印刷業的地方都蒐集故事，自然而然就能蒐集到各地的故事了吧。」

書上的內容是在平民區流傳的故事，一定是兩人向葛雷修的工匠們問來的，並整理成文章。內容確實引不起貴族的購買欲望，但對於一直想透過格林計畫蒐集各地故事的我來說，這份驚喜真是太珍貴、太令人高興了。

「您的目標是有朝一日，平民也能盡情閱讀書籍吧？」

路茲露齒一笑。因為哈特姆特也在，他雖然沒說出口，但臉上寫著：「妳想要對吧？」吉魯也挺著胸膛，像是在說「看吧，她果然很開心」。看著非常了解怎麼做能逗我開心的兩人，我也不由自主笑了開懷。

「路茲、吉魯，你們真是太優秀了！」

「但蒐集故事時給予平民的報酬，會再向您請款……不過，因為往後普朗坦商會自己也會印成書本，所以請支付一半即可。」

路茲說完，我用力點頭。

……沒關係，就算要付全額也沒問題！儘管來吧！

葛雷修的貴族與印刷業

當天晚上，我前往基貝的宅邸用餐。葛雷修伯爵購買了食譜集後，似乎是吩咐過廚師仔細研究，湯頭確實具有一定的水準。但若問我好不好喝，當然還是雨果煮的更好喝不知多少倍。

……我也好想在別館和大家一起吃飯喔。

就算不能隨意地與古騰堡夥伴們交談，但光是坐在旁邊聽著路茲他們開心談天，我也能短暫地享受一下彷彿置身在平民區的感覺，還有那其樂融融的氣氛。

在這裡用餐時，話題雖然也與印刷業有關，但那種像在互相試探、貴族特有的迂迴對話讓人非常疲倦，而且還得處處小心。至少吃飯時我不想用腦，只想享受美食。

吃完了彷彿諜對諜的晚餐後，接著文官也加入我們，大家一起聽取有關葛雷修印刷業與製紙業的進度報告。不只基貝，前來視察的文官們也一邊喝著餐後茶，一邊聽取由葛雷修伯爵任命的文官報告進度。

「葛雷修開始發展印刷業後，一切相當順利。我也檢查過試印好的書本，看起來就與在城堡買來的書籍相差無幾。」

「如果一切進展得十分順利，代表葛雷修的工匠很優秀呢。」

因為先前在哈爾登查爾，鍛造工匠做的金屬活字還沒能達到約翰的要求，知道此事的艾薇拉在聽完報告後大感佩服。但是，這和我從古騰堡那裡聽來的報告卻不太一樣。

……奇怪了？應該存在著不少問題吧？

我忍不住歪過頭，坐在一旁的哈特姆特也低頭看向自己手上的筆記，輕聲嘆氣。

「我們從古騰堡那裡聽來的報告，倒是與文官有很大的出入……」

「這話什麼意思？」

葛雷修伯爵的表情透著納悶，看了看文官再看向哈特姆特。哈特姆特看著自己記下的紀錄，簡單轉述古騰堡們的報告。

「這裡的鍛造工匠和哈爾登查爾一樣，金屬活字還未達到合格標準。彩色墨水似乎也因為很難在周邊取得相同材料，所以得依這裡的材料另外進行研究。此外，我聽說葛雷修因為水質不佳，雖然做得出紙張，紙質卻不甚良好。」

聽完負面的報告，葛雷修伯爵不快地皺起臉龐。

「意思是葛雷修的平民太無能了嗎？」

……不不不，怎麼想都是報告太敷衍了事的文官無能吧。

我在心裡頭立刻這麼吐槽。但畢竟我是領主的養女，要是真的這麼說了，那名文官的將來肯定就此毀於一旦。

……那麼究竟該如何開口，才能幫助貴族與平民有效溝通呢？

可以肯定的是我若置之不理，做不好的事情會全部算在平民頭上。

「基貝．葛雷修，這裡的平民並不無能喔。」

我一開口發言，眾人的目光全集中到我身上。多數目光都帶有著「妳要包庇平民嗎？」的意味，只有少部分人是在制止我：「您別多嘴亂說話。」

「他們未來的表現相當值得期待，只是時間並不足夠。我的古騰堡們建議，冬季期間可以把鍛造工匠帶回艾倫菲斯特，仔細教導他們。雖然停留在外地的所需一切費用得由基貝．葛雷修負擔，但只要多花點時間加以指導，鍛造工匠的問題便能解決。」

聽完我的提議，葛雷修伯爵的眉頭鎖得更緊了。

「還要在平民身上花更多錢嗎……」

我可是第一個投入印刷業的人，當然最清楚要發展印刷業有多麼花錢。雖然能夠明白基貝．葛雷修不想再花更多錢的心情，但要是在這時候打退堂鼓，至今的投資也將失去意義。

「金屬活字非常容易耗損，如果沒有工匠能夠製作，就得一直向他人購買。以長遠的眼光來看，我覺得葛雷修的工匠若能自己做是最好的，但這件事還是得交由基貝．葛雷修來判斷呢。」

就算不栽培鍛造工匠，只要持續購買金屬活字，在有印刷機的情況下還是能夠印刷。看要往哪邊投注金錢都可以喔——我藉由提供其他選項，悄悄地把懲罰工匠這個直觀的選項排除在外。

「嗯……」

「此外，葛雷修若想發展製紙業，可能必須設法引乾淨的水到工坊，不然就是得先把汙水處理乾淨。但是，這不是平民工匠能夠解決的問題。斐迪南大人曾說過，若想淨化大量的汙水，得設置魔導具才有可能辦到，因此我想這是貴族的責任。」

見基貝．葛雷修陷入沉思，我也趕在他們對平民提出強人所難的要求之前，強調製紙業方面的問題一樣不是平民的錯。

「該怎麼帶領葛雷修前進，是基貝．葛雷修該思考的事情，所以我也就不再多嘴了。」

我一方面替平民說話，一方面也小心不要過度干預。因為我直到現在還不是很清楚，究竟哪些話會傷到貴族的自尊心。

……但要是可以的話，其實我很想直言不諱：「葛雷修是你身為基貝負責管理的土地，別只會待在宅邸裡擺架子，還把責任都推卸到平民身上，應該要更用心觀察、仔細打理吧！」「葛雷修應該向伊庫那還有哈爾登查爾看齊，放下姿態與平民共處吧？」

用完晚餐，走回為我準備的客房半路上，我吩咐哈特姆特先整理好古騰堡們今天的報告內容。我必須讓艾薇拉了解葛雷修的現況，然後在不會傷到貴族自尊的前提下，請她妥善引導葛雷修發展印刷業。因為我不擅長拿捏分寸，無法得知自己是否越界，還是交給了解貴族的艾薇拉去處理會比較好吧。

「遵命。」

然後我在布倫希爾德的服侍下梳洗沐浴，準備上床睡覺。布倫希爾德吹乾我的頭髮，在鏡臺前仔細梳理。忽然間她的表情像是下定什麼決心，開口問道：

「羅潔梅茵大人，您因為在神殿長大，想法觀念都與我們不同。正因如此，我才想要請教您，您為何那般包庇平民呢？古騰堡都是平民，比起他們的報告，貴族文官的報告應該更具有參考價值吧？」

我與布倫希爾德在鏡子裡對望，她那雙蜜糖色眼眸裡滿是疑惑，由此可知她真的認為自己的發言沒有任何不對。我則是掩飾不了自己的驚訝。

晚餐席間，為免傷到基貝．葛雷修的自尊，我覺得自己已經講得非常委婉，真正的想法連一半也沒有說出來。但是看在他們眼裡，早在我比起文官的報告，更重視古騰堡們的報告時，他們似乎就已經無法理解我在想什麼。

「……我會派古騰堡成員過來，就是希望印刷業能成功發展，所以我只是一心在想如果想要獲得成功，應該怎麼改善才好。古騰堡們可是實際在葛雷修的平民區裡工作過，相較之下，貴族文官卻半步也不敢踏進平民區……誰的報告更值得相信，這不是一目了然嗎？」

「但古騰堡他們是平民吧？」

「沒錯，古騰堡他們是平民。可是，他們至今還去了伊庫那與哈爾登查爾推動製紙業與印刷業，等同是我的雙手和雙腳。」

……啊，不行了。我的製紙業及印刷業跟葛雷修這塊土地合不來。

伊庫那算是純樸悠閒的鄉下地方，與人民也沒有什麼距離，還成功地接連推出了各種新紙張；而基貝．哈爾登查爾雖是上級貴族，但這兩個產業在他管理的土地上也發展得很順利。所以我一直沒來由地認為，即使貴族區的貴族們不適合參與這兩個產業，但由基貝管理的土地應該能成功吧。但是現在看來，似乎也不盡然。

「……如果布倫希爾德的想法，也是多數葛雷修貴族會有的想法，那麼葛雷修或許不要發展製紙業與印刷業比較好。因為在神殿長大的我，觀念似乎與這塊土地互相牴觸。」

如果葛雷修停止發展製紙業，所有必要工具也不是自己製作，而是全向他人購買，只專注在印刷產業上的話，好段時間應該不會有什麼問題吧。但是，與那些靠自己製造所需工具的土地比起來，葛雷修為印刷業投入的成本肯定會高出許多。等到印刷業更是擴展開來，葛雷修的印刷品又比其他土地昂貴，勢必很快就會被市場淘汰。屆時，這裡的貴族會怒罵平民「無能」，更甚者還把過錯都推到平民頭上，將他們定罪。

……也許該先想想辦法，讓平民能夠少受點波及。

我在腦海中想像了最糟糕的結果，為此陷入沉思時，布倫希爾德忽然放下梳子，當場跪下來。

「羅潔梅茵大人，您對葛雷修印刷業的前景並不樂觀吧？這是為什麼呢？和伊庫那還有哈爾登查爾比起來，葛雷修究竟有哪裡不同？望您能指點一二。」

要是能老老實實回答，我剛才就在晚餐席間直接向基貝・葛雷修一吐為快了。好不容易成功忍下來，現在再全盤吐出就沒意義了。

「倘若我如實說出自己的感想，只怕會傷害到大家身為貴族的自尊心。布倫希爾德也是葛雷修的貴族，恐怕會不太愉快……」

「我不想讓葛雷修成為第一個失敗的例子。假如還來得及，請您告訴我。」

布倫希爾德揚起頭來，注視著我的蜜糖色雙眼無比認真。看得出來她十分焦急，極想讓在葛雷修發展的印刷業能夠成功。布倫希爾德是我的近侍，又與哈爾登查爾是親戚，所以葛雷修其實是在資訊相對豐富的情況下開始發展印刷業。萬一結果還以失敗收場，大概也會重創貴族的自尊心吧。

……如果沒有人提醒，確實也很難意識到自己有什麼問題吧。

自己與旁人有什麼差異，單靠自己是很難察覺的。有時得有第三人指點，才有機會看清。能否接受現實姑且不論，但如果不知道究竟有怎樣的差異，永遠也無法改變。不懂貴族常識的我都這麼說了，絕對沒有錯。

「……與其他基貝所管理的土地比起來，我感覺葛雷修的貴族完全不把人民放在心上。」

「並沒有這回事。父親大人他……」

「對基貝・葛雷修而言，平民並不是要守護的對象吧？也不是同生共榮的對象，沒錯吧？」

「他們可是平民，我們怎麼可能與平民同生共榮呢。」

布倫希爾德回道，將此視為理所當然。我輕輕嘆了口氣。

「無論在伊庫那還是哈爾登查爾，貴族與平民都是一起慶祝收穫祭和祈福儀式。基貝身為擁有土地的貴族，都有著要守護當地居民的自覺。但是，我在葛雷修感受不到這一點。在奧伯的賜予下獲得土地後，伯爵並沒有成為保護土地的基貝，依然更像是在貴族區生活的貴族。」

「但兩者皆是貴族啊……？」

似乎無法理解治理土地的基貝與住在貴族區的貴族有什麼不同，布倫希爾德十分困惑地小聲低語。

「我曾聽說擁有土地的貴族與住在貴族區的貴族並不一樣。正因如此，當初我才要求得從在基貝底下做事的貴族，挑選出文官來負責印刷業務。因為母親大人告訴過我，為了讓自己所在的土地更加富足，那些文官會認真去帶領人民。」

當初在挑選要負責印刷業務的文官時，我就是期待他們會比較習慣與平民往來，也會為了讓自己出生長大的土地更是富裕繁榮，傾盡所能去幫忙。

「可是，葛雷修這裡負責印刷業務的文官卻不是這樣。他既沒有確實了解兩個產業的發展進度，也不曾親自去平民區察看情況，一有問題就把責任推到平民身上。」

「但是，平民他們……」

「是啊，貴族無論怎麼對待平民，他們都不會有半句怨言吧。再怎麼把難以達成的工作推給他們，即使他們無罪也宣稱有罪，平民都應該要忍耐。貴族甚至不會有在強迫平民忍耐的自覺，因為這對貴族來說是再當然不過的事情。」

布倫希爾德點了點頭。看到我也明白平民與貴族的差異，還對此表示肯定，她顯得有些安下心來。但是，我的下一句話徹底粉碎了她的安心。

「但是在這種情形下，印刷業與製紙業是不會成功的。」

布倫希爾德睜大雙眼，這次似乎是真的完全無法理解，眨了好幾下眼睛。然後，她臉色有些發白地細聲問道：

「……為什麼呢？」

「妳還不明白嗎？」

布倫希爾德緊抿著唇，說不出口「我不明白」，一臉走投無路似地望著我。

「因為不論是做紙、做墨水、製作金屬活字、製作印刷機，還是印刷做書，甚至是販售印好的書，負責這些事的人全是平民。倘若你們完全不去察看印刷業在平民區的發展情況，也不願去了解，一味把責任推給只是照著指令做事的平民，害得他們崩潰倒下，那麼印刷業絕對不會成功。布倫希爾德因為是非常純粹的貴族，會無法理解平民的心情也是無可厚非。但是，如果你們絲毫不去正視平民區的存在，也不願意去了解，我認為新事業不可能順利發展。」

聽到我說新事業不可能成功，布倫希爾德渾身一震。她臉上那害怕著失敗，甚至感到恐懼的表情令我感到熟悉。

……啊，原來是這樣。因為新事業一旦失敗，也會成為貴族的汙點。而且還不是個人的汙點，而是葛雷修全體的汙點。

想到這裡，我非常能明白布倫希爾德焦急的心情。與此同時，我也佩服起伊庫那。因為伊庫那當時儘管是想盡辦法要自救，但還真有勇氣嘗試不知是否會成功的製紙業。

「若想讓製紙業與印刷業獲得成功，關於應該如何改善，我已經在晚餐席間給過基貝．葛雷修建議了。至於是否要採納我的意見，還是維持原狀繼續發展，全取決於基貝．葛雷修的選擇。」

布倫希爾德緊緊握拳，站起身道：「非常感謝您的指教。實在感激不盡。」

讓我躺上床後，布倫希爾德做好了萬全準備，讓我能有一夜好眠。期間她卻一直顯得心事重重，那雙蜜糖色眼眸始終是若有所思。

「布倫希爾德，妳擁有貴族的自持，我也看得出來妳身為葛雷修的貴族，很努力不讓這份榮耀有半點損傷。我覺得這是一件很棒的事情，但我也祈求著，希望妳能意識到，妳該守護的葛雷修，不只是裡頭的貴族，也包括了賜予葛雷修的土地與居住在這塊土地上的所有居民。」

隔天，我要監督徵稅官執行工作，若沒有任何問題，便帶著古騰堡們返回艾倫菲斯特。監督徵稅官執行工作是神殿長的職責，所以此刻我帶在身邊的侍從是法藍與莫妮卡，另外還有兩名護衛騎士。古騰堡夥伴們聽說正在打包行李。

該繳納的物資都已經搬進葛雷修的夏之館，徵稅官在清點過後，再由男性下人們搬到轉移用的魔法陣上。我親眼看著稅收逐一被送回城堡，這時警戒著四周的達穆爾向我喚道：

「羅潔梅茵大人，基貝．葛雷修來到。」

我轉過身，看見葛雷修伯爵、布倫希爾德、艾薇拉與哈特姆特正一同朝我走來。葛雷修伯爵的表情像是下定了什麼決心，在我面前屈膝跪下。

「羅潔梅茵大人……懇請您將葛雷修的鍛造工匠帶回艾倫菲斯特接受指導。」

我們絕不能讓印刷業失敗——這麼說著的葛雷修伯爵身後，只見布倫希爾德、艾薇拉與哈特姆特都有些安下心來地放鬆肩膀。多半是他們三人合力說服了基貝吧。

我不知道葛雷修伯爵做了怎樣的選擇，也不知道他今後打算如何改變，但至少我感覺得出來，他很努力想讓印刷業成功。既然如此，我願意盡量提供協助，幫助印刷業獲得成功。

「我知道了。我們一定會讓工匠能夠完美做出金屬活字，再把他們送回葛雷修。」

我立刻吩咐法藍，向約翰傳達基貝這番話。如果要帶著工匠與古騰堡們一起回艾倫菲斯特，得請對方馬上做好準備。

我一邊盯著徵稅官工作，一邊再向葛雷修伯爵提出有助於讓製紙業與印刷業獲得成功的建議。

「如果想讓印刷業獲得成功，我覺得可以先把平民區整頓乾淨，好讓貴族們在出入平民區時不會感到厭惡。而且平民區若變乾淨了，正好現在他領商人正不斷湧入艾倫菲斯特，葛雷修又坐落在道路旁邊，感覺還有機會發展成貿易城市呢。說不定葛雷修能變得比其他基貝的土地還要繁榮，一切就看基貝．葛雷修的本事了。」

我在最後額外附贈了一些情報。葛雷修伯爵眨眨雙眼，似乎是沒料到我會這麼說。現在有能力接待商人的城鎮太少了，所以我希望想推廣新流行的布倫希爾德的老家，最好能夠發憤努力，也把平民區整頓一番。

「那麼，請大家把行李放進去吧。」

吃完午餐，我在別館前變出小熊貓巴士，古騰堡夥伴們便動作熟練地接連把行李放上車。

「羅潔梅茵大人，我把人帶來了！」

這時，去平民區的鍛造工坊邀請工匠的約翰也回來了。在他身後有兩名鍛造工匠。

「約翰，辛苦你了。快點坐上來吧。我們要回艾倫菲斯特了。」

兩名年輕的鍛造工匠一臉驚恐地坐上小熊貓巴士。而約翰現在終於坐習慣小熊貓巴士了，看著他們笑得很開心，但身後緊接著傳來薩克取笑約翰的說話聲。我操控著小熊貓巴士，啟程出發。

圖書館計畫與服裝的完成

回到神殿，很快地又回歸到日常生活。除了要練習飛蘇平琴與奉獻舞、幫忙斐迪南處理公務、下午為神殿與孤兒院的過冬準備下達指示，還要與普朗坦商會還有奇爾博塔商會通信往來。戴肯弗爾格的書也還沒有抄寫完。

「……比起在城堡，羅潔梅茵大人在神殿的時候更忙碌呢。」

現在幾乎每天來神殿，以見習文官身分協助我的菲里妮，用感慨甚深的口吻這麼說道。

「這都是為了推廣印刷業嘛。為了增加書本的數量，我會全力以赴。」

我這樣回覆菲里妮後，「唔唔」地開始思索。製紙業剛開始時還只有我和路茲兩個人，後來羅潔梅茵工坊、哈塞的小神殿與班諾經營的製紙工坊也開始量產紙張，再後來變成由領主主導，還擴展到伊庫那去，紙張種類也增加了。現在更慢慢擴展到整個艾倫菲斯特。

同樣地，原本也只有神殿的工坊投入印刷業，後來一樣是由領主主導。如今不只哈爾登查爾，只要葛雷修的印刷業也上了軌道，其他還有幾名基貝對印刷業感興趣，擴展開來只是時間早晚的問題吧。書本數量將以極快的速度增加。雖說我仍在參與印刷業，但其實現在幾乎沒有我能幫上忙的事情了。不僅體力活交給工匠，就連工坊的經營也已經進入交由他人接管的階段。

「等葛雷修的印刷業步上軌道，也許該考慮進入下一階段了呢。」

大概是耳尖聽見了我的低語，哈特姆特一臉納悶。

「羅潔梅茵大人，您說的下一階段是指什麼？」

既然有人問起，那就只能回答了呢。哈特姆特是我的近侍，這一輩子都與印刷業脫不了關係吧。那麼把往後的計畫告訴他也沒問題。

「就是建設圖書館喔。」

我挺起胸膛宣布。書本數量增加以後，那當然只需要一樣東西啊。然而，哈特姆特卻無法理解地眨眨眼睛，愣愣注視我。

「……羅潔梅茵大人，實在非常抱歉，我完全看不出葛雷修的印刷業與建設圖書館之間有什麼關聯。」

哈特姆特說得一臉認真，但我不明白他怎麼會不明白。

「哈特姆特，這不是很簡單的道理嗎？印刷業擴展開來後，書本數量就會增加吧？書本增加以後，就得有地方收藏啊。所以你看，結論就是需要設立圖書館。」

艾倫菲斯特城堡裡的圖書室不大，幾百本書還可以，但沒有足夠的空間收納往後印好的所有書籍。怎麼看我都覺得收納空間非常有限。

「等我透過領主候補生課程學習了創造魔法，我打算和建造了哈塞小神殿的神官長一樣，自己也蓋一座圖書館。」

我要用創造魔法，建造出由我親手打造、專屬於我的圖書館。還只是想像而已，這美妙的計畫就讓我心頭雀躍不已。這裡又有麗乃那時候沒有的魔導具，所以一定可以建造出比那個世界更雄偉、更壯觀的圖書館。難得有這機會，我打算在尤根施密特境內建造出最無與倫比的圖書館。

「為了建造完美的圖書館，真想先研究他領的圖書館長什麼樣子呢。」

「……研究圖書館嗎？但圖書館不過是用來存放資料的地方吧？只要有書架就夠了不是嗎？」

菲里妮與哈特姆特面面相覷，如此表示。聞言，我猛烈搖頭否定。

「圖書館才不只是用來存放資料的地方！首先，要盡可能蒐集到越多資料越好，然後用心整理、審慎保存，方便讀者使用，還要為使用者提供一些恰到好處的服務。我打算先徹底調查過他領，尤其是中央圖書館的運作模式，再來打造出這世上最完美的圖書館。我們不能輸給現在藏書量最多的中央圖書館，一起在艾倫菲斯特建造羅潔梅茵圖書館吧！」

我熱血澎湃地訴說自己的野心，菲里妮一本正經地點點頭。

「在執行這個計畫之前，首先需要徵得斐迪南大人的同意呢。」

不——！感覺第一道難關我就跨不過去！

下個瞬間，我變得非常冷靜。如果想得到斐迪南的許可，就必須仔細研究這個世界的圖書館，諸如圖書館的存在意義與經營方式等等，然後有憑有據地說服他。

……現在必須先藏起我的野心，日後才能確切無疑地贏取勝利！

好！於是乎，我興沖沖地訂定起快樂的圖書館計畫。

……首先，一定要有休華茲與懷斯那樣的魔導具。不僅可以處理借書還書的櫃檯業務，還能追蹤是誰擅自把書帶出圖書館，簡直太完美了。再回想起他們意圖保護我時的模樣，我想他們身上應該還有很多功能，最重要的是超級可愛！

斐迪南與赫思爾又都在研究他們，也許不久以後就能做出類似的魔導具了。想到會有無數隻不同顏色的休華茲與懷斯一邊小步走著，一邊在圖書館裡工作，我忍不住咧嘴傻笑。

……難得這裡有魔法，又是奇幻世界，把圖書館建造成不可思議的建築物也不錯吧。像是每當藏書增加，樓層也會增加，變得越來越高，完全就是「會成長的有機體」！聽起來很吸引人吧？

雖然意思與偉人阮甘納桑提倡的不太一樣，但每當藏書增加，圖書館就會往地下擴張，或往上增高樓層，我覺得這真是太浪漫了。既不用擔心沒有收藏空間，也用不著選書就能把所有圖書都收進來，這實在太棒了。

……而且只要使用魔導具，應該也能在書上設置許多功能。例如讓書本可以照著分類號自動返回書架上；或是外借的書籍一旦超過借閱期限，書上的轉移陣就會發動，把書送回圖書館；想搜尋某份資料時，那份資料會自己發光，就能一眼找到……糟糕！我開心得完全停不下來！

正當我暗自激動不已，擬訂著羅潔梅茵圖書館計畫，思考著要讓圖書館具有哪些功能時，卻忽然遭受到了背叛。菲里妮、哈特姆特與法藍居然在我們去神官長室幫忙的時候，向神官長揭發了我的圖書館建設計畫。

「羅潔梅茵。」

「是！」

斐迪南目露兇光，散發出可怕的氣勢瞪著我瞧，要求我好好說明。

「妳似乎正開心地在計畫什麼有趣的事情，卻從來沒向我報備過吧？妳到底又在打什麼鬼主意？」

「那、那個，這是因為我還沒有完全計畫好。我只是先把願望寫下來，然後心想著要是可以去各地的圖書館參觀和考察一番，再建造一座尤根施密特裡最無與倫比的圖書館就好了……我打算等到確實擬好計畫，再向神官長報告喔。」

我拚了命地為自己辯解，法藍卻在旁邊搖頭嘆氣。

「羅潔梅茵大人，您在擬訂任何計畫之前，都應該先找神官長商量。」

「法藍，你在說什麼啊。如果想說服神官長，怎麼可以不做任何準備就來闖關呢。重點在於先做好研究和擬好計畫大綱，商量是之後的事情……」

「所以說，妳是刻意不向我報備的吧？」

斐迪南的話聲冷了好幾度。我甚至有種一陣寒風迎面撲來的錯覺，忙不迭瘋狂搖頭。

「不是的！這不是神官長教我的嗎？任何事情如果想成功，事前的準備與打點都是不可或缺。我只是想用貴族的做法努力看看而已。更、更何況，我根本一點事前準備也沒做，能向神官長報告什麼事情呢？」

絕不能讓我的夢想在此被摧毀。為了能夠建造圖書館，我以最快速度讓腦袋運轉，拚命思考該怎麼做才能緩解斐迪南的怒火。不知是感受到了我主張中的迫切，還是領悟到了不管他說什麼也沒用，斐迪南用指尖輕敲桌面，開口說了：

「我倒是希望在面對與書無關的事情時，妳也能努力表現出貴族該有的樣子。不過，妳還是簡單說明一下自己想做什麼吧。倘若妳想充實圖書室，只要有充分的理由，我也樂意提供協助。」

……神官長居然主動表示願意協助我！

我本來還以為斐迪南會是最大的難關，但如果他願意協助我，無疑是最強的夥伴。我感動地開始向他說明自己想建造怎樣的圖書館。包括圖書館的意義與圖書館該有的模樣，還有我希望能設置哪些魔導具。情緒一激動起來，我忍不住講得口沫橫飛。

「這就是我想建造的圖書館！」

斐迪南在聽我激動不已地描述願景時，一直用指尖輕敲太陽穴，最終他重重地長嘆一口氣。

「……妳還真是無可救藥的笨蛋。擬定計畫的時候也該考慮到現實。」

「呃，神官長，我的計畫哪裡不現實了嗎？」

在這個世界，只要施展創造魔法，可是不到一分鐘就能改造整座城市，所以我無法理解怎樣才叫「現實」。見我偏頭不解，菲里妮與哈特姆特都驚愕得說不出話來。看來他們兩人也覺得我的計畫不切實際。

……咦？為什麼？

我為周遭人們的反應感到困惑時，斐迪南按著太陽穴說了：「首先，問題在於規模。」他在開始說明之前，話聲就已經透出疲憊。
「我們並不需要規模這般龐大的圖書館。」
「咦？當然需要吧。往後書本將無限增加，我覺得可以不斷擴張的圖書館比較好喔。只要利用創造魔法，應該可以建造出真的能不斷變大的圖書館吧？」
「我想妳對創造魔法存有誤解。創造魔法並不是讓圖書館變大，而是改建，而且每次改建都需要消耗龐大的魔力。」
「但這也代表只要有魔力，就有辦法做到吧？」
為了圖書館，哪怕要喝下斐迪南調配的超級難喝藥水，我也願意自告奮勇。我自然已經做好這點覺悟。
「不光是魔力的問題。每次改建，都必須先把建築物內的資料和書架全數搬出，勢必得消耗大量的人力與時間，對此妳又作何感想？」
對平民區施展因特維庫侖時，因為只對地下進行改造，完全不會碰到地上的建築物，所以既不需要先把屋裡的東西搬出來，上方的木造建築也完好如初。但是仔細回想起來，波尼法狄斯好像確實說過，當初為了在貴族區設置有黏糊糊物體的廁所，他們得把所有家具都先搬到庭院。
「啊嗚……呃，那麼，像這樣事後再加蓋上去不行嗎？」
我用手比出往圖書館上方加蓋樓層的動作，卻被斐迪南否決了。看來即使有創造魔法，要建造出能成長的圖書館也不是件易事。
「真沒辦法，那只能靠增設分館來增加收納空間了。」

……既然往上長不行，往旁邊延伸總可以了吧。

這樣一來就不用把所有圖書都先搬出來，太完美了。然而，再度被斐迪南否決。

「規模那般巨大的圖書館，消耗的魔力量也會無比龐大，所以這不可能。」

「沒問題的，不管要喝多少藥水，我都會努力達成！」

我握起拳頭宣告自己的決心，斐迪南卻瞪了我一眼。

「不對，光靠妳一個人努力是不夠的。用創造魔法建造出圖書館後，仍需要提供魔力才能使其運作，但現在根本不曉得妳的子孫是否有足夠的魔力能維持圖書館。倘若他們維持不了，妳以創造魔法建造出的圖書館便會塌毀。以至於妳剛才主張的，圖書館最重要的保存功能也將無法作用。」

……什麼?!

「以創造魔法建造事物時，最重要的一點，就是要考量到往後的人能否維持。領主也是因為如此，絕不會任意擴大城市的規模。妳若是不斷喝下回復藥水，使出所有魔力建造圖書館，又不斷令其擴張，今後又要由誰如何來維持？」

「我的後代子孫們一定會好好守住圖書館！」

……愛書人的孩子也會愛書！一定是這樣！

我會把他們養育得只把圖書館放在第一順位！我這麼主張後，斐迪南卻用冰冷到了極點的目光看我。

「……妳曾把祖先留下來的東西看得比書還重要嗎？」

「沒有。」

「我想也是。自己辦不到的事情，不要期待他人。」

斐迪南說得簡直太有道理了，我只能無力地垮下肩膀。看著這樣的我，斐迪南繼續要我認清現實。

「剛才妳還說了，想和貴族院的圖書館一樣，設置蘇彌魯外形的圖書館員。但是妳也知道，要讓他們動起來需要龐大的魔力吧？現在的艾倫菲斯特沒有多餘的魔力，能指派足夠的貴族去維持圖書館。這就是為什麼我說妳的計畫不切實際。」

……唔！既然沒有多餘的魔力，那增加魔力不就好了嗎？

我會教大家魔力壓縮法，就是為了讓艾倫菲斯特的整體魔力量增加。增加以後的魔力，應該可以分一些來維持圖書館吧。

「可是，大家不是正在努力增加魔力嗎？不然為什麼要壓縮魔力呢？」

「至少絕不是為了管理這種不切實際的圖書館。」

「神、神官長，你太過分了。」

對於我的圖書館遭到如此無情的捨棄，我為此大受打擊，然而斐迪南不但沒有安慰我，反而還落井下石。

「過分的是妳那不切實際的計畫。妳再回去重新想個有實現可能的計畫吧。」

「啊嗚……」

灌注了我所有夢想的奇幻圖書館就這麼徹底遭到否決，我失望得無以復加，感覺不管要做什麼都提不起勁了。

……啊啊，圖書館。我的圖書館。

「羅潔梅茵，目前現有的圖書室還有足夠空間，所以現在不是妳消沉沮喪的時候。比起建造新的圖書館，妳還有其他事情該先考慮。」

「……對喔。」

聞言，我拍向掌心。現在光靠城堡裡的圖書室確實還夠用，所以還有很多事情該優先考慮。

「如果想建造圖書館，就需要有多到城堡圖書室放不下的書籍，那得增加書本的數量才行呢。除了要繼續藉由抄寫增加他領的書籍，還要培育作家，栽培具有校對能力的人才……等一下，只有貴族可能栽培不出足夠的人才，還是該先提高平民的識字率嗎？」

現在終於到了在執行格林計畫的同時，也該開辦神殿學校的時候了嗎？我正在思考這件事時，斐迪南按著太陽穴立即制止我。

「慢著，這不是我希望妳思考的事情。」

「咦？」

「我的意思是別管還沒擬好完整計畫的圖書館，先想想貴族院。」

「貴族院嗎？我在貴族院那裡早就開始抄寫書籍了喔？」

「不對！快點脫離圖書館這個話題。妳今年冬天就要升上二年級了吧？再過不久就該進行準備了。」

斐迪南說的話，又是我從來沒想過的事情。為了去貴族院，需要做什麼準備嗎？我一時間想不出來。

「魔導具的服裝進度如何了？魔法陣也尚未拿給我檢查吧。屆時可是中央與上位領地的貴族都會看到，我一定會仔仔細細查看。」

斐迪南列出了我去貴族院之前該完成的事情：像是檢查休華茲與懷斯的服裝、製作我要在貴族院服用的藥水、與人討論今年想引領的流行等等。

……咦～？比起這些事情，我更想規劃要怎麼建造圖書館呢。

我大口嘆氣後，斐迪南用力捏起我的臉頰。

「羅潔梅茵，妳有沒有認真在聽我說話？」

「我隨時都很認真喔。」

……只要是為了看書的話。

吃過午餐，我向莉瑟蕾塔送去奧多南茲，詢問她休華茲與懷斯的服裝進度如何了。

「莉瑟蕾塔，我是羅潔梅茵。服裝的刺繡現在完成多少了呢？斐迪南大人說他想要檢查。」

「羅潔梅茵大人，我是莉瑟蕾塔。刺繡早已經完成了，稍後便為您送去神殿！等斐迪南大人檢查完畢，我想趕快完成服裝。」

莉瑟蕾塔馬上用奧多南茲捎來回覆，話聲聽來雀躍得不得了。從她平常冷靜沉著的樣子來看，有點難以想像她也會發出這麼開朗的聲音。我不由得張大眼睛，莉瑟蕾塔的姊姊安潔莉卡便為我說明：

「工作以外的時間，莉瑟蕾塔就是這麼活潑。這是因為她現在還沉浸在自己的興趣裡，不覺得自己在工作吧。再加上羅潔梅茵大人也不在。」

「……莉瑟蕾塔私底下與工作時的態度區分得很明確呢。」
「是的，別人也經常這麼形容我們姊妹倆：一個是公私分明的莉瑟蕾塔，一個是好惡分明的安潔莉卡。」
……安潔莉卡，雖然妳說話時一派凜然，但那不是在稱讚妳喔。
聽完安潔莉卡的說明，我完全不知該做何反應。達穆爾於是出面解圍，向我描述莉瑟蕾塔平常的樣子。
「羅潔梅茵大人不在的時候，莉瑟蕾塔經常與優蒂特還有菲里妮聊天。她還責怪過我，一點也不明白女人心。」
達穆爾面帶苦笑表示：「女孩子一強勢起來，真讓人招架不住呢。」但我還是完全想像不出莉瑟蕾塔責怪達穆爾的模樣，忍不住也看向哈特姆特與菲里妮。
「根據我在旁邊的觀察，比起責怪，我想說是捉弄應該更為貼切吧。達穆爾因為個性隨和，與他說話很放鬆，所以那只是親近的表現。」
哈特姆特似乎也曾看過開心得打開話匣子的莉瑟蕾塔，我卻一次也沒見過。畢竟我們有著主從關係，這也是沒辦法的事，但我心裡還是有些落寞。
「莉瑟蕾塔如果要幫忙送來刺繡，我想最好還是要有護衛陪同，不曉得見習護衛騎士們今天有什麼行程呢？我不放心讓莉瑟蕾塔一個人過來。」
「今天見習生們要接受波尼法狄斯大人的訓練，但應該上午就結束了。」
菲里妮立即回答。於是我再送去奧多南茲吩咐道：「莉瑟蕾塔，妳記得與見習護衛騎士一道前來。」

近侍們很忠實地遵照我的指示，只見莉瑟蕾塔與布倫希爾德帶著細心包好的布料，在柯尼留斯、優蒂特與萊歐諾蕾的陪同下來到神殿。

「這是懷斯圍裙上的刺繡，這邊是休華茲背心上的刺繡。」

莉瑟蕾塔語帶驕傲地說，將有著密密麻麻刺繡的布料平攤在神殿長室的桌面上。除了複雜的魔法陣外，還以各色絲線繡了混淆用的線條與圖案，當中還有一些是刻意繡成花朵與藤蔓植物。光用看的，我就感到頭暈眼花，更是佩服她們居然能長時間進行這麼精密的作業。我無比欽佩地看著布料時，布倫希爾德在旁邊輕笑起來。

「由於圍裙與背心上的刺繡最為重要，這項作業結束後，現在正在製作服裝。目前已經做好休華茲的襯衫與長褲了。」

「我們還在休華茲褲子的下襬加了一些刺繡。而且也打算在懷斯的裙襬加上同樣的刺繡，目前正在進行。」

和剛才從奧多南茲傳來的話聲不同，這時的莉瑟蕾塔又變回到平常穩重的模樣，向我報告進度。只不過，看得出來那雙深綠色眼睛仍跳動著愉快的光彩。

……莉瑟蕾塔真的很喜歡蘇彌魯，連製作服裝也樂在其中呢。

明明是這麼需要細心的刺繡工作，她卻因為喜歡做得非常認真。我覺得騎士應該要把莉瑟蕾塔這種女孩子娶回家才對。

「那麼，這些刺繡就先由我保管了。等斐迪南大人檢查過後，確認沒有問題，再麻煩妳們開始製作圍裙與背心。」

「遵命。」

收到繡好魔法陣的布料後，我請法藍去向斐迪南報告。斐迪南似乎是非常在意成果，法藍回來時，說斐迪南要我立刻去他的工坊一趟。我停下抄寫書籍的雙手，由法藍捧著裝有布料的包袱，往神官長室移動。

「可是，神官長的工坊其他人都進不去吧？」

我記得連艾克哈特也進不去。我看著想跟卻進不來的近侍們，歪過頭問。

「因為我有東西要順便給妳，去妳的工坊不方便。」

斐迪南一邊說，一邊打開秘密房間的房門。我接過法藍手上的包袱後，走進斐迪南的工坊。工坊內依舊到處堆滿東西，一片雜亂。

「神官長，已有未婚夫的女性在不帶侍從的情況下與異性單獨相處，這傳出去不是對名聲不好嗎？」

「話雖如此，但我不希望與隱形墨水有關的任何情報洩露出去，所以這也是不得已為之。要是妳當初乖乖動手刺繡，也不必發生這種情況。」

原來是因為他想檢測隱形墨水，有近侍在不方便。斐迪南在堆滿各式器具的桌面上騰出角落的空間，從包袱裡拿出布料並攤開來。

「嗯……成果很不錯。」

斐迪南看過整面的刺繡後，低聲說道。緊接著，他眼神無比認真地開始檢查魔法陣有沒有問題，指尖審慎地沿著線條移動。確認完魔法陣的刺繡既沒有中途斷掉，也沒有錯誤以後，他再檢查了魔法陣能否順利運作，也要求我觸摸布料，確認以隱形墨水畫下的魔法陣有沒有問題。

由於我也看了些有關魔法陣的資料，所以現在能夠辨識其中的幾個圖案。刺繡裡頭最多的是風屬性魔法陣，也有一些是與火屬性魔法陣複雜地纏繞交錯。不過，其實我也只是隱約這麼覺得。

「一切都沒問題嗎？」

「嗯。雖然在妳觸摸之後魔法陣會淡淡發光，但因為上頭覆蓋了刺繡，並不醒目。再者現在這樣等同有雙重的魔法陣，效果多半會變得更加強大，但反正不是變弱就沒問題吧。」

「想不到神官長的結論這麼隨便呢。」

我脫口說出了真實感想後，斐迪南輕挑起眉。

「這是因為真要進行檢測會有點危險。」

休華茲與懷斯先前的服裝上，本來就具有會自動彈回攻擊的魔法陣。聽說已經由艾克哈特實際對原先衣服上的魔法陣，還有改良過的魔法陣進行過攻擊，完成了檢測。

「不管多麼輕微的攻擊，一定會反彈回自己身上。因此若要檢測魔法陣的效果究竟變得有多強大，只怕是自討苦吃。」

……所以就是字面上的意思，而且給自己找來的苦頭恐怕還不小吧？

「既已檢測過，確認魔法陣會自動彈回攻擊就好。若真有人這麼愚蠢，膽敢攻擊圖書館裡王族的魔導具，被視為有意造反也不奇怪，所以只要不是威力下降即可。」

「是啊。竟然膽敢對圖書館發動攻擊，應該要做好赴死的覺悟才行呢。」

要是有人這麼不守規矩，敢攻擊圖書館或休華茲他們，不管他事後有什麼下場我都不痛不癢。

「妳只要關係到書與圖書館，瞬間便變得惡毒哪。」

「因為我可是早就下定決心，為了保護書和圖書館，就算要拿對方來『血祭』也在所不惜啊。不過，我倒覺得畫出這種惡毒魔法陣的人沒資格說我呢。」

「我早就習慣別人說我惡毒了。」斐迪南一派泰然自若地低聲說。聽說他以前在貴族院比迪塔時，經常有人形容他「沒血沒淚」、「惡毒」，還獲得了「魔王」等各種稱號。

「還有，這給妳。這是設置了妳所謂惡毒魔法陣的護身符。」

這次因為要為休華茲與懷斯製作服裝，斐迪南對魔法陣進行了仔細的研究，看來他也順便對護身符做了不少改良。

「謝謝神官長。」

「……好不容易做好了，真希望有人能來觸發。」

斐迪南突然脫口說出了駭人至極的期望。而且他低聲說話的時候還面無表情，感覺更恐怖。我忍不住倒抽了一口氣。

「我不要！請別希望這麼危險的事情發生！」

「我沒有希望這種事情發生。我只是在想就算發生了也不用擔心……」

「不要因為工坊沒有其他人在，就把心裡話都說出來！」

我抗議後，斐迪南只是不以為意地哼笑一聲。顯然完全沒打算改進。

……但也是啦，對貴族來說，秘密房間本來就是唯一可以說出真心話的地方了。但我還是不想聽到這麼可怕的真心話！

「話說回來，妳繡的魔法陣是哪一個？」

「呃……口袋上的這個。」

這邊的是夏綠蒂、這個是安潔莉卡——我順便指出其他人的告訴斐迪南，他的眉頭卻用力皺了起來。

「還有？」

「沒有了。因為神官長說過，要我自己至少得繡完一個，所以我很努力了喔。其他全部都是我侍從完成的。莉瑟蕾塔很厲害吧？」

我「呵呵」地挺起胸膛，炫耀莉瑟蕾塔這般賣力的成果，斐迪南卻輕敲我的頭。

「是妳的侍從厲害，可不是妳。妳如今已有婚約在身，應該好好練習刺繡這項新娘技藝吧。」

「咦~？反正我繡得也滿像樣的，這樣就好了吧？把時間花在刺繡上面太浪費了。在我的人生當中，抄寫書籍比刺繡更重要。就算跑去刺繡，書本也不會增加嘛。當然啦，如果神官長要我把吸收噪音用的魔法陣繡在地毯上，然後放在圖書館裡頭，我倒是願意全力以赴。」

「妳實在是……別因為工坊裡沒有其他人，就把心裡話都說出來。」

魔法陣的刺繡通過斐迪南的檢驗後，不過三天時間，莉瑟蕾塔便完美地完成了休華茲與懷斯的服裝。

冬季社交界開始（二年級）

在服裝完成的幾天後，我收到了奇爾博塔商會的來信。信上寫著他們想提交我訂做的冬季髮飾與臂章，詢問我該前往神殿還是城堡。由於還有約翰寄放的安全別針，我便請他們一併帶來神殿。

……隔了這麼久，又能見到多莉了。

我告訴法藍自己安排了與奇爾博塔商會的會面，菲里妮在旁聽了，詫異問道：「請商會連同冬季服裝，一併帶去城堡不就好了嗎？」按常理來看，這麼做是最省時省力的，但如果請奇爾博塔商會把所有東西連同冬季服裝一起帶去城堡，我就見不到多莉了。

「因為我的髮飾工藝師現在還不能進入城堡，所以我還是和以前一樣都在這裡收取，順便再訂做春天的髮飾。因為自己的髮飾，我想自己訂做。」

我這麼解釋後，菲里妮點了點頭表示明白。

其實自從近侍們開始出入神殿以後，我必須比以往更加小心地藏起我和多莉的關係。斐迪南還吩咐吉魯與葳瑪，編個關於我、路茲和多莉是如何認識的故事，好讓神殿裡的人有一樣的認知。所以兩人認真地編好了故事後，正拿給見習生以上的人看。

前些日子，葳瑪為哈特姆特整理的聖女傳說中，也寫到了我與路茲還有多莉的結識過程。葳瑪還跑來問我：「我打算把這份資料交給哈特姆特大人，能否請您看看有沒有問題呢？」聽出了她的言下之意是：「請先了解內容。」我於是仔仔細細地看起那份資料，看完後卻覺得意識有些飄向遠方。

葳瑪在她記下的聖女傳說中寫道，當初我因為身邊只有監護人指派的侍從，就在我想自己挑選侍從的時候，發現了孤兒院的存在，於是偷偷前往視察。結果，我因此得知了孤兒院在青衣神官與巫女減少後的慘狀，便想方設法要拯救可憐的孤兒們。然後我命令自己最常光顧的奇爾博塔商會，在孤兒院成立了羅潔梅茵工坊。

接著她再說明，工坊成立時，奇爾博塔商會派來的員工就是路茲與多莉。看見兩人為了幫助孤兒們盡心盡力，我便在感激之下教給了路茲印刷機的做法，再把髮飾的編法教給多莉。後來，奇爾博塔商會的班諾又做出了新紙張，而渴望有店家能經營書籍買賣的我便賜給他新稱號，最終他也成立了普朗坦商會獨立出來。

……雖然也不算完全說錯啦，但總覺得哪裡怪怪的。

葳瑪更在她編撰的聖女傳說裡頭，說我不僅賜予了孤兒們食物與工作，也教導大家自食其力，不用總是一味等待神的恩惠，這份恩情無人能比；還說我會在夢中聽見神對我說話，因而接連創造出了前所未有的新事物。這樣的我在她眼裡，完全是名副其實的聖女。

……主觀部分也加油添醋得太誇張了！

我覺得這部分的說明扭曲了事實，所以要求葳瑪修改，但不知為何她修改後的內容反而變得更離譜了。她還表示：「這是我忠實呈現事實的結果。」聽說哈特姆特在看完葳瑪自認為「寫得很平實的聖女傳說」後，簡直感動不已。至於哈特姆特究竟又往自己的研究裡添加了什麼資料，我一點也不想去想像。

奇爾博塔商會帶著多莉一同前來時，會面地點都是在孤兒院長室。由於這天我只是要購買髮飾，其實文官大可不必跟來，哈特姆特卻堅持要跟。似乎是因為聖女傳說在神殿裡傳得沸沸揚揚，他覺得很有趣。

此外，也不知道是什麼時候提出了會面請求，哈特姆特偶爾下午會跑去神官長室。好像是為了請斐迪南回答自己的問題，他會接下斐迪南丟給自己的大量工作當作交換。但看本人一派心滿意足的樣子，我想應該是不用擔心，所以完全不去管他。

「多莉，那讓我看看妳帶來的髮飾吧。」

這天奇爾博塔商會來的人有歐托、提歐與多莉。打完招呼後，我請多莉拿出髮飾。

「為了搭配羅潔梅茵大人訂做的冬季服裝，這是我新做的髮飾。」

多莉遞來的髮飾和母親染的布一樣，美麗的紅花往花蕊呈深紅色，越往花瓣邊緣則漸漸變作朱紅，彷彿將布料上的花朵具體呈現。一眼就能看出是搭配冬季服裝所做的髮飾。

……為線染色的應該是媽媽，所以這個髮飾是兩人合作的成果吧。

光是看著髮飾，就能感覺到來自兩人的心意，我不由得綻開微笑。

「成品真是太出色了。多莉，妳的手藝又精進了呢。」

「您過獎了。」

多莉笑得十分開心。然後我如同往常請多莉幫忙戴上，再向菲里妮展示新髮飾。

「菲里妮，妳覺得如何？」

「非常適合羅潔梅茵大人喔。完全看得出來是專為您設計的呢。」

聽了菲里妮的稱讚，我決定就購買這個冬季髮飾，接著訂做春季的髮飾。

「春天的貴色是綠色，所以我希望新的髮飾能讓人聯想到新生的嫩葉。」

「但目前尚未決定夏季服裝要用哪款布料吧？」

「顏色與款式的細節全由多莉決定。而且妳目前為止也不曾讓我失望呀。」

相信一定沒有問題吧？我這樣心想著投以笑容。多莉也面帶微笑，用眼神向我抗議：「妳又給我施加壓力了！」不過，她說出口的回應卻是：「我定當竭盡全力，絕不辜負羅潔梅茵大人的期望。」

髮飾的收取與訂做結束後，多莉看向歐托。於是，換歐托有些難以啟齒似地開口：

「先前羅潔梅茵大人的侍從說是奉您之命，一口氣訂購了三十組以上的髮飾，想向您確認是否無誤呢？」

「是的。今年因為要讓所有就讀貴族院的女學生都配戴髮飾，我便吩咐了侍從，請她依據每個人的髮色與氣質訂購髮飾。這確實是我的指示。」

看來在我前往收穫祭的這段期間，布倫希爾德確實辦好了我交代的工作。聽了我肯定的答覆後，歐托安心地放鬆下來。

「原來如此。那麼，之後會連同冬季服裝一併送去城堡。另外，這是您訂做的臂章，一樣請您確實是否無誤。」

歐托的眼神彷彿在說：「妳真的想要這種東西嗎？」並遞來顏色各不相同的臂章。

我為自己，還有漢娜蘿蕾、休華茲和懷斯都訂做了臂章，上頭繡有「圖書委員」四個漢字。歐托再往旁邊放下裝有安全別針的小木盒。之前我就聽說製作安全別針的人是約翰的徒弟丹尼諾，再加上經過了約翰的檢查，因此成品完全符合我的要求。

「確實就和我要求的一樣，太完美了。」

我樂不可支地把臂章捲在手臂上，再指示菲里妮幫我別上安全別針。看到自己的左臂上出現「圖書委員」這幾個字，我忍不住眉開眼笑。

……好棒喔，太棒了。我是圖書委員了！

我哼起了歌，甩著手臂彎起又張開。就在這時候，哈特姆特突然大驚地按住我的肩膀說：「羅潔梅茵大人，請您冷靜。戒指……」只見我手上的戒指正微微發光，眼看就要飛出祝福，我急忙壓下魔力。

「奇爾博塔商會，本日的會面就到此為止。」

「哈特姆特，沒關係的。」

「不，凡事還是小心為上。」

看到我的魔力就要溢出，哈特姆特迅速下達指示，提早結束了會面。多莉走的時候，還擔心地不斷回過頭來。

法藍也吩咐莫妮卡去禮拜堂拿來神具，自己則抱起我，快步返回神殿長室。明明我真的有辦法壓抑下來，繼續會面也沒關係呀。我一邊這樣想著，但還是往莫妮卡拿來的神具奉獻魔力，輕嘆了口氣。

「不過，哈特姆特的觀察力還真敏銳呢。」

「因為我從斐迪南大人與尤修塔斯大人那裡，聽說了許多有關羅潔梅茵大人的事情。我很高興這麼快就能派上用場。」

……給我等一下，他們到底告訴哈特姆特什麼事了？

「都是到了貴族院後，有助於防止羅潔梅茵大人失控的必要資訊。」

於是哈特姆特開始向我詳細報告，斐迪南他們告訴了他哪些事情。聽完以後，我實在不得不反省自己至今的行動。

……為什麼要講得那麼鉅細靡遺呢？神官長與尤修塔斯這兩個大笨蛋！

收下了多莉製作的髮飾與臂章後，神殿與孤兒院的過冬準備也完成了，現在就連奉獻儀式也只要交給坎菲爾與法瑞塔克準備就不必擔心。

「奉獻儀式時我會回來一趟。在那之前，這裡就交給大家了。」

「遵命，期盼您及早歸來。」

由於之後還要在城堡舉行冬季的洗禮儀式，放妥儀式服與各樣飾品後，我操控著小熊貓巴士前往城堡。冬季的社交界就快到了，接下來會與法藍他們分開好一段時間。下次回神殿，就是奉獻儀式了。

回到城堡的隔天，奇爾博塔商會也送來了冬季服裝與髮飾，而我不只是冬季的社交界，前往貴族院的準備工作也正如火如荼進行中。期間艾薇拉告訴我，奧蕾麗亞曾問她那些魚該怎麼辦。這麼說來，記得奧蕾麗亞曾說過，暫停時間用的魔導具很耗魔力，所以要維持運作十分辛苦。

書委員
図書委員
図書委員

「斐迪南大人，再這樣下去我的魚就要被丟掉了！我珍貴的魚！就算不能馬上做成料理，至少可以讓我先收過來保管吧?!」

我向禁止我做魚料理的斐迪南送去奧多南茲哭訴，表示自己想保管那些魚。然而，斐迪南卻送來了「不能由妳保管」的回覆。

「妳有可能因此與奧蕾麗亞接觸，也可能又想偷偷做成料理，或把齊爾維斯特也牽扯進來，這些事都有機會演變成更大的麻煩。我會聯絡艾薇拉，由我來保管那些魚，妳千萬別插手。」

就這樣，我的魚就決定交給想避免無謂麻煩的斐迪南保管。不過，奧蕾麗亞似乎也不便與斐迪南接觸，甚至是把魚送給他，所以聽說表面上會先由奧蕾麗亞送給自己的婆婆艾薇拉，艾薇拉再當作是稀有的禮物分送給斐迪南。

雖然貴族間的規矩非常麻煩，但這下子我的魚就不會被丟掉，艾薇拉聽到斐迪南會聯絡自己時也顯得很開心，算是皆大歡喜吧。後來接到通知，得知魚已經順利送到斐迪南手中時，我總算放下胸口大石。也是在這時候，貴族們悉數回到貴族區，冬季的社交界開始了。

冬季的社交活動以洗禮儀式與首次亮相揭開序幕，同一天還有贈予新生披風與胸針的頒授儀式，結束後是午餐時間。今年我要以神殿長的身分舉行儀式，所以是和神官長斐迪南一同進場，不會與貴族接觸到。要到下午才會與貴族說上話。

……在那裡的是基貝．伊庫那與布麗姬娣吧。啊，基貝．哈爾登查爾和基貝．葛雷修正在說話呢。旁邊還有基貝．萊瑟岡古，看來那群人都是萊瑟岡古的貴族吧。

即將主持洗禮儀式的我站在臺上，環顧大禮堂，發現自己透過製紙業與印刷業，認識的貴族變多了。

……我這一年來真的很努力呢。

順便說，就算認不得長相也能馬上看出是誰的，就是站在大禮堂前方的上級貴族奧蕾麗亞。她的新面紗使用了以新染法製成的布料，依然蓋住了整張臉。不過，她所用的布料，不只和站在臺上的芙蘿洛翠亞與夏綠蒂，也和芙蘿洛翠亞派的上級貴族夫人們一樣，此刻還與一群服裝皆以新布料製成的人站在一起，所以一眼就能看出她隸屬哪個派系。這下子，不會再有人說她都不試圖融入艾倫菲斯特了吧。雖然因為遮住臉的關係，好像特別引人矚目，但我覺得她正好完美宣傳了最新的染色技法。

蘭普雷特因為要在韋菲利特身邊擔任護衛騎士，奧蕾麗亞似乎是與艾薇拉一起行動。雖然大家禁止我與奧蕾麗亞接觸，但至少在她與艾薇拉一同行動的時候，我應該可以去打聲招呼吧？

……真想為魚料理離我們遠去一事向她道歉呢。她應該很懷念故鄉的飯菜吧……對了，那另一名嫁來這裡的女性貴族呢？

我來回環顧大禮堂，試著尋找來自亞倫斯伯罕的另一名新娘。不過，由於那名女性貴族並未披戴面紗，所以在匆匆的掃視之下我也看不出來她在哪裡。

隨後，洗禮儀式與首次亮相都順利結束了。接下來的頒授儀式上，夏綠蒂將以貴族院的一年級新生之姿受贈披風，儘管我很想在場觀看，只可惜得趕快換下衣服準備用午餐。孩子們的首次亮相結束後，我與斐迪南立刻退場去換衣服。

我坐著騎獸，配合護衛騎士與黎希達的大步流星，一路直奔寢室，奧黛麗已經在房裡等著了。黎希達與奧黛麗兩人迅速地脫下我身上的儀式服，再幫我穿上為冬季社交界訂做的新衣。

這件新衣使用了母親所染的布，款式則是根據多莉的設計。裁製時是把漸層中的朱紅色擺在上半身，讓整件禮服往裙襬遞變為深紅。長長的袖子也是越往底部顏色越深，布料上繽紛多彩的小花十分可愛。由於白色也是冬天的貴色，因此點綴在紅色新衣上的立體花飾都選用了白色。設計成氣球狀的裙子雖然不到膝蓋，但底下的白色襯裙長及小腿，下緣綴著精巧蕾絲。連搭配新衣的髮飾也是多莉的作品，真是太完美了。

「好看嗎？」

「非常適合您喔，大小姐。」

黎希達露出滿意的笑容讚美道。我也心滿意足。

吃完午餐，社交活動便正式開始了。今年我也和韋菲利特還有夏綠蒂，一起走向大禮堂。一路上的話題，是從午餐開始就持續到現在的貴族院。

「今年我終於能與哥哥大人和姊姊大人一起去貴族院了，好期待唷。因為去年我只能一個人留在城堡，好寂寞呢。」

夏綠蒂的服裝也用了在染布比賽上挑選的布料，裙子和我一樣蓬起呈氣球狀。雖說同樣使用了新款布料，裙子造型也很類似，但可能是因為個人喜好不同，又或者夏綠蒂選用的布料顏色是適合自己的玫瑰紅，整體呈現出了和我截然不同的感覺。

「在出發去貴族院的前幾天，一年級新生得先去兒童室，預習姊姊大人去年做的參考書吧？」

夏綠蒂問道，我點了點頭。韋菲利特露出了既在忍笑又想捉弄人的表情說：

「羅潔梅茵，今年成績向上委員會的活動也會繼續進行吧？要是把參考書提供給一年級生，二年級生會說妳這樣是在幫助競爭對手喔。」

「哎呀，二年級以上的學生因為去年都提早修完課，有多餘的時間能預習下個年度的課程，那也應該給一年級生預習的時間吧？比賽得講求公平才有意思嘛。」

一年級的學科課程內容不多，除了地理和歷史外，單靠至今在兒童室的學習就已經十分足夠。只要再多花幾天時間在兒童室裡學習地理與歷史，等新生們前往貴族院，應該有望成為大家的勁敵。

「雖然對羅潔梅茵大人與韋菲利特大人很過意不去，但今年是見習騎士會獲勝。因為安潔莉卡終於畢業了。去年我們所有見習騎士都在指導安潔莉卡，幫助她理解課程內容，所以我們對學科可是很有自信。」

柯尼留斯輕笑了一聲說。一旦加入「安潔莉卡成績提升小隊」，撇開安潔莉卡本人不說，隊員自己的成績一定會提升。因為他們得絞盡腦汁認真思考，到底該怎麼說明才能讓安潔莉卡聽懂。

「原來還有這麼一回事。我一直以為自己只給大家添麻煩了，但原來我也幫上了大家的忙呢。今年的見習騎士一定很強。」

現在我已經畢業了，相信大家一定所向無敵──安潔莉卡挺起胸膛說。的確，今年的騎士組會是勁敵吧。我正這麼心想時，哈特姆特用挑釁的目光看向柯尼留斯。

「往年是因為沒有留下有用的參考書，也沒有紙張能做紀錄，下級貴族很難提升成績。但是現在既會發配植物紙，上級貴族也會指導下級貴族，不管哪方面的成績都能與你們抗衡。去年我們雖然毫無準備，又只有騎士組有優秀的參考書，但今年可不一樣了。」

身為文官代表的哈特姆特信心十足地說，布倫希爾德也點點頭。

「我們去年也在貴族院互相分享情報，每個年級都製作了參考書。今年是見習侍從會獲勝。」

「而且因為羅潔梅茵大人總想快點修完課，早日前往圖書館，必須隨侍在側的我們也只能盡快修完課程呢……」

莉瑟蕾塔咯咯笑著，還說：「這也是在測試我們身為近侍的實力呢。」聞言，我也和安潔莉卡一樣昂首挺胸。

「原來還有這麼一回事。我這麼常跑圖書館，原來也有助於近侍們提升成績呢。」

「羅潔梅茵大人，請您別模仿姊姊大人。」

莉瑟蕾塔立即斥道，我默默別開視線、轉移話題。

「對了，今年所有領主候補生都去貴族院了，那兒童室該怎麼辦呢？夏綠蒂，養父大人曾為此對妳說過什麼嗎？」

「今後會由莫里茲老師負責指導，飛蘇平琴的教師也會由哥哥大人的樂師來擔任。」

「因為我和妳們不一樣，不會舉辦得帶著樂師參加的茶會啊。」

韋菲利特又說，到了貴族院後如果需要練琴，或是出席社交場合時一定得帶的話，再借夏綠蒂的樂師或我的羅吉娜就可以了。如今所有人都意識到，兒童室的教學會對孩子們在貴族院的成績產生巨大影響，所以為了能夠維持現狀，大家也會去考慮兒童室的人員配置。莫里茲又已經連續四年都負責管理兒童室，交給他想必沒問題吧。

「畢竟總不可能每年都剛好有領主的孩子在兒童室，這也是個好機會，可以好好思考平常的兒童室該怎麼運作呢。」

走進大禮堂一看，多不勝數的貴族已經聚集於此。現在因為除了我以外，韋菲利特與夏綠蒂也在參與製紙和印刷業務，前來寒暄致意的貴族相當多。

最先走過來寒暄的，是葛雷修伯爵夫婦。他們也是布倫希爾德的雙親，在葛雷修開始發展製紙業與印刷業後，卻面臨了不少難題，正努力讓新事業步上軌道。

「基貝．葛雷修，製紙業與印刷業還順利嗎？」

「今年冬天，我們決定先買紙張與金屬活字來進行印刷。至於製紙業，工匠們似乎在想既然做不出純白紙張，那不如從一開始就做成彩色的。現在我也正找奧伯商量，能否為了葛雷修施展因特維庫侖。」

淨水用的魔導具連斐迪南都說過，會消耗大量到難以估計的魔力，恐怕很難馬上就採用這個做法吧。他們討論過後似乎認為，也許可以像艾倫菲斯特的平民區一樣，至少先洗淨葛雷修的平民區，稍微減少水汙染。

「如果要拜託養父大人，我建議除了強調製紙業有需要外，也可以從為了迎接他領商人，需要美化平民區這個觀點去說服他喔。因為接待來自他領的商人，如今已經成了艾倫菲斯特整體的課題。」

上次在艾倫菲斯特施展因特維庫侖時，因為只在地下設置了上下水道的管道而已，聽說消耗的魔力比預期要少。既然如此，我覺得可以把多餘的魔力用在有需要的地方。

……而且順利的話，說不定能把基貝．葛雷修拉攏到養父大人這一邊。

齊爾維斯特因為制裁了自己的母親，又與舊薇羅妮卡派保持距離，支持他的貴族並不多，需要多拉攏上級貴族。希望葛雷修伯爵的請求能成為拉攏上級貴族的契機。如果能夠高明地籠絡到萊瑟岡古那邊的上級貴族，齊爾維斯特的壓力應該可以減輕許多吧。

但當然，要不要為了葛雷修使用魔力，全憑齊爾維斯特的判斷，我也不曉得雙方能否發展成稱得上同伴的關係。只不過要怎麼提出請求，又要怎麼籠絡對方，讓自己能夠從中得到好處，就全看葛雷修伯爵與齊爾維斯特的社交手段了。

「有羅潔梅茵大人幫腔，真讓人安心不少呢。」

布倫希爾德笑著說道，我也露出微笑點點頭。

與葛雷修伯爵結束了對話後，接著前來問候的是哈爾登查爾伯爵夫婦。道完寒暄，我問起哈爾登查爾在春天提早到來後的現況。

「由於積雪提早消融，又受惠於良好天候，今年的收成量一口氣增加許多。我們還為此瞠目結舌，沒想到哈爾登查爾也能收穫這麼多的作物。」

以往哈爾登查爾因為積雪遲遲不化，加上夏季短暫，收成一向不好。但是，今年在舉行祈福儀式以後，一夕之間春天降臨，溫暖的氣候也因此持續較久，聽說收成量幾乎是往年的兩倍。

「可是，也不全然只有好處吧？夏天會不會太過炎熱，有人因此身體不適呢？」

「我原本也擔心積雪太早融化，不敢想像夏天會有多麼酷熱難耐，結果卻沒有我預期中的炎熱。甚至已經進入夏天了，春天的腳步卻好像始終沒有遠離。哈爾登查爾的居民也沒有虛弱到會因為暖和的天候持續太久就病倒，那在以往的環境可存活不下來。」

……我就會病倒喔。因為我超級無法適應氣候變化。

「不過，大概也是因為氣候大幅改變，魔樹的生長情形與以往不太相同；魔獸的出沒時期似乎也異於過往，讓獵人們傷透腦筋。但是，這些辛苦其實也不值一提。多虧了羅潔梅茵大人成為神殿長，並與我們分享聖典上的古老記載，今年冬天哈爾登查爾的居民才能過得不虞匱乏。」

哈爾登查爾伯爵在我面前跪下來，執起我的手，在眾多貴族的矚目注視下，用他的額頭輕觸我的手背。這是貴族在表達最高謝意時的動作。

「我謹在此代表哈爾登查爾的全體居民，向艾倫菲斯特的聖女獻上謝意。」

在基貝・哈爾登查爾之後，陸陸續續有許多人過來問好。

「哎呀，基貝・伊庫那。你們後來一切都還好嗎？其實我本來也想前往伊庫那舉行收穫祭呢……」

我本來想在收穫祭的時候去伊庫那，看看製紙業發展得怎麼樣了，也想親眼瞧瞧沃克的孩子，卻被斐迪南怒斥道：「哈爾登查爾、伊庫那、葛雷修，妳一個人想攬下多少地方？」由於祈福儀式時要給予魔力、配送小聖杯，不管我想負責多少地方都不會有人有怨言，但收穫祭就不一樣了。因為收穫祭關係到自己能分得多少作物，所以會有青衣神官抱怨。今年因為要優先前往送去了古騰堡成員的葛雷修，我只好放棄去伊庫那。

「我們也知道羅潔梅茵大人一向繁忙，近來還開始擴展印刷業呢。您現在應該比我還在身邊侍奉時更加忙碌吧。」

「布麗姬娣，那妳願意為我說說伊庫那的近況嗎？」

「當然。」

於是伊庫那子爵夫婦、布麗姬娣和維克多開始為我講述。聽說他們現在正努力用新的材料製作紙張，也從伊庫那派了工匠去鄰近的基貝那裡，在當地的製紙工坊傳授造紙方法。伊庫那周邊的土地山林繁茂，水質也很清澈，所以似乎都沒發生和葛雷修一樣的問題，成功教會了居民如何做紙。

「羅潔梅茵大人，請容我們向您問安。」

與布麗姬娣他們的談話告一段落時，我聽見艾薇拉的聲音，於是回過頭去。除了艾薇拉，戴著面紗的奧蕾麗亞也過來寒暄。

「奧蕾麗亞，妳做了新的面紗呢。」

「是的。我照著羅潔梅茵大人的建議，同樣選用了以新染法製成的布料，戴上新面紗以後，現在周遭人們的目光都沒有那麼嚴厲了。而且能夠使用我以前極少選用的可愛布料，也讓我很高興。」

說到最後似乎是難為情，奧蕾麗亞講得小小聲。

「如果能讓奧蕾麗亞過得輕鬆自在一些，我的提議也不算白費呢……只不過，由於我沒能得到許可，目前魚料理的製作還是遙不可及。明明我答應過妳了……」

……妳一定很懷念故鄉的滋味，很想快點吃到吧？對不起喔。

以前平民區的家人，似乎對於還要費力處理土腥味的河魚不感興趣，飯桌上出現的永遠是肉，從來沒有魚。自從有一次我請路茲幫忙在森林裡釣魚，再試著灑鹽燒烤，吃了口腥味極重的河魚以後，我就再也沒有吃過魚了。雖然我把當時一起釣到的魚晒成魚乾，但好像乾得太過頭，母親還不准我用來熬煮高湯。打從那時候起，我內心就一直懷有著想吃美味魚料理的渴望。奧蕾麗亞肯定也非常懷念故鄉的美味。

……因為像我就非常想吃魚料理啊！我懂妳的心情！

「等我從貴族院回來，會設法盡快烹煮魚料理，在那之前請妳忍耐一下吧。」

「羅潔梅茵大人竟然連我也這般費心，我真的很高興呢。但其實我現在十分享受艾倫菲斯特的餐點，還請您不必如此掛懷。」

……咦、咦？

由於奧蕾麗亞遠離了家鄉，我本來還打算以緩解她思鄉之苦為藉口，央求斐迪南或齊爾維斯特趕快把魚的調理方法教給我。然而與我的期望不同，奧蕾麗亞似乎並不急的樣子，還覺得可以慢慢來沒關係。

……奇、奇怪了。我的魚料理計畫離我越來越遠了。

我困惑地歪過腦袋，韋菲利特忽然拉過我的手臂，往前站了一步。

「羅潔梅茵，和奧蕾麗亞的交談就此打住吧。那邊投來的目光太刺眼了。」

韋菲利特很快揮了下手指，示意舊薇羅妮卡派貴族們所在的方向。他們可能是想與奧蕾麗亞接觸，卻因為艾薇拉跟在她身邊，沒辦法靠近吧。

「奧蕾麗亞，蘭普雷特告訴過我有關妳的事情。在這種情勢下，妳可能會感到處處受限，但我也會努力去做改變，好讓妳過得舒坦一點。」

「韋菲利特大人，謝謝您……不過，對於目前在艾倫菲斯特的生活，我一點也不覺得受限，反而過得比在亞倫斯伯罕時還要自由自在呢。」

連要與誰會面都受到婆婆的限制，還得住在公公家的別館，這樣的生活不可能覺得自由自在吧。儘管我如此心想，但奧蕾麗亞的聲音聽起來，好像真的覺得無拘無束。

……那她以前究竟在亞倫斯伯罕過著怎樣的生活呢？

往貴族院出發

冬季的社交界開始後，大人們便忙於社交應酬。在出發去貴族院之前，我們和往年一樣先在兒童室度過。第一天接受了今年剛首次亮相的孩子們的問候後，我便拜託哈特姆特，把教導這些孩子怎麼玩歌牌與撲克牌的工作，分配給貴族院的高年級生。

「為了讓孩子們產生興趣，請大家要不著痕跡地輸給他們。畢竟大家已經是高年級生了，畢業以後，工作上更要面對那些老奸巨猾的貴族，那麼面對才剛受洗的孩子們，相信一定有辦法巧妙地帶動氣氛吧？」

「羅潔梅茵大人這樣說，真是巧妙地能刺激到高年級生的自尊心呢。」

哈特姆特輕一聳肩，轉身去找高年級生們。看著他離開後，我再拜託韋菲利特，請他帶領二年級的學生，與兒童室裡已經玩過歌牌和撲克牌的孩子們玩遊戲。

「夏綠蒂去年也在兒童室，由她來帶領更適合吧？很多孩子我都不認識喔。」

「夏綠蒂還要預習一年級的課程。而且利用玩遊戲活絡氣氛這件事，韋菲利特哥哥大人比夏綠蒂更擅長呀。」

首先要拿點心當獎勵，點燃孩子們的鬥志，再利用玩遊戲炒熱氣氛。把這項工作交給韋菲利特與二年級生們後，我開口呼喚莫里茲。

「莫里茲老師，今天請你為新生上地理與歷史課吧。這是我去年整理的參考書。」

「但我去年已經教過一些了……」

「因為在貴族院有成績向上委員會的活動，這是為了公平起見。」

我請夏綠蒂集結一年級新生，告訴他們前往貴族院以後，有成績向上委員會舉辦的分組競賽，順便鼓勵他們：「高年級生老早就在做準備了，新生們也要加油喔。」

隨著每天都有學生往貴族院移動，兒童室裡的人數越來減少。趁著這段期間，我也找來韋菲利特與夏綠蒂，大家一起討論沒有領主候補生的時候，兒童室的教學計畫要怎麼安排；我也整理了大家的要求，確認有哪些科目需要增聘老師；還唸了新故事給孩子們聽。

我把向戴肯弗爾格借來的書改成白話文後，唸了主角一直戰鬥到獲勝為止的熱血騎士故事，意外地在有意成為見習騎士的男孩子們之間大受歡迎。

……之後再問問看漢娜蘿蕾大人，能不能把我自己改為白話文的版本在艾倫菲斯特印製成書，讓戴肯弗爾格的故事流傳開來吧。

再過不久就要出發前往貴族院，這幾天波尼法狄斯與斐迪南都和我們一起用晚餐，變成了與監護人們的小型會議。有些事情我、韋菲利特還有夏綠蒂已經討論過，但也有很多我不知道的事情，所以確實需要這樣的時間來提出問題與要求。

「我知道了。我不介意今年也把艾拉與雨果派去貴族院的宿舍。我會和去年一樣，讓雨果明天就出發，艾拉則和我在同一天移動……對了，養父大人。請問有宮廷廚師知道怎麼處理魚嗎？」

「嗯，妳指斐迪南向我提起過的那件事吧？只要確認了奧蕾麗亞帶來的東西沒有危險，就可以把調理方法教給妳的廚師。而且去年妳的專屬廚師，好像也教了幾樣自己構思的餐點給宮廷廚師。」

今年也麻煩了——聽到齊爾維斯特這麼說，我回想了雨果與艾拉構思的新食譜。只要是兩個人自己想出來的食譜，就不用擔心會觸犯魔法契約。況且廚師們一起在貴族院烹煮料理的時候，總是有些食譜會流出去吧。

「總之，都要等妳從貴族院回來再說了。」

「是。」

「還有，由於你們去年努力提升了成績，還推廣了新流行，今年成功多撥了點預算給貴族院。」

據說與他領展開貿易之後，領地整體的預算增加，連帶地能撥給貴族院的預算也變多了。再加上能與他領往來貿易，就是多虧了我們在貴族院辛苦奔波，所以特別多給了貴族院不少預算。

「我已經吩咐過韋菲利特與夏綠蒂，今年一樣要把預算用於提升學生的成績，還有推廣並穩固我們推出的新流行……羅潔梅茵，那妳拿到更多預算後打算如何使用？妳應該不會只用在領地對抗戰上吧？」

「我打算購買紙張和墨水，發給下級貴族。」

正如達穆爾說過的，下級貴族上課時都是準備木板，上完課後再把木板上的內容削下來，繼續使用底下的木板。而且依削法而定，有時會把費了工夫記錄下來的筆記削壞，有時是過了一段時間後想重看也看不清楚。

「我想提供紙張給下級貴族，讓大家能把自己上課做的筆記留下來。因為不光是個人，如果想提升艾倫菲斯特的全體成績，提高整體的水平非常重要。」

上級貴族就算放著不管，他們也會為了自尊心而取得體面的成績。既願意為了成績努力讀書，也有能力準備大量的羊皮紙與墨水。而且因為房屋有足夠的存放空間，也擁有許多兄弟姊妹或親戚留下來的課程資料。

「下級貴族都不太有辦法把上課做的筆記留存下來，所以我認為他們更需要援助。而當然，我委託他領學生抄寫書籍這件事，還是會和去年一樣由我支付報酬。」

若想主張那些抄好的書籍歸我所有，關鍵在於我必須以個人名義買下來，所以這件事我絕不讓給任何人。聽到我要把增加的預算用來提升下級貴族的整體水平，夏綠蒂詫異地眨了眨藍色眼睛。

「姊姊大人，那上級貴族沒有援助嗎？倘若只有下級貴族，那樣子不公平吧？」

「我當然願意平等地提供援助喔。若向我索求紙張，我絕對不會拒絕，提供的數量就和給下級貴族的一樣。但是，明明是上級貴族，他們應該說不出口自己沒有能力準備要在貴族院使用的文具，所以也只是結果看起來不公平而已。」

老實說，我不認為有必要把多餘的預算，用在完全不需要援助的上級貴族身上。

「還有，養父大人。今年我打算帶些印刷品去貴族院……啊，但我指的不是課程用的參考書，而是騎士故事、戀愛小說與樂譜這些印刷品，請問可以嗎？」

「但要是讓他領發現了印刷技術，明年的領主會議又會是一場混亂喔？」

「我只會帶一本離開宿舍。只要他領不知道我們同樣一本書其實印有好幾本，他們就會以為那只是一本字跡非常工整的書。我想印刷技術應該不會被發現。」

而且我想帶去的印刷品中，還有以謄寫版印刷印成的書。除非知道印刷機的存在，否則只會以為是手抄書吧。

「我想簡單地向他領的人介紹，用艾倫菲斯特紙可以做出這種全新形態的書籍，藉此增加愛書的同伴，順便開拓未來的客源。」

印刷工坊增加以後，艾倫菲斯特的印刷品正慢慢增加。我打算把書帶去貴族院借給他領學生，透過輪流傳閱來尋找同好，還得在開拓客源的同時栽培作家。給貴族看的書，最好由貴族來寫。我已經犧牲了自己寫的戀愛小說，悟得這個真理。

「簡單介紹？萬一由妳來介紹，可以想見妳一定會興奮到暈倒。羅潔梅茵，介紹書本的工作還是交給妳以外的人比較好吧？」

「叔父大人說得沒錯。要是才剛接過書本，就看到妳在眼前暈倒，只會對那本書留下不愉快的回憶。妳又想給漢娜蘿蕾大人造成負擔嗎？」

斐迪南冷靜說完，韋菲利特也連連點頭，對我乘勝追擊。要是在借書還書的時候讓漢娜蘿蕾留下不愉快的回憶，那就不好了。因為我想與她成為好朋友。

「那麼我寫些書本的介紹文就好。至於介紹和推廣書籍，就拜託韋菲利特哥哥大人與夏綠蒂了。」

「這樣才對。」

斐迪南頷首，韋菲利特與夏綠蒂也在對視後用力點頭。

虧我很想自己介紹呢——見我因此噘起嘴巴，齊爾維斯特輕聲笑了起來。

「羅潔梅茵，別太失望了。我們針對妳提出的要求討論過後，今年已經為妳在宿舍裡設置了書架。快點恢復好心情吧。」

「我馬上恢復了。」

貴族院宿舍明明是學生學習的地方，居然連一個書架也沒有，這實在太離譜了——先前我曾提出這樣的意見，然後表示應該在宿舍裡擺放書架、設置圖書區，沒想到我的要求竟被批准了。

「那麼除了大家都能閱覽的參考書以外，也該擺上艾倫菲斯特印製的書籍。那我得多帶一點書才行了！」

……今後要一步一腳印地增加書籍，讓一個書架變成兩個書架，總有天再從圖書區進化成圖書室！

「我們雖然准許了在宿舍擺設書架，但並未准許在城堡的圖書室裡設置睿智女神像。」

我曾聽索蘭芝老師說，只要向圖書館裡的睿智女神像祈禱，那麼在女神梅斯緹歐若拉的庇佑下，書本就會源源不絕而來。聽說連王宮圖書館裡也有女神像，所以我才建議城堡的圖書室裡也該設置女神像，並且每天獻上祈禱，祈求艾倫菲斯特的書本不斷增加。結果這個要求被否決了。

「多添點書應該比設置女神像更重要吧，不是嗎？」

「養父大人，那請撥給我買書的預算吧。」

我要求提供購書經費後，齊爾維斯特擺出了非常厭煩的表情。

「妳以為一本書要多少錢？我們沒那麼多預算。妳都已經訂定了呈繳制度，想必書本不久後就會增加，耐心等著吧。」

……呈繳制度萬歲！打從一開始就決定要實施這個制度的我，幹得好啊！

只要安靜等在原地不動，書本就會增加，這個制度真是太美妙了。好期待印刷品越來越多。

「既然各位為學生們設置了圖書區，大家也認真製作了參考書，相信今年的成績十分值得期待。一定會比去年上升不少吧。」

學科方面已經完全不用擔心。只要照著現在這樣繼續努力，應該可以獲得相當高分的成績。至於還有空間能提升成績的，就是術科了。現在大家的魔力都正在成長，只不過我根本看不出來誰成長了多少，況且魔力增加與能靈活操控魔力是兩回事，我也不曉得會對成績造成多少影響。

……再來還有成長空間的，就是迪塔了吧。

我把目光投向一邊用餐，一邊笑著聽我們說話的波尼法狄斯。我想問他見習騎士們的特訓成果。

「祖父大人，見習生們現在的團隊合作怎麼樣了呢？」

我一發問，波尼法狄斯彷彿正等著我開口般往前傾身，告訴我他進行了哪些特訓，還有大家的團隊合作到什麼程度了。

「羅潔梅茵，我照妳的要求嚴格地訓練了見習騎士。雖然他們現在還是漏洞百出，但跟去年比起來，團隊合作應該多少像樣些了。」

「太好了！祖父大人，真是謝謝您。這下子迪塔比賽的排名也能上升吧。」

跟去年完全不懂得團隊合作的情況比起來，今年見習生們似乎已經懂得要先討論戰略，然後勤加練習。只要練習是有用的，現在領主候補生的見習護衛騎士們又在慢慢壓縮魔力，要提升排名想必輕而易舉吧。

「依祖父大人的觀察，有哪些見習騎士的未來值得期待呢？」

「嗯？……進步速度快的，果然還是領主一族的見習護衛騎士，也就是學了妳魔力壓縮法的人。由此可知派系的不同確實造成了不小的影響，有的孩子倒十分可惜。」

看來舊薇羅妮卡派的孩子們再怎麼努力，魔力成長的速度仍有差異，也因此拉開了實力差距。

「養父大人，關於教授魔力壓縮法當報酬這件事，後來有下文嗎？」

舊薇羅妮卡派的孩子們幫忙阻止了蘭普雷特與奧蕾麗亞結婚時的一場敵襲，關於後來是怎麼向他們表達謝意，我還沒有問過。我不知道究竟有多少人曉得婚禮當天其實曾有敵人策劃偷襲，不過即使我完全沒提到關鍵字，齊爾維斯特似乎也心領神會。

「我已經表示過慰勞，感謝他們盡心通知，也為他們提供的情報支付了報酬。另外我也告訴他們，妳提出了想教他們魔力壓縮法的請求。」

說完，齊爾維斯特先是垂下眼簾，接著深綠色的雙眼直勾勾注視我。

「……但與此同時，我也告知了把魔力壓縮法教給他們的條件。」

「您附加了什麼條件呢？」

「我的條件就是，他們必須願意向領主一族獻名。」

四周傳來了倒吸口氣的聲音。在場眾人都瞪圓雙眼，凝視齊爾維斯特。然而在這當中，只有我一個人不明所以地側過臉龐。

「請問，獻名是什麼意思呢？」

「意即獻上封有自己名字的魔石，交出自己的性命，宣誓效忠。」

「咦？」

「妳身邊就有很好的例子。」

我一時間還是意會不過來，齊爾維斯特便指向斐迪南，還有站在他身後的艾克哈特和尤修塔斯。

「這兩人皆已向斐迪南獻名，宣誓自己的忠誠。因而即便斐迪南進入了神殿，他們仍被視為是斐迪南的近侍。」

據說當時的權力中心仍是薇羅妮卡，因此周遭人們都說竟要向被薇羅妮卡冷落的人獻名，簡直愚不可及。然而，兩人還是向斐迪南獻上了自己的名字。而且聽說獻名以後，生死便等同掌握在主人手裡，這種情況下除非主人允許，否則絕不能去侍奉他人。

……雖然我覺得這樣的忠誠太過沉重，但對於當時身邊全是敵人的神官長來說，卻是任何事物也難以取代、能夠令他信任的忠誠吧。

如果願意向領主一族獻上性命以示忠誠，確實把魔力壓縮法教給舊薇羅妮卡派的孩子們也沒問題吧。但是，對於每當掌權者換人就要更換派系的中級與下級貴族而言，肯定很難只為了侍奉一個人就獻名。

在我想著這些事情的時候，很快地到了要前往貴族院的日子。

「休華茲與懷斯的服裝已經放進去了，戴肯弗爾格的書也是。要借給漢娜蘿蕾大人的，艾倫菲斯特自己印製的書本也帶了。應該沒有忘了其他東西吧？」

也在就讀貴族院的近侍們，已經按著自己該出發的日子早一步過去了。此刻還在城堡裡的，只剩下已經成年的奧黛麗、黎希達、達穆爾與安潔莉卡這四名近侍。而要隨我前往貴族院的成年侍從，今年依舊決定是黎希達。

「安潔莉卡，妳留在這邊的時候打算做什麼呢？」

「訓練。今年因為師父都在對見習騎士進行特訓，我幾乎沒有機會能接受特訓。隔了這麼久時間，我想接受師父的特訓。」

不同於一雙藍眼熠熠閃耀、容光煥發的安潔莉卡，只見屆時也將一起接受訓練的達穆爾回想起去年，目光變得迷茫說：「今年又有短期集中特訓了嗎？」

「呃，安潔莉卡，妳沒有其他該做的事情嗎？現在妳有婚約在身了，也該和艾克哈特哥哥大人一起去社交應酬吧？」

「我因為是第二夫人，不需要與艾克哈特大人出席社交場合。除了訓練，我還打算為自己的披風刺繡，還有為斯汀略克灌注魔力。」

……看來除了強化自己的戰鬥能力以外，完全沒有其他想做的事呢。

輪到我該前往轉移廳時，奧多南茲會捎來通知。接到通知後，我帶著近侍們前往轉移廳。首先要轉移行李。下人們幫忙把行李堆上魔法陣的時候，我則與監護人們道別。

「希望妳今年別再惹出風波。」

「哎呀，養父大人。我隨時隨地都只想平平淡淡地過日子喔。」

齊爾維斯特立刻投來非常懷疑的眼神，但我在貴族院生活時，從來就沒想過要引起騷動。我也時常希望自己最好能一直窩在圖書館裡，整天看書度日就好，只是不知為何都無法如願。

「羅潔梅茵，今年我拿了幾本書交由哈特姆特保管，等妳修完了課，在近侍們也快要修完課之前，妳就能待在宿舍裡打發時間。」

「為什麼是寄放在哈特姆特那裡?!應該給我或者黎希達吧？」

我瞪大了眼睛抗議，斐迪南馬上冷哼一聲。

「要是交給妳，妳肯定還沒修完課就通宵讀完，之後再以最快速度修完課程，每天衝去圖書館，那本想讓妳消磨時間用的書本也就沒了用武之地。而我之所以交給哈特姆特而不是黎希達，便是因為即使妳是領主候補生，也進不了男性房間所在的二樓。」

斐迪南說明完，黎希達重重點頭：「真不愧是斐迪南小少爺，非常了解大小姐呢。」

……唔唔，我還沒看過的書本們！

「另外，我也提供了空魔石給黎希達。只是魔石數量有限，妳的興奮程度卻沒有極限。妳一定要千萬小心，別給戴肯弗爾格的領主候補生造成困擾。」

……就算叫我小心，但一看到書本就會感到興奮也是人之常情吧？究竟該怎麼小心才好呢？

我歪了歪頭，斐迪南臉上驀地浮現淡淡冷笑。

「妳一定要千萬小心，別發生讓我不得不禁止妳去圖書館的事態。」

「我一定非常小心。」

聽著斐迪南各種叮嚀的時候，轉移準備也完成了。我在黎希達的催促下踏進轉移陣。

「姊姊大人，我明天也會過去。」

「嗯，夏綠蒂，我等妳過來喔。大家，那我出發了。」

魔法陣在我說話的同時亮起光芒，眼前的視野接著一陣扭曲。

入舍與忠誠

盈滿魔力的黑金兩色光芒旋繞交錯。輕微的暈眩感與模糊的視野讓我感到不太舒服，忍不住緊緊閉上雙眼。

「羅潔梅茵大人，歡迎您來到貴族院的艾倫菲斯特舍。」

聽見這句話，我明白自己到貴族院了，於是慢慢睜開眼睛，看見前方有兩名騎士，而自己已經置身在宿舍的轉移廳裡。為了接下來要轉移的韋菲利特，我得趕快離開魔法陣，騰出空間。

我與黎希達一同走出轉移廳後，看見我的近侍們都已經在這裡等著我了。由於近侍中只有菲里妮與我同年級，此刻她似乎正和侍從一起在整理房間，所以不在這裡。

「羅潔梅茵大人，恭候您的到來。」

「大小姐，那請您歇息片刻，我先去整理房間。」

黎希達一邊監督著搬運行李的男性下人們，一邊用眼神向近侍們示意。接著黎希達馬上開始移動，我也變出騎獸坐進去，與近侍們一起前往多功能交誼廳。

「雖然好久沒來貴族院的宿舍了，卻沒有什麼懷念的感覺呢。」

「因為氣氛和裝潢都跟城堡很相似，我也不太有自己來到了宿舍的真實感呢。但我想也是因為這樣，一年級新生來到宿舍時才不會太過緊張，一下子就能適應吧。」

優蒂特笑咪咪地說。她說自己的父母是為基貝．克倫伯格效力的騎士，所以洗禮儀式是在克倫伯格舉行，直到冬天的亮相儀式才首度造訪城堡。

「城堡又大又遼闊，規模跟基貝的夏之館完全不一樣，我一開始真的很緊張呢。而且還有許多不認識的貴族嘛。但是冬季社交界期間，因為每天都要去兒童室，漸漸地也就習慣了。」

優蒂特說入學的前三年，因為冬天都要來城堡的兒童室度過，儼然成了每年的例行活動，所以在就讀貴族院之前，即使要來城堡也不會感到緊張了。

「但想到要來貴族院，我還是很緊張，因為等於要在新的地方生活嘛。可是，幸好宿舍的構造和裝潢就跟城堡差不多，一半以上的人又曾在兒童室裡相處過，所以我馬上就放鬆下來了。」

儘管高年級生很快就前往貴族院，僅有短短幾天曾碰到面，但至少不是完全沒見過的陌生人，所以似乎也有助於讓新生們不那麼緊張。我聽著優蒂特的說明，直到這時才知道原來兒童室還有這樣的作用，不禁感到佩服。

「我完全沒想到兒童室有這麼重要的作用呢。」

「自從羅潔梅茵大人與韋菲利特大人進入兒童室，又多了許多像是歌牌與撲克牌這類的樂趣，還會拿點心當獎品，大家也變得很認真學習，所以現在兒童室的作用肯定又更重要了吧。」

走進多功能交誼廳後，我發現屋內的景象和去年不同，幾乎空蕩蕩的沒什麼人。但就在這時候，最先躍入我眼簾的是交誼廳裡那座嶄新的書架。此刻書架上還沒有半本書，在交誼廳角落裡散發著不容忽視的存在感。

「那個就是新書架吧。」

我興高采烈地快步衝向前，只見書架沉穩氣派，還有著雅致精巧的雕刻，完全足以放在領主所有的貴族院宿舍裡。走近後仔細端詳，我發現書架上還有一層類似絕緣漆、藉以增添光澤的塗層。而且大概是打磨過了，泛著光澤的木紋上映照出我的臉龐。我感嘆地吐出大氣後，仰望偌大的書架，興奮與雀躍的情緒越來越高漲。但為眾人聚集在多功能交誼廳時所準備的嶄新書架上，目前還空空如也。

「真想趕快把書放上去呢。如果書架上一整排都是書，那畫面一定很美妙。」

「那麼我去協助黎希達整理行李，再為您把書帶過來。」

準備著茶水的莉瑟蕾塔將後續工作交給布倫希爾德，隨後安靜且迅速地離開了多功能交誼廳。我目不轉睛地盯著書架，心裡很想把臉頰湊上去磨蹭，布倫希爾德向我喚道：

「羅潔梅茵大人，在這裡也看得見書架唷。」

我一邊喝茶，一邊以書架為中心環顧多功能交誼廳。去年交誼廳裡還很熱鬧，所有高年級生都聚集在這裡迎接新生，今年的人影卻非常稀疏，而且靜悄悄的。

「其他年級的學生都在做什麼呢？」

「在為課程做準備。因為高年級生與新生不同，必須準備不少東西。等韋菲利特大人到了，羅潔梅茵大人也該做好準備前往採集。」

「咦？」

「您得預先採集調合課要用的原料……雖然應該很快就會結束了。」

萊歐諾蕾告訴我，貴族院這裡有很多屬性數與魔力容量高、適合用於調合的原料，所以得預先採集好術科課會用到的藥草與魔石。雖然大家也在城堡的森林裡採集過原料，但那些原料都是留到上課以外的調合時使用。因為原料的種類與品質若能一致，上起課來會比較方便，所以聽說老師們都建議學生在貴族院採集原料。

「往年都是由高年級的見習騎士去採集所有需要原料，回來後賣給大家，但今年為了順便練習怎麼在戰鬥的同時保護他人，所以決定大家一起前往。今年是最終學年的我，已經連著好幾天都出去採集了。」

柯尼留斯說昨天是三年級生出去採集，今天輪到二年級生了。而一年級生因為沒有調合課，並不需要採集，所以持續了好幾天的採集也將在今天告一段落。

「羅潔梅茵大人，大概是波尼法狄斯大人的特訓有了成果，我現在的命中率提升了，想取得魔石也變得好輕鬆喔。我變強了呢。」

優蒂特的堇紫色雙眼閃閃發亮，開心地向我報告。

「優蒂特一直很努力想贏過達穆爾，有進步真是太好了呢。」萊歐諾蕾也咯咯笑道。「我在思考該怎麼把至今學過的作戰方式運用在今後的迪塔上。不過，真的很難呢。而且安潔莉卡畢業以後，該怎麼填補她那份戰力，將成為今年的課題吧。」

……雖然在學科方面淨扯後腿，但安潔莉卡在術科方面可是主力呢。

在我們聊著這些事的時候，韋菲利特也到了。韋菲利特喝著近侍們準備的茶水時，我指著嶄新的書架向他展示：

「韋菲利特哥哥大人，您看，這就是養父大人準備的新書架喔。您覺得該放哪些書？要如何擺放才好呢？若有任何要求請跟我說。」

韋菲利特看向我，再轉頭看向近侍們，然後輕嘆口氣。

「宿舍裡又沒有人比妳更重視書架，隨妳高興就好了吧？」

瞬間，能為空白書架擺上書本的喜悅，以及能隨自己喜好進行分類的幸福感充斥全身。我眼中的書架開始迸放出耀眼光輝，連帶地韋菲利特也好像在發光，彷彿他身後多了一圈光環。這是我認識韋菲利特至今，他看起來最帥的一刻。有個願意把書全權交給我打理的未婚夫，真是太棒了！

「韋菲利特哥哥大人……！太謝謝您了。」

我向韋菲利特表達了自己無限的感激後，身邊人們突然倒吸口氣，哈特姆特還悄悄按住我的肩膀。

「羅潔梅茵大人，請冷靜。您興奮過度了。」

「……對不起。因為我實在太高興了。」

我針對書的擺放方式發表了好一會兒意見後，再聊到今天的採集。這時，為了採集換上騎獸服，穿戴好禦寒衣物的二年級生一個接一個地來到多功能交誼廳。與此同時，黎希達捎來奧多南茲，告訴我房間整理好了。

「羅潔梅茵，那妳先去換騎獸服吧。等一下要去採集。」

我換好衣服，再度回到多功能交誼廳時，二年級生與見習騎士已經全員到齊。儘管二年級生全因為禦寒衣物而整個人圓鼓鼓的，見習騎士們卻只是簡單地披戴著魔石變成的全身鎧甲與披風。

……對喔，我記得騎士的鎧甲也有禦寒功能。

「二年級生們此行的重點是採集，我們會負責警戒魔獸。」

見習騎士們在柯尼留斯的號令下開始行動，將二年級生護在中間，走出多功能交誼廳。我則和往常一樣，坐著單人座的小熊貓巴士移動。

……咦？

來到玄關大廳後，我們卻直接經過了通往中央樓的大門，往建築物內部走去。看來艾倫菲斯特舍還有其他出入口。我雖然來過這附近的會議室，但更往深處移動還是頭一次。經過會議室所在的區域，拐了一個彎之後，我們竟然又來到了另一個玄關大廳。兩名見習騎士上前，合力推開對開的門扉。

原來這是沒有設置轉移魔法，單純可以來到宿舍外頭的出入口。屋外降著雪，樹木如森林般繁雜蔥茂。每棵樹的樹梢都妝點著雪花，四周是一片雪白。刺骨的冷空氣撲上臉頰，我忍不住縮起身體。

「大家依序變出騎獸，出發。」

帶頭的見習騎士們變出騎獸坐上去後，蹬地飛上天空。二年級生們也依序變出騎獸。菲里妮雖是下級貴族，但因為經常往返神殿和城堡，變出騎獸的動作已經變得相當熟練，甚至比還不習慣騎乘騎獸的中級貴族羅德里希要流暢。

……不管什麼事情習慣都很重要呢。

騎著騎獸飛上高空俯瞰後，我發現宿舍旁邊有塊圓形空地，就只有那裡沒有林木的蹤影。只要距離再拉遠一點，大概就會掩沒在飛雪中無法看見，但依我目前所在的高度，可以看出空地上有道發著光的淡黃色光柱。

「那裡便是艾倫菲斯特的採集區域。」

萊歐諾蕾飛在我身旁，指向散發著黃色光芒的那塊圓形空地。騎著騎獸下降後，景色突然在一瞬之間變換，彷彿穿過了鑲有單向玻璃的結界。原本籠罩著淡黃色光柱的地方，不知為何變成了一片翠綠草原，外圍還有高聳的林木，樹上結著果實。很明顯就只有這塊空地的季節非比尋常。

「……這裡是怎麼回事？」

看到二年級生們目瞪口呆，柯尼留斯輕笑著說明。

「艾克哈特哥哥大人告訴我，這裡以前本來是比奪寶迪塔時用來放置寶物的圓陣。為免比賽出任何差錯，只有這裡絕對不會積雪。」

因而每個領地的宿舍旁邊都有這樣的圓形空地，也由於這裡不會積雪，所以能夠採到品質優良的藥草。同時藥草與果實也會吸引來魔獸，因此這裡也成了狩獵魔獸取得魔石的獵場。

「請大家一定要小心，別擅闖他領的採集區域。雖然這是從前還比奪寶迪塔時留下來的遺跡，但是若敢擅闖，他領的人會像這樣不由分說攻擊。」

柯尼留斯迅雷不及掩耳地將思達普變作長劍，揮劍砍向往這裡欺近的魔獸。魔獸隨即融化般消失，化作閃爍著光芒的魔石往下掉落。

「製作回復藥水需要這種樹葉。還有，也要撿些這邊的黃色果實。」

三年級的下級見習騎士一邊警戒著四周，一邊告訴我們二年級的調合課需要哪些材料。我們變出思達普後，唸著「密撒」變作小刀，開始採集。

「優蒂特，請瞄準那棵樹上的薩契。托勞戈特，你右邊有兩隻，要小心。」

成功強化了視力的萊歐諾蕾也留意著四周，一邊提醒大家小心，一邊指示由誰打倒哪個魔獸。多虧見習騎士們一一消滅了靠近的魔獸，我們才能安心採集。

回到宿舍後，大家再依據自己上課需要的數量，向見習騎士購買他們在採集場所消滅魔獸後取得的魔石。聽說這是見習騎士們貴重的收入來源。

「……但是直到去年為止，我們採回來的原料也是收入來源之一呢。」

「話是如此沒錯，但這畢竟是訓練的一環。」

柯尼留斯因為是上級貴族，經濟上並無壓力，可能覺得沒關係吧。但是對下級貴族來說，這應該是珍貴的收入來源。讓見習文官與見習侍從能夠親自採集固然是很重要的體驗，也確實該讓見習騎士們練習如何邊戰鬥邊保護他人，但如果只當作是訓練的一環就不去做任何處置，恐怕這難得的好提議也無法長期持續下去。

「羅潔梅茵，不如見習騎士們原本透過採集原料能得到的收入，由我們支付護衛報酬給他們吧？這些事本來就是為了提升大家的成績，應該能用增加的預算來支付吧？」

「韋菲利特哥哥大人，這真是好主意呢。那我們來計算一下吧。」

早在我開口前，韋菲利特便提出了可以支付護衛報酬的建議。下級與中級騎士的表情霎時變得明亮。果然這是很寶貴的收入來源吧。

採集結束後，很快就是晚餐時間，必須先換下採集用的騎獸服。我回到房間，讓黎希達她們幫我更衣。

晚餐席間，大家一起討論明天歡迎新生的流程。主要就是準備點心，由高年級生接待、歡迎新生。到了分配工作的階段，我與韋菲利特的負責工作最先確定。

「請兩位領主候補生坐著即可。」

「是呀，兩位還是坐著比較好。若看到領主候補生為自己端來茶水和點心，恐怕新生們會緊張得食不知味。請兩位負責向新生說明宿舍的規定，也可以分享自己去年在貴族院的生活。」

……宿舍的規定嗎？那關於書架的使用方式，或許也該訂些規定。

這個世界的書貴重到甚至會繫上鎖鏈，和書架固定在一起。雖然在艾倫菲斯特，現在已能藉由印刷印製大量的書，價格也稍微壓低了些，但還是相當高昂。萬一有人擅自帶走或拿去賣掉就不好了。

「哈特姆特，關於書架與架上的書，感覺也該列些注意事項與使用說明吧？」

「我想是有這個必要。因為架上的書，幾乎都是羅潔梅茵大人的私有物品，應該要向眾人說明使用上的注意事項。」

譬如不能帶出多功能交誼廳、書本看完後一定要放回架上。這些規定雖然很基本，但寫成白紙黑字以後，就能請大家遵守公告內容。這樣就沒問題了，我用力點頭。

翌日，一年級新生們各自帶著侍從，利用轉移陣來到宿舍。高年級生們負責帶領新生走進多功能交誼廳，道完寒暄後招呼他們入座，然後款待茶點。與此同時，也要向新生說明宿舍的用餐時間與各廳室的使用注意事項。

最後一個到的，是領主候補生夏綠蒂。夏綠蒂在近侍們的圍繞下喝著茶，我立刻向她說明書架的使用方式與注意事項。

「姊姊大人，」夏綠蒂喚道，放下茶杯輕輕搖頭。「布料展示會那時候，您也是一開始就突然向奧蕾麗亞問起圖書館的藏書量吧？但在接待他人的時候，應該先從閒話家常開始唷。像您這樣忽然就說明起書與書架的使用方式，一般人都會不知所措。」

她說一般而言，像染布比賽那時候，我應該先從新布料與服裝的流行款式這些話題開始聊起；而現在這時候，應該先聊聊宿舍與貴族院的課程。

「……可是，夏綠蒂。書架的使用注意事項明明就是和宿舍有關的事情，問別人藏書量有多少、最近有什麼新書，這也和打招呼差不多吧？」

「不對。」

夏綠蒂立即否定，但在我心目中，「妳最近看了哪本書？」「有什麼好看的書嗎？」「圖書館進了妳一直想看的書喔」這些話，就和「早安」和「你好嗎？」一樣，也被我歸類為是問候語的一種。

「我從沒聽說過有這種問候語。妳到底是什麼時候要對誰使用啊？」

「在我遇見同樣愛看書的朋友時使用喔。」

「妳那根本不是一般情況。」

連韋菲利特也下了這樣的評語，我不服地嘟起嘴巴。肯定是因為這個世界書本不多，大家才覺得我的寒暄方式不常見。

……有朝一日我要讓這些話變成問候語！

「對了，韋菲利特哥哥大人、夏綠蒂，我現在正請黎希達在會議室做準備。因為先前舊薇羅妮卡派的孩子們通知了我們可能會有敵襲，我想親自慰勞他們。」

瞬間，韋菲利特與夏綠蒂臉上的笑容消失，表情變得非常嚴肅。

「因為當時他們是極力想通知我這項消息，所以我本打算自己出面慰勞就好。可是，如果想趁著這個機會，盡量把舊薇羅妮卡派的孩子們拉攏到我們的派系來，我覺得所有領主候補生都在場會比較好。你們覺得呢？」

「姊姊大人，我當然要一同出席。」

「嗯，我也是。」

我看向舊薇羅妮卡派的孩子們集中坐在一起的那個角落。雖然與去年剛開始比起來好多了，但感覺宿舍裡頭好像再次出現了派系間的隔閡。

「大小姐，準備已經就緒。」

「黎希達，謝謝妳。」

我立即起身，哈特姆特揚聲喚道：

「馬提亞斯、羅德里希，與那件事有關的人都到會議室來。」

聽到呼喚，馬提亞斯與羅德里希都面露緊張，很快地掃視周遭眾人。大概是聽到「那件事」就明白了吧，其他孩子也點點頭。三名領主候補生及其近侍開始移動後，一群舊薇羅妮卡派的孩子也隨後跟上。不曉得內情的其他人都一臉發怔，看著我們離開。

到了會議室後，我請大家坐下來，所有人都神色僵硬地就座。雖然跟過來的只有舊薇羅妮卡派的孩子們，人數仍多達十人以上。在坐成一排的孩子中，我看見羅德里希緊握著拳頭，深棕色的雙眼緊緊注視著我，像是有話想說。

「多虧各位鼓起勇氣，向我們傳遞消息，才能防範敵襲於未然，亞倫斯伯罕與艾倫菲斯特的星結儀式也平安無事地結束了。非常感謝各位……由於若在領內公開地傳喚各位前來、表示慰勞，我擔心會對你們與家人間的關係帶來不良影響，所以才在來到貴族院以後，召集各位來此。」

我開口慰勞後，多半是這群孩子的中心人物，馬提亞斯代表眾人回答：「哪裡，這是我們的榮幸。」他那頭深紫色的髮絲微微晃動。

馬提亞斯是格拉罕子爵的么子，而格拉罕子爵在舊薇羅妮卡派也是中心人物。馬提亞斯是見習中級騎士，我記得他曾和托勞戈特一樣，感嘆過因為無法學習魔力壓縮法，所以魔力成長速度不快，也懊悔說過為什麼成年之前無法自己選擇派系。

「奧伯・艾倫菲斯特告訴過我們，羅潔梅茵大人曾提出請求，希望能教給我們魔力壓縮法作為報酬。」

「不過我也聽說，奧伯添加了相當嚴苛的條件。」

必須向領主一族的某中一人獻名，可說是非常嚴苛的條件。我聽說即便是再忠心的人，也極少有人願意獻名。反倒是斐迪南竟然願意接受艾克哈特與尤修塔斯兩人的獻名，這還比較不尋常。

「是我力有未逮，對各位感到十分抱歉。」

「您別這麼說。奧伯・艾倫菲斯特也說過，等過一段時間，情勢改變了，也許條件會變得比較寬鬆……就只是若想趁著成長期趕快學習魔力壓縮法，除了獻名別無他法。」

說完，馬提亞斯露出了為難的苦笑。與此同時，羅德里希猛然起身。他緊緊握起的拳頭甚至在發抖，整張臉漲紅，以帶有強烈意志的目光看著我。在場所有人立即領悟到羅德里希打算開口說什麼。

「……我、我願意向羅潔梅茵大人獻上名字！」

「羅德里希，你要考慮清楚，不能憑著一時衝動就下決定。」

對貴族來說，能夠習得魔力壓縮法是很重要的事情吧。但是，我不覺得有重要到可以為此把性命交付給他人。說得再明白一點，是不值得因此就向我獻上名字。

「羅潔梅茵大人說得沒錯，你別一時衝動就下決定。要再慎重考慮。」

「馬提亞斯大人，我……」

「我們在獻名的那一刻，就等於要與父母訣別。在此之前，我們本來隸屬於舊薇羅妮卡派，即便獻名後成為近侍，周遭人們還是有可能視我們為叛徒，更何況誰也不曉得情勢會再發生什麼演變。」

馬提亞斯緊擰著眉，露出了痛苦的表情。

「曾經有個男人，因為仰慕某位原訂成為下任領主的人，為了在那位大人成為領主、自己成為基貝以後，也能忠心地伴其左右，於是獻上了自己的名字。然而，情勢卻突然產生變化。因為那位大人從下任領主的位置被拉了下來。」

在場眾人都嚥了嚥口水。這並非不可能發生的事情。事實上薇羅妮卡握有權勢的時間長達數十年，她卻在一夕之間垮臺。自那之後也才過了幾年而已，沒人敢保證不會再度發生掌權者又換人的情況。

「羅潔梅茵大人去年才來貴族院就讀，不過一個冬天，便與王族還有上位領地的領主候補生有密切往來。她所帶來的影響力之大，在從前根本難以想像，更為艾倫菲利特帶來了無數利益。由這方面來看，我也認為她值得我們獻名。」

說到這裡，馬提亞斯停頓了一下。

「但是，也正是因為這樣，我們無從得知她龐大的影響力會發揮什麼作用。羅德里希，如果你想獻名的對象是領主夫婦，那我也不會阻止你。但羅潔梅茵大人、韋菲利特大人與夏綠蒂大人都尚未成年，還無法預測他們今後的發展；然而我們卻會失去父母這個後盾，因此若是一時衝動就做出決定，對我們來說太危險了。」

馬提亞斯說完，羅德里希臉上的血色盡失，目光在我與馬提亞斯身上游移不定。我則無法有任何表示。

「你一定要仔細想清楚……」

馬提亞斯的話聲充滿苦澀，毫無停頓地再次提醒。彷彿也一直在說給自己聽那般，沉重的聲色低低迴盪。

赫思爾的來訪與升級儀式

提醒舊薇羅妮卡派的孩子們別衝動行事，要審慎行動以後，我們便讓他們解散。

「……我直到養父大人提起為止，才知道有所謂獻名這回事，所以想聽聽大家的意見。獻名是能夠用來換取魔力壓縮法的事情嗎？」

成年以後，就能依自己的意志選擇派系。但魔力壓縮法有重要到連幾年的時間也等不了，還不惜奉上自己的性命嗎？

我看向自己的近侍們，布倫希爾德搖了搖頭。

「我從來都不打算向任何人獻名。因為我希望不管做什麼選擇、要過怎樣的生活，都是由自己來決定。現在還會向他人獻名的貴族，恐怕一隻手就數得出來吧。因為即使不獻名，也能獻上自己的忠誠呀。」

布倫希爾德說，臉上是上級貴族會有的自豪笑容。萊歐諾蕾聽了也表示贊同。

「比起宣誓忠誠，我倒是很嚮往向心愛的人獻名，對方也獻名給自己，發誓永遠愛著彼此呢。但是，這種事情太過不切實際，我也認為不可能。」

哦……原來除了展示忠誠以外，獻名還可以有這方面的涵義嗎？如果是情投意合而互相獻名那倒也罷，但萬一是單方面被迫接受，那也太恐怖了。

「在艾克哈特哥哥大人獻名以後，他對於能得到斐迪南大人的信任有多麼高興，和斐迪南大人進入神殿後他的處境有多麼淒涼，我都看在眼裡。都已經親眼看過哥哥大人曾經那般懷才不遇，我也毫不打算向任何人獻名。」

……對喔。柯尼留斯哥哥大人也是身邊就有向他人獻名的人。

柯尼留斯說完，哈特姆特點了幾下頭，豪爽乾脆地說：「羅潔梅茵大人若是希望，我倒是毫不介意獻上名字。」所有人聽了都瞪大眼睛，他更是笑咪咪說道：

「但是，羅潔梅茵大人並不如此希望吧？」

與當時敵人環伺、無人能夠信任的斐迪南不同，我既有領主夫婦為養父母，也有貴為上級貴族的父母，更有許多保護者與監護人，與近侍們也保有友好關係。

「羅潔梅茵大人完全不需要他人獻上性命以示忠心，也不理解獻名有何價值。更遑論就連灰衣神官和巫女，她也會給他們選擇的權利，盡可能尊重每個人的意願。縱使向她獻名，我也不認為她會高興。」

哈特姆特簡單明瞭地向近侍們說明我的想法。總有種自己被研究得非常透徹的感覺，但他說得沒錯。有人向我獻名，我反而會很困擾。

「韋菲利特哥哥大人、夏綠蒂，如果舊薇羅妮卡派的孩子願意向你們獻名，你們會接受嗎？」

我看向這次立場相同，也有可能要接受他人獻名的兩人。韋菲利特一臉理所當然地點了點頭。

「身為上位者，有人願意向自己獻名，當然要接受啊。有人對自己這般敬仰，還說願意獻名並侍奉自己，這對主人來說是種榮耀。」

如果對方願意獻名表達忠誠，即便是舊薇羅妮卡派的孩子，也應該要接受——韋菲利特斷然說道，夏綠蒂也點點頭。

「我也會接受唷。我反而不明白姊姊大人為何要猶豫呢。您既接受了菲里妮，也在當上孤兒院長後保障孤兒們的性命與生活。比起沒有任何保證的忠誠，接受獻名不是反倒容易得多嗎？」

正如夏綠蒂所說，我直到現在仍保護著平民區裡的人，也會援助孤兒院眾人的生活。此外，我給菲里妮的待遇相當特殊，她的情況也幾乎等同是向我獻名了吧。但是，她又不是真的向我獻上了名字，況且本來就是我自己想把菲里妮選為近侍，她的家務事也是我主動插手。因此，我才認為直到她成年後能獨立自主為止，甚至是直到她結婚為止，我都有責任要照顧她。

可是，舊薇羅妮卡派的孩子們不僅至今派系不同，我們也幾乎沒有往來，要是向我獻名，這就等同在對我說：「我與父母訣別，離家出走了。我什麼都願意做，還請您收容我，納我為近侍。」我也必須對他們的生活大小事負起一切責任。

舉例來說，我就好比是社長，平民區與孤兒院裡的人是社員。至於菲里妮就像是住在公司宿舍裡的員工，我雖然要照看她的生活，但基本上她能靠著薪水自給自足。為了不讓大家沒了工作、蒙受損失，我必須照顧好員工。而在這種情形下，舊薇羅妮卡派的孩子們就像是艾倫菲斯特這個集團底下，另一間名為薇羅妮卡派的公司員工。他們向我獻名，等同是員工主動提出要求，想調派到我這間公司來，而且還不是要住進員工宿舍，而是希望我把他們收為養子。提出請求的人固然需要做好覺悟，但我覺得接受的人，該有的覺悟與責任也和先前完全不一樣。

「……對我來說有點困難呢。」

「比起只是說『我更換派系了，請你相信我』，我倒覺得獻名更值得相信喔。」

韋菲利特說，我只是未置可否地點點頭。

由於新生也來到貴族院了，每個年級的學生全員到齊，這天的晚餐比昨天要豪華一點。

晚餐時，我們一樣請大家為成績向上委員會的活動分好組，也公布了今年的獎品：塔皮的做法。我挑選了目前正在販售的食譜集中沒有的項目。

「羅潔梅茵大人到底還有多少不為人知的食譜?!」

「今年、我今年一定要贏得食譜！」

大家一起在多功能交誼廳裡好好讀書吧——包括舊薇羅妮卡派的孩子們在內，所有人和去年一樣鬥志高昂。看到這幕情景，我鬆了口氣。剛才的陰沉氣氛已經稍微淡去。但我也分辨不出是否因為大家都是貴族，很擅長隱藏情緒。

隔天早上吃完早餐，大家很快依著分組開始用功讀書。就在這時候，赫思爾無預警地衝了進來。

「羅潔梅茵大人、韋菲利特大人，明天就是升級儀式與交流會了，怎麼完全沒人通知我，艾倫菲斯特的學生們已經移動完畢了呢？」

「……老師曾要求我們通知嗎？」

我側過臉龐，柯尼留斯輕嘆口氣。

「赫思爾老師雖然不會特別吩咐，但往年都是由最高年級的上級貴族以奧多南茲向她報告。因為要由地位最高的人負責，所以今年應該是由韋菲利特大人負責聯絡。伊格納茲，沒錯吧？」

柯尼留斯往韋菲利特的見習文官瞥去一眼。被叫到名字的伊格納茲尷尬地笑了笑。

「我忘記告訴韋菲利特大人這件事了。真是非常抱歉。」

「伊格納茲，你真是……赫思爾老師，真抱歉。看來是我們疏忽了。」

看到韋菲利特道歉，我卻有種非常奇妙的感覺。他以後確實要記得聯絡，也需要道聲歉吧。可是，明明是赫思爾自己不在宿舍，還怪別人忘記報告好像也不太對。我轉頭看向正對韋菲利特說「往後請記得通知我」的赫思爾。

「但我覺得這件事最大的問題在於，舍監都不在宿舍裡頭吧？一般在學生搬進宿舍的這段期間，他領的舍監都會待在宿舍吧？」

「……哎呀，羅潔梅茵大人應該也知道吧？芙琉朵蕾妮與洛古蘇梅爾的治癒是不一樣的。」

我指責後，赫思爾盈盈微笑。她的意思類似「一碼歸一碼」，總之就是「不能混為一談」。明白到赫思爾往後也沒打算以舍監的身分搬回宿舍，我聳了聳肩。

赫思爾接著看向夏綠蒂，喃喃低語：「與芙蘿洛翠亞大人還真是一模一樣。」然後她走到交誼廳中央站定，開始向新生說明明天的行程與宿舍配置。有關宿舍的說明和去年一樣。

「……還有，升級儀式將在明天的第三鐘舉行，之後有兼作午餐會的交流會。後天便要正式開始上課。艾倫菲斯特今年的排名是第十名，所以要使用十號的大門與房間，還請各位留意。我看大家都已經在用功讀書，想必對於課程的準備也沒有任何問題，但還是別忘了之前通知過的注意事項。還有沒有問題？」

簡單扼要地說明完後，赫思爾朝我投來微笑：「羅潔梅茵大人，我有很多事想問妳，有時間借一步說話嗎？」她那雙紫色眼睛宛如瞄準了獵物的野獸，已經徹底將我鎖定為目標。

……嗯，反正一定是要問我休華茲與懷斯的服裝，還有神官長交給我保管的那些研究資料吧。

很容易就能猜到赫思爾要問的問題。倒不如說，我也想不出來她其它會問什麼。再加上斐迪南也託了我轉交東西給她，所以我點點頭。

「要借一步說話當然沒問題，但請您盡量簡短。因為我和斐迪南大人不一樣，無法徹夜與赫思爾老師討論。」

「羅潔梅茵大人的身體這麼虛弱，想要盡情研究也沒辦法呢。」

……能夠盡情研究的赫思爾老師倒是看來就身強體健，真教人羨慕。

我用眼神向黎希達示意，請她把休華茲與懷斯的服裝，還有斐迪南託付給我的「要立即轉交的資料」拿來。黎希達心領神會，馬上轉身離開交誼廳。

順便說明，為了之後可以向赫思爾請求援助，我那邊還另外保管了五份「不急的資料」。尤修塔斯在掌握了宿舍的內部情況後，便幫我拜託斐迪南把一些不急的資料分出來，讓我可以在遇到麻煩的時候使用。

「那麼，我想知道你們為這次的新衣設置了怎樣的魔法陣，進行了哪些改良……」

赫思爾的紫色雙眼迸出光彩，連等衣服送來的時間也捨不得浪費，馬上開始發問。但是，魔法陣的研究我基本上都交由斐迪南負責，所以無法回答她的問題。我唯一讓赫思爾滿意的，就是答應了她的要求，之後要為休華茲與懷斯更換新衣時她可以同行。

「羅潔梅茵大人，妳對研究魔法陣沒什麼興趣嗎？但妳是斐迪南大人的愛徒吧？」

「斐迪南大人是我的監護人，也負責教育我，但他並不是指導我做研究的師父喔。」

我一點也沒打算加入瘋狂科學家的行列。比起研究，我更想看書。如果是統整了研究成果的資料或書籍，我會高舉雙手歡迎，但要自己寫下過程這件事並不吸引我。

「因為我的目標是成為圖書館員，但如果為了維持圖書館的運作，必須研究魔導具和魔法陣，那我自然義不容辭……對了，赫思爾老師，休華茲與懷斯的新衣應該什麼時候拿去圖書館呢？」

「不如妳直接寄去奧多南茲問問吧？」

於是我照著赫思爾的建議，向索蘭芝送去奧多南茲。我告訴她新衣已經完成了，以及想過去供給魔力。索蘭芝傳來回覆說了：「開始上課之後，圖書館便會開放，開館之後隨時歡迎您前來。」

「大小姐，讓您久等了。」

黎希達拿來了休華茲與懷斯的新衣後，赫思爾立刻伸手接過，目不轉睛地端詳起魔法陣。她再拿起斐迪南整理好的資料，手指沿著魔法陣移動，眼神認真地交互比對。她這時的側臉，讓我聯想到研究時的斐迪南。

……也就是說，她現在徹底忘了我的存在吧。

「黎希達，我可以去整理書架嗎？」

「應該可以吧？赫思爾老師看來還要一點時間。」

我決定與黎希達一邊等，一邊整理書架，讓赫思爾看個盡興。我利用書架上的櫃子規劃出了一年級生、二年級生、見習騎士、見習文官與見習侍從區，以後就可以放置各組的參考書。宿舍裡頭，翻閱頻率最高的多半會是參考書，所以這樣就沒問題了。之後再編上分類號，把我的書也放上來。目前艾倫菲斯特印製的書籍多是故事書，只會用到幾個分類號，但我打算總有一天，也要把艾倫菲斯特圖書室裡的書籍印成紙本書。

第四鐘響後，赫思爾還是一動也不動。就算出聲叫喚，赫思爾也只是回道：「我現在很忙。」所以我們只好把她留在多功能交誼廳，自己去吃午餐。到了下午，有人去採集，也有人繼續讀書，我則為了讓赫思爾在回神時能找到人，決定留在交誼廳看書。

「大小姐、大小姐！」

黎希達拍著我的肩膀，闔上我手中的書。我猛然回到現實世界，抬起頭來，發現赫思爾一臉興味盎然地看著我手上的書。

「羅潔梅茵大人，這本書是什麼呢？」

「是用艾倫菲斯特紙做的，全新形態的書喔。」
「我可以看看嗎？」
「在這裡的時候可以自由翻閱，但絕對不能帶出多功能交誼廳，所以也不能借走後帶去研究室喔。」
我將貴族院的戀愛故事遞給赫思爾，一邊說明書架的使用注意事項。赫思爾翻開書頁，看得很快，然後發出愉快的笑聲。
「哎呀呀……這本書上的故事幾乎都真有其事呢。雖然各自發生在不同的年代，但有幾則故事我都能看出參考人物。」
「聽說這本書就是參考茶會上人們聽說過的傳聞寫成，赫思爾老師會知道其中幾則故事也不奇怪吧……那麼，參考人物都有誰呢？」
由於會改掉登場人物的名字，領地名也改為虛構，可能只有當時也在貴族院的人才看得出來實際上是哪號人物，但我幾乎不曉得。唯一知道的，只有參考了齊爾維斯特與芙蘿洛翠亞的那篇故事。
「作者既已刻意改了名字，我怎麼能告訴妳呢。而且不只艾倫菲斯特，有些故事的參考人物可是他領的人。」
赫思爾輕笑著放下書本，抱起斐迪南整理的資料，一臉滿足地離開。
……聽到赫思爾老師這麼說，反而更讓人好奇了呢。會不會也參考了神官長的戀愛故事呢？因為我聽說艾克哈特哥哥大人曾把情報賣給母親大人嘛。

赫思爾回去後，我們開始為升級儀式與交流會做準備。為了帶動與穩固流行，要將髮飾發給女孩子們。這些髮飾都是由布倫希爾德挑選，再向奇爾博塔商會下訂買來。

「為了引領流行，今年出席升級儀式時，請大家一定要戴上這個髮飾。稍後也會發配絲髮精給各位，儀式前一天請記得洗淨頭髮。」

布倫希爾德的眼光顯然非常精準，盒裡的各色髮飾看來都很能襯托每個人的髮色與氣質。女學生的人數這麼多，她竟然可以知道每個人的髮色。如果是很親近的人也就罷了，這對我來說根本是不可能的任務。

「哇啊，好可愛喔！」

「居然能為每個人準備適合她的髮飾，羅潔梅茵大人真是了不起呢。」

「這些髮飾是布倫希爾德挑選的唷。她的眼光真的非常精準……韋菲利特哥哥大人，如果男士也需要使用絲髮精，我可以分一些給大家喔。」

既然要推廣流行，不如今年也讓男孩子的頭髮都柔柔亮亮吧。我這麼提議後，韋菲利特擺了擺手說：「不用，我這邊也準備好了，不必麻煩。」聽說是齊爾維斯特在出席了領主會議後便下達指示，男生的份要由韋菲利特準備。

「雖然我很不喜歡自己的頭髮飄出甜膩膩的香味……真是沒辦法。」

「……哎呀，絲髮精應該也有甜美香氣以外的香味吧？」

絲髮精中也有男性比較能夠接受的淡雅香氣，難道沒選擇那一款的嗎？我提出反駁後，韋菲利特露出了有些欲哭無淚的表情。

「因為父親大人說，為了達到宣傳效果，最好選擇香氣比較濃郁的。我可不是自願想讓自己的頭髮香得跟女孩子一樣。」

韋菲利特搖著絲髮精的瓶子說，好幾個男孩子在旁邊點頭同意。

今天就是舉行升級儀式與交流會的日子。由於得在第三鐘前抵達大禮堂，大家吃完早餐便整裝待發，別好象徵領地顏色的披風與識別用胸針。要是忘了別上領主施有識別魔法的胸針就會回不了宿舍，所以一定要小心。

「羅潔梅茵大人，陪您前往交流會的護衛騎士預計是柯尼留斯、萊歐諾蕾、優蒂特，侍從有我，文官有哈特姆特，請問沒有問題嗎？」

布倫希爾德確認道，我點一點頭。因為要陪我前往王族與領主候補生也會出席的交流會，所以同行近侍也會從地位高的開始挑選。一行人中只有優蒂特是中級貴族，她顯得有絲緊張，臉上的笑容遠比平常僵硬。

「我會代替安潔莉卡努力執行任務。」

「優蒂特，妳不用太擔心。交流會上又不可能發生什麼事情。」

來到玄關大廳後，只見所有人都穿著以黑色為主的服裝，披著披風，別有胸針，女孩子們還戴著同款不同顏色的髮飾。今天我配戴了兩個髮飾，也有幾個女孩子和我一樣是戴兩個。

「大家都戴著一樣的髮飾呢。」

菲里妮輕輕碰了碰髮飾，露出燦爛的笑容。除了見習文官的薪水外，我也會為菲里妮幫忙處理神官長的公務給她酬勞，買下她抄寫的書。儘管如此，離家之後，僅靠見習生的薪水要應付自己的生活開銷還是不容易，更幾乎買不起飾品。菲里妮說她頭上的髮飾是在我外出去收穫祭時買的，所以能夠自己挑選。

「雖說是自己挑選，其實也只是布倫希爾德先幫我挑好，我再從中選擇而已。因為我們家以前也很少買飾品給我……」

我根本不知道該怎麼挑選呢——菲里妮說完，揚起有些落寞的苦笑。

「姊姊大人，早安。」

夏綠蒂也穿著以黑色為主的服裝，披著艾倫菲斯特的披風，別好胸針，頭上戴著兩個髮飾。由於她髮色很淡，襯得深色花朵十分醒目。

「夏綠蒂，好適合妳喔，真可愛。」

「哎呀，姊姊大人才可愛呢。」

夏綠蒂長高的速度似乎比我還快，跟去年比起來，我和她的身高差距好像又拉開了一些。不，肯定不是錯覺，因為視線的落點跟去年不一樣。我和她走在一起時，別人一定會以為夏綠蒂才是姊姊。

……要是稍微踮起腳尖走，我會不會看起來比較像姊姊呢？

我偷偷地踮起腳尖不讓大家發現，結果卻東倒西歪無法站直。近侍們立刻擔心起我的身體狀況，我只好再默默放下腳跟。

「那麼出發吧。」

韋菲利特一聲令下，大門敞開，艾倫菲斯特的學生們步出宿舍。門上的號碼已確實更改為十號，我們與大禮堂的距離也變得比去年近了。披著深綠色披風的學生們原本去年是站在我們前面，今年卻在身後，感覺真是不可思議。在大禮堂裡列隊時，位置也變得相當靠前。一群人移動的時候，我聽見來自四周的話聲。

「今年艾倫菲斯特的排名上升了不少哪。」

「全員都用了絲髮精嗎……」

當中有些話聲帶著不具善意的尖銳，我暗暗嘆氣。正如齊爾維斯特所說，排名上升所引來的眼紅與嘲諷似乎會比去年要嚴重。

升級儀式就和去年差不多。先是位高權重的人致辭，然後是老師針對課程進行說明。內容也與去年相差無幾，所以我只是靜靜等著時間流逝。等明年升上三年級，要選擇專業課程時，大概就需要專心傾聽，但因為二年級學科與術科的上課地點和去年一樣，所以不可能跑錯地方。

百無聊賴的升級儀式結束後，接著就是不能有任何差錯、教人緊張不已的交流會。目前還不知道排名的變化究竟帶來了怎樣的影響。

「接下來，大家要依照階級前往各自交流會的會場，請高年級生要照顧新生。新生們什麼都還不清楚，記得遵從高年級生的指示。」

今年就讀最高年級的柯尼留斯這麼叮囑完，大家「是！」地應道，然後依著下級貴族、中級貴族、上級貴族，以及領主候補生與其同行的近侍分開行動。

離開大禮堂後，也是和去年一樣，往各自的會場移動。而我們該去的地點是小會廳。夏綠蒂挺直了背行進，小臉有些僵硬。

「夏綠蒂，放心吧。有我陪著妳。」

……不管發生什麼事都有我給妳依靠。因為我可是姊姊啊。

我握住夏綠蒂的小手，對她投以微笑。夏綠蒂眨眨眼睛後，暫時放鬆了臉部表情。

「說得也是，有姊姊大人陪著我呢。我必須打起精神才行……」

夏綠蒂的藍眼中亮起強烈光芒，目光筆直地注視前方，重新邁開步伐。我說的話似乎消除了她的緊張，真是太好了。

「第十順位艾倫菲斯特，韋菲利特大人、羅潔梅茵大人、夏綠蒂大人入場。」

站在門前疑似是文官的人朗聲宣告，緊接著我們被帶進小會廳。

會場正前方有張大桌子，去年是亞納索塔瓊斯坐在那裡，今年則是一道小小的人影。

……是亞納索塔瓊斯王子的弟弟嗎？

交流會（二年級）

近幾年還在就讀貴族院的王族都畢業了，若要由中央的上級貴族坐在那裡，應該會是高年級的學生吧。所以，我猜正前方的那道小巧人影肯定是位王子。

……可是，沒有任何人告訴過我，今年會有王族入學啊。

看著貌似是王子的人物，我疑惑偏頭。這麼重要的事情，監護人們應該會預先告訴我，順便提醒我要小心。那道人影第一眼看去十分嬌小，而且違反了貴族院的制服規定，穿著象徵冬季貴色的紅白兩色服裝。雖然披著代表中央的黑色披風，但因為只有他一個人未著黑衣，非常突兀而醒目。不過，當初亞納索塔瓊斯也穿著以黑色為基底的服裝，所以應該不是王族就能違反服裝規定。

「艾倫菲斯特的座位在此。」

如同去年，小會廳內間隔相等地擺有四人座的桌子，我們在帶領下走向艾倫菲斯特的位置。韋菲利特坐在我左手邊，夏綠蒂坐在我右手邊的桌子。布倫希爾德幫忙拉開椅子，我坐上去後，文官哈特姆特往我身旁坐下，侍從與護衛騎士站到我身後。

「哈特姆特，你曾聽說今年有王族入學嗎？」

我壓低音量悄聲詢問，哈特姆特輕輕搖頭。

「不，我未曾聽聞……不光是韋菲利特大人與夏綠蒂大人，他領也有不少人面露驚訝，因此這位很可能是還無人知曉其存在的王族。」

看樣子不是只有我沒接獲任何消息，我暗暗鬆了口氣。大概因為自己待在城堡的時間不長，我總以為有很多消息都沒傳達給我知道，但似乎並沒有這回事。

「……不過，去年在貴族院，我曾聽說有位王族預計要舉行洗禮儀式。據說是第三夫人的兒子，也是席格斯瓦德王子與亞納索塔瓊斯王子的異母弟弟……倘若這傳聞為真，那麼這位王子應該是在今年秋天剛剛受洗。」

「今年已經受洗了嗎？那怎麼會沒有任何人知道……」

「艾倫菲斯特的貴族，都要等到冬季社交界開始才會首次亮相；而王族的正式亮相，要等到春季的領主會議。我想是因為尚未正式亮相。」

怪不得坐在前方的人影如此嬌小。我還以為是因為距離遠，顯得對方嬌小，但原來這位王子才剛受洗不久，那當然還很年幼。

……可是，為什麼剛受洗完的王子會出現在這裡呢？

聽了哈特姆特提供的情報，我更是不明白了。不過，在所有領地的領主候補生都進入小會廳後，中央的文官便為我們介紹坐在正前方的小王子，然後說明原由。

「這位是第三王子錫爾布蘭德殿下。他已於今年秋天受洗，被認可為王族的一員。雖然幾年後才會正式入學，但是國王下令，要他今年便前來貴族院履行王族義務。」

簡單歸納那位文官的說明，就是貴族院有個規定，每年必須要有王族待在這裡。如果本在就讀的王族都畢業了，就要由畢業生前來。

原本依照慣例，理應由剛畢業的亞納索塔瓊斯前來貴族院坐鎮，但聽說光是目前接下的王族義務就已經讓他忙得焦頭爛額。因婚事而獲賜土地之後，他不只要為土地注滿魔力，也要為停止運作的王族魔導具灌注魔力。

……也就是說，因為想趕快整頓好土地和新家，然後與艾格蘭緹娜大人結婚，根本沒時間來貴族院囉？

讓魔導具重新運作對王族來說，恐怕是比派人待在貴族院更重要的工作吧。看來國王認為，與其讓已經成年的亞納索塔瓊斯待在貴族院，最好還是讓他在冬季期間多做點工作，於是選上了才剛受洗的錫爾布蘭德代替亞納索塔瓊斯，前來貴族院坐鎮。只不過，雖然是奉國王之命前來貴族院，但錫爾布蘭德因為尚未入學，不可能出席任何課程，所以基本上都是待在自己的寢宮。

……一定得有王族待在貴族院，難道是因為要有人能接受陳情，還有應付突發狀況嗎？

想起去年，我曾帶著休華茲與懷斯回宿舍測量尺寸，結果卻在送他們回圖書館的半路上與戴肯弗爾格發生衝突；亞納索塔瓊斯很快便接到通知，並且趕來調停。後來，亞納索塔瓊斯還向我與索蘭芝詢問了詳細情況。

……畢竟有這麼多人聚集在貴族院，不曉得會出什麼狀況嘛。王族也真辛苦……不過，居然還得派出尚未就讀貴族院的小孩子，代表王族也是嚴重人手不足吧。

文官說明完後，眾人開始和去年一樣輪流上前問候。最先起身的是庫拉森博克。艾格蘭緹娜畢業後，應該是沒有其他領主候補生了，一名看體格大概是高年級生的男性走上前向王族問安。

向王族道完寒暄，再向順位比自己高的領地問候，之後等著順位低的領地前來問好，這個流程也和去年一樣。庫拉森博克之後，接著是戴肯弗爾格、多雷凡赫，一直到第九順位的領地也道完寒暄，就輪到艾倫菲斯特了。韋菲利特與夏綠蒂站起來，我也在協助下離開椅子，上前問候致意。

「羅潔梅茵、夏綠蒂，走吧。」

韋菲利特護送著我們兩人，然後配合我的速度，走向坐在會場正前方的王族。我們在錫爾布蘭德面前跪下來，在胸前交叉手臂，垂首說出初次見面的問候語。

「錫爾布蘭德王子，歷經生命之神埃維里貝的重重嚴格遴選，得以有幸與您會面，願能為您獻上祝福。」

「准許你們。」

稚嫩的嗓音這麼回道。近距離一看，錫爾布蘭德的頭髮銀中帶藍，眼眸為明亮的紫色，五官十分可愛。雖然形容男孩子可愛好像不太好，但錫爾布蘭德畢竟才剛受洗，這樣的他在貴族院裡頭顯得特別幼小。再加上他與一派倨傲自大的亞納索塔瓊斯不同，臉上帶著親切的笑容，給人乖巧溫順的感覺，所以和帥氣及英勇這類形容詞更扯不上關係了。看著他溫文和氣的笑臉，跪在王族面前的緊張感好像稍微緩和了些。

得到錫爾布蘭德的許可後，我往戒指注入魔力，送上祝福。我一邊看著韋菲利特與夏綠蒂，一邊謹慎地只注入少許魔力，避免給出過多祝福。斐迪南已經三番兩次提醒過我，別再像畢業儀式時那樣不加控制地亂給祝福。

……很好，完美。

眼看自己成功地給出了份量與兩人差不多的祝福，我如釋重負。其間，韋菲利特繼續問候。

「錫爾布蘭德王子，初次與您見面。韋菲利特、羅潔梅茵與夏綠蒂謹代表艾倫菲斯特，將在此學習如何能成為不辱尤根施密特之名的貴族，往後還望您不吝賜教。」

聽完我們的問候，錫爾布蘭德提高音量說：「抬起頭來。」聞言，我們抬起臉龐，錫爾布蘭德依序看向我們三人，最後一臉饒富興味地注視夏綠蒂。

「我聽說艾倫菲斯特的領主候補生去年分別獲選為最優秀者與優秀者，領地整體的成績也有所提升。國王也對你們寄予厚望，今年請繼續加油。」

錫爾布蘭德以小孩子特有的清亮嗓音，口齒清晰地說。感覺這段話不是他自己想的，而是身邊人們先幫他擬好了臺詞，他很努力背出來不要說錯。當上神殿長時，我也曾經得背下與儀式有關的大量禱詞，所以能夠明白他有多麼努力背下了要對領主候補生說的話。我個人雖然很想對他說：「好厲害喔，你說得很好呢！」但要是真的對王族這麼說，簡直是大不敬，所以只是開口道謝。

「多謝王子殿下。」

與錫爾布蘭德的問候就這麼順利結束了。想起去年亞納索塔瓊斯還對我說：「妳哪裡是聖女了？」我頓覺有些虛脫無力，走向下個該問候的對象。接著是庫拉森博克。

「今年再度幸得時之女神德蕾梵庫亞的命運絲線交織，方能與您會面。這位是我的

妹妹夏綠蒂，是艾倫菲斯特今年的新生之一。往後還請不吝賜教。」

韋菲利特催促夏綠蒂向庫拉森博克問好，她於是道了初次見面的問候語。韋菲利特自己既沒有道初見問候，也沒有催促我問好，代表去年就向對方打過招呼了。那說不定不是上級貴族，而是領主候補生。

……但總不能開口問對方到底是哪一個，結束後再問哈特姆特吧。

事後哈特姆特告訴我，這名男性並不是上級貴族，而是現任奧伯．庫拉森博克第二夫人的公子。雖然哈特姆特說：「您去年也打過招呼了吧？」但一點記憶也沒有的我只是微微一笑裝傻帶過。

……就只打過那麼一次招呼，後來完全沒有交集，我怎麼可能記得住嘛。

「既然往來過的艾格蘭緹娜大人未再另外向您介紹，可能是他與艾格蘭緹娜大人並沒有交流吧。如果是第二夫人的孩子，很少往來也屬正常。」

……這麼說來，我與尼可拉斯也可以說是毫無交集呢。

領主一族和上級貴族會迎娶第二夫人，理由不外乎是為了維持派系平衡、第一夫人沒有子嗣、想要有更多孩子。聽說異母兄弟之間會少有交流也是稀鬆平常。

庫拉森博克之後，接著是戴肯弗爾格。我們走向藍斯特勞德與漢娜蘿蕾所在的位置，由韋菲利特代表寒暄，夏綠蒂再給予初次見面的祝福。

「漢娜蘿蕾大人，感謝您將領內那般貴重的書籍借給了我。也請代我向奧伯表達謝意。」

沒想到領主會在領主會議時幫忙送過來，真是讓我驚訝，但也多虧於此，我才有充足的時間慢慢閱讀，看得十分開心——我這麼表達感謝後，漢娜蘿蕾卻緩慢地眨了幾下眼睛。

「但奧伯竟然經由領主會議把書送去給您，想必讓您嚇得不輕吧？那個，因為父親大人很喜歡嚇別人一跳，我也常常被他嚇出一身冷汗呢……羅潔梅茵大人若不感到困擾，那我也就放心了。」

漢娜蘿蕾露出了不知所措的笑容，像淡粉也像紫色的髮絲跟著她微微晃動。看來是奧伯．戴肯弗爾格為了給我驚喜，提議要把書帶去參加領主會議，而漢娜蘿蕾很擔心因此造成我的困擾。雖然個性好像不是很正經，但願意把堪稱是領地之寶的書籍借給我，我倒覺得奧伯．戴肯弗爾格實在是個大好人。

「願意好心借書給我，我怎麼會困擾呢。我看得非常開心喔。這次我也帶來了艾倫菲斯特的書，要給漢娜蘿蕾大人當作謝禮。歸還書籍的時候再一併給您。」

「羅潔梅茵大人，謝謝您。我很期待呢。」

我與漢娜蘿蕾開心地聊著有關書的話題，藍斯特勞德則用滿懷疑惑的眼神看著我。

「艾倫菲斯特的人看得懂那本書嗎？」

「是的。戴肯弗爾格擁有那般悠久的歷史，真教人不得不敬佩呢。」

……不管是戰鬥到贏為止的戰鬥狂特質，還是洛飛老師為什麼會那麼糾纏不休地一再想比迪塔，我都在歷史中找到了答案，也難怪根深柢固。

「哼，我想也是。我們跟歷史只有短短兩百年的艾倫菲斯特可不一樣。」

「哥哥大人。」漢娜蘿蕾扯了扯藍斯特勞德的袖子制止他。她那雙可愛的紅眼睛往我看過來，擔心惹我不高興，我便笑著對她點點頭。

「艾倫菲斯特與戴肯弗爾格成立至今的時間長短確實不同，連書籍也遠比我們的要古老又厚重。戴肯弗爾格的書都這麼精彩，我很想再多看一點呢。」

說完，我正想接著分享自己在看完戴肯弗爾格的書後有什麼感想時，夏綠蒂忽然輕拉了下我的袖子，韋菲利特也略帶強硬地結束對話說：「那麼，等之後借書還書的時候再好好敘舊吧。現在這種場合下，沒辦法聊得盡興吧。」

……啊，對喔。我們現在正依序向順位高的領地問好。

眼下不是與睽違已久的好友開心談天的好時機。「之後一定要一起舉辦茶會。」我與漢娜蘿蕾這樣約好後，接著往多雷凡赫的座位前方移動。

「韋菲利特大人、羅潔梅茵大人，恭喜兩位訂下婚約。從領主會議回來的父親大人告訴我們這項消息時，我一時之間還不敢相信呢。」

多雷凡赫除了今年升上最高年級的阿道芬妮，以及與我同年級的奧爾特溫外，還有兩名領主候補生。此刻當代表的是阿道芬妮。她披落於胸前的酒紅色捲髮帶有著豐盈光澤，彷彿使用了絲髮精。察覺到這一點，我再仔細觀察多雷凡赫的學生們，驚覺大家的頭髮竟然都散發著光澤。阿道芬妮輕撫著自己的頭髮，嫣然一笑。

……難不成是利用去年拿到的絲髮精……？

看來他們大概是分析了我去年在茶會上分送的絲髮精。由於絲髮精的做法很簡單，我本就料到不久之後應該會被人看出是如何製作，卻沒想過這麼快。

……真是出乎我的預料，感覺多雷凡赫是瘋狂科學家輩出的恐怖領地。

我仰頭看著阿道芬妮，吞了吞口水。韋菲利特則在旁邊與奧爾特溫聊得十分開心。

「韋菲利特，我很期待今年的對戰喔。」

「是啊，奧爾特溫。我會讓你看看我加芬納棋的練習成果。」

明明男孩子之間正聊著社交活動時會玩的加芬納棋，然而我卻面對著阿道芬妮意味深長的笑容。

「羅潔梅茵大人，一同前往領主會議的文官們回來時，全都非常興奮呢。聽說艾倫菲斯特發明了連平民也能使用的魔導具？有種紙張是小紙片會往較大的紙片移動，這還真是有意思。多雷凡赫的文官們提起這件事時就像變了個人呢。」

「哎呀，應該沒有那麼誇張吧。」

我淡淡一笑，避重就輕帶過。要是不小心牽扯進去，感覺什麼都會被拿去分析。

「那麼神奇的紙張我既未在貴族院看見過，你們也沒有在領地對抗戰時拿出來發表成果吧？這是為什麼呢？」

「可能是因為大家覺得，這不至於拿來在領地對抗戰上發表吧？」

……因為製作者是平民，在艾倫菲斯特誰也沒想過這其實是魔導具啊！但這種話我自然不能說出口。

「即便是自領，偶爾也會出現自己不明白的事物呢。我一直期待著今年的貴族院趕快開學呢。羅潔梅茵大人，希望今年也能與妳多多往來。」

……意思是想從我這裡挖出多多的情報吧？馬上就有緊急狀況該找監護人們商量了。

「今年也請您多多指教。」我面帶微笑如此回道，卻也感覺得出自己的笑臉很僵硬。阿道芬妮的目光接著停在夏綠蒂身上，再看向奧爾特溫。

「夏綠蒂大人是一年級新生吧？我們好好相處吧。」

「我也請您不吝指教。」

……糟糕！夏綠蒂好像被非常危險的人物盯上了！等、救命啊，神官長！

我盡可能擋下阿道芬妮投向夏綠蒂的視線，然後繼續移動。向第四和第五順位的領地打完招呼後，接著是排名第六的亞倫斯伯罕。

亞倫斯伯罕的領主候補生只有蒂緹琳朵一人，沒看見蘭普雷特的星結儀式上曾出現過的那個小女孩。她看起來和我差不多大，果然今年還不到就讀貴族院的年紀吧。

「上次見面已經是夏末的那場儀式了，各位的氣色看來都很不錯呢。奧蕾麗亞嫁往艾倫菲斯特以後，過得還好嗎？我們一直很擔心她會不會在那裡待得很不自在呢。對不對，瑪蒂娜？」

蒂緹琳朵回過頭去，詢問的對象正好就是我覺得與多莉有些相像的那名少女。從她站的位置來看，想必是蒂緹琳朵的侍從。

「聽說同時也嫁往艾倫菲斯特的貝緹娜大人還與老家有聯絡，但奧蕾麗亞姊姊大人卻一點音信也沒有，讓我們非常擔心……」

大概是因為與多莉相像的關係，瑪蒂娜傷心地垂下雙眼後，我也跟著感到有些難過。

「奧蕾麗亞在艾倫菲斯特過得很開心喔。最近她還訂做了新面紗，我們也一起喝過茶呢。對吧，夏綠蒂？」

「是的，感覺是位文靜又端莊的人。」

染布比賽時同桌而坐的夏綠蒂也微笑附和。瑪蒂娜顯得如釋重負，對照之下，蒂緹琳朵卻是眨了眨深綠色眼睛：「奧蕾麗亞很文靜嗎……？」

……為什麼要歪頭呢？奧蕾麗亞怎麼看都屬於文靜型吧？

我們認識的奧蕾麗亞，似乎與蒂緹琳朵認為的奧蕾麗亞不一樣，我跟著微微偏頭。

「不說這個了，星結儀式那時候我因為太過驚訝，連句道賀也沒有吧？我應該補上祝福才行。恭喜兩位訂下婚約。」

蒂緹琳朵面帶微笑向我們道賀後，我突然有種非常不可思議的感覺。因為總覺得她是真的在祝福我們。她臉上的笑容既友好又溫柔，讓人很想問問她那去年的態度又是怎麼一回事？去年只向韋菲利特展現的笑容，今年也在對著自己展現，這讓我摸不著頭緒，反而感到坐立難安。

「畢竟我與艾倫菲斯特的領主候補生們可是表姊弟，大家好好相處吧。」

在亞倫斯伯罕之後，明顯感覺得出第七、第八、第九順位的領地都對排名一下子提升不少的艾倫菲斯特帶有戒心。明明去年完全不把我們放在眼裡，今年卻拐彎抹角地出言嘲諷與牽制。

……很遺憾，你們那麼迂迴的挖苦韋菲利特哥哥大人根本聽不懂喔！而我就算聽懂了，也完全不打算克制！

向排名比自己高的領地打完招呼後，接著換排名低的領地開始問候。這部分也一樣麻煩。尤其是排名被我們擠下去的第十一、第十二、第十三順位的領地，都能從他們的笑臉感覺到強烈的敵意。他們紛紛以貴族特有的委婉說法表示：「相信這種偶然的情況不會持續太久吧。」「常言道好景不長。」「今年你們仍能以最快速度修完課嗎？希望也要顧及成績才好呢。」當然，要是任由下位領地單方面地冷嘲熱諷，我們的面子往哪裡擺，所以我也會帶著笑容附和道：「是呀。」接著回敬：「這次的情況絕非偶然，相信可以長久持續下去吧。」「我們正在加強實力，希望好景長存。」

「真是感謝各位的鼓勵，敬請期待今年的結果。」

笑裡藏刀的嘲諷大賽開打後，這次輪到法雷培爾塔克的盧第格走過來問好。他看起來依舊像是大一號的韋菲利特。

夏綠蒂是第一次見到盧第格，她也來回看了韋菲利特與盧第格好幾遍，為兩人如此相像瞪圓一雙藍眼。不過，由於夏綠蒂與盧第格同樣是藍眼睛，只看瞳色與髮色的話，夏綠蒂還與盧第格更加相像。兩人站在一起時，看來也會像對兄妹吧。

……雖是理所當然，但只有我一個人的外貌特徵明顯不一樣呢。

似乎是察覺到視線，盧第格先是微微一笑，然後跪下來交叉雙臂，垂首問候：

「韋菲利特大人、羅潔梅茵大人，今年再度幸得時之女神德蕾梵庫亞的命運絲線交織，方能與兩位會面。夏綠蒂大人，歷經生命之神埃維里貝的重重嚴格遴選，得以有幸與您會面，願能為您獻上祝福。」

「准許你。」

夏綠蒂接受盧第格的祝福後，也道了聲問候。隨後，盧第格抬起頭看向韋菲利特。

「聽說在艾倫菲斯特，領主候補生會為了土地與人民身先士卒，因此法雷培爾塔克也決定效法，由領主候補生親自前往直轄地給予祝福，而收成也確實增加了。」

向家人開口自己要前往神殿，是件非常需要勇氣的事情，但聽說盧第格轉述了韋菲利特這番話：「在艾倫菲斯特，我們就是藉由這個做法讓土地盈滿魔力，增加了收穫量，生活也過得比較寬裕一些。」領主夫人因而下定決心：「能做的事情都試試看吧。」

……盧第格的母親畢竟是養父大人的姊姊嘛。總覺得可以想見。

而收成增加以後，連帶稅收也變多了，似乎因此減輕了他們不少負擔。盧第格露出了欣喜的笑容。

「本來貴族們的雙眼都黯淡無光，如今也恢復了少許生氣，這是最教我感到高興的事情。非常感謝韋菲利特大人的建言，母親大人也很高興。」

法雷培爾塔克因為在政變中與敵對勢力站在同一陣線，不僅當時的領主受到制裁，除此之外應該也遭受到了各種打壓。我甚至還聽說奧蕾麗亞因為母親是法雷培爾塔克出身，周遭人們對她十分刻薄，可想而知應該也會嚴重影響到貴族的嫁娶吧。而且當初我可是一無所知，一心只想進入神殿的圖書室，但盧第格卻是在神殿備受鄙視的社會風氣下，在了解過神殿以後，還願意去參加神殿的儀式。雖說法雷培爾塔克已經是處在任何方法都只能一試的絕望狀態，但還是教人佩服。

「希望今後仍能與艾倫菲斯特建立起不變的情誼。」

盧第格說完，靜靜窺探我的反應。韋菲利特也將那張與他相似的臉龐轉向我。之前就是我向韋菲利特建議：「請在茶會上試探法雷培爾塔克的反應。」他才告訴了盧第格艾倫菲斯特目前採用的方法。

「……是啊。畢竟我們領地相鄰，又是堂表親，今後也好好相處吧。」

我說完，屏息等待反應的盧第格與韋菲利特都安心地吐出大氣。

所有人都道完問候後，接著是用午餐。不知是否採用了艾倫菲斯特的食譜，今年的湯比去年好喝多了。只不過，甜點依然只是糖塊。

終章

錫爾布蘭德站到轉移門前，接下來就要前往貴族院。他滿心雀躍地仰望眼前的門，首席侍從阿度爾以指尖輕輕撥開他額前的劉海。

「還請您記住，您這次是以王族的身分前往貴族院。」

「我知道。這是父王的命令，也是我以王族身分接下的第一個任務。」

錫爾布蘭德點點頭，努力正經八百地板起臉孔，卻還是壓抑不了對未知場所的好奇心。究竟這扇門打開以後，會看見什麼樣的景象呢？

「那麼出發吧。」

在錫爾布蘭德明亮的紫色眼眸注視下，大門打開了。然後他在近侍們的催促下跨出第一步，踏進來後卻發現，四周非常安靜。眼前是條走廊，還有標著文字與數字的門扉間隔相等地不斷往前延伸。不管是他受洗前與母親一起生活的離宮，還是受洗後賜予自己的離宮，都沒有這樣的景象。

……我生平頭一次入宮的時候，明明到處都很熱鬧呢……

錫爾布蘭德是國王第三夫人的孩子，自幼在母親的離宮長大。偶爾雖有母親的親族以客人身分來訪，但他自己在受洗前未曾踏出離宮一步。因此首次踏進王宮的時候，熱鬧的景象與擁擠的人群都讓他目瞪口呆，直到現在也還記憶猶新。

他聽說貴族院是王族與貴族孩童學習知識的地方，就讀期間是十歲到成年為止。所以他一直沒來由地以為，來到貴族院以後，應該會有一大群孩子歡迎自己，結果卻半個人也沒有。迎接他的只有門扉不斷向前排開的走廊，實在出乎他的預料。

「……一個人也沒有呢。」

「此刻應該正在舉行升級儀式，我想學生與老師都在大禮堂吧。四下毫無人影，也有助於安全移動，負責護衛的我們倒是十分慶幸。」

錫爾布蘭德本只是自言自語，在前方帶路的其中一名護衛騎士卻回答了他。看來其他人都聚集在某個地方。錫爾布蘭德因為不是新生，沒參加升級儀式也是理所當然，但他還是有種自己被排除在外的感覺。他感到有些自討沒趣，繼續邁開腳步。

走在門扉等距排開的昏暗走廊上，不久兩側變作窗戶，屋外積著厚厚的白雪。雪量比自己離宮四周的積雪還要多，彷彿在告訴他身為王族，待在貴族院的時候，肩上的責任會比待在離宮時要重，錫爾布蘭德抿緊了唇。

「您很緊張嗎？臉龐有些僵硬呢……」

「我確實覺得責任重大。畢竟我才剛受洗，就要以王族的身分坐鎮在貴族院……」

錫爾布蘭德向一臉擔心的阿度爾點點頭，腦中浮現了父王指示自己前來貴族院時的情景。記得那是秋季中旬的事。

◆

「雖然對你來說是份重擔，但我打算讓你以王族的身分鎮守在貴族院。」

那天父王與母親來到賜給錫爾布蘭德的離宮，開口這麼說道。錫爾布蘭德完全不曉得該怎麼回應才好，首席侍從阿度爾於是代替他，一臉困惑地表示：

「但錫爾布蘭德大人才剛受洗不久，甚至尚未正式亮相……」

原本在王宮舉行完洗禮儀式後，還要在領主會議上公開亮相，正式成為王族的新成員，然後才會到貴族們面前執行公務。竟然在正式亮相之前就被指派公務，可以說是前所未聞。

「……老實說，我一直在煩惱要派你還是亞納索塔瓊斯。但是，現在亞納索塔瓊斯有比待在貴族院更重要的工作，所以錫爾布蘭德，我希望由你前往貴族院。」

這是在考量過王族現況後的結果，所以錫爾布蘭德既已被選上，近侍們也無法反對，只能肅然地接受這個決定並幫忙輔佐。

……雖說要在貴族院坐鎮，其實也只是在離宮裡頭待著而已。

錫爾布蘭德已經被耳提面命，要盡可能不與學生接觸。因為他年紀還小，無法靠自己辨別是非善惡，難保沒有貴族院的學生會利用他去做什麼事。這似乎正代表了王族的權力有多麼巨大。但是，一直以來錫爾布蘭德都在母親的離宮生活，極少外出，他實在不太明白自己擁有的權力有多大。

……我倒覺得母親大人與近侍們比我還了不起呢……

◆

「這裡便是小會廳。」

走進即將舉行交流會的小會廳，近侍們帶著他走向前方臺上為王族設置的桌子。除此之外，小會廳裡也擺設了無數張桌子。

「桌子的數量比領地數量還多呢。」

「是的，因為有的領地不只一名領主候補生。」

聽說有不少領主候補生因為是異母兄弟而處於對立關係，或是不願分享自己擁有的情報，所以都是每位領主候補生一張桌子，與自己的近侍坐在一起。

「阿度爾也會坐在我旁邊嗎？」

錫爾布蘭德詢問自己的首席侍從，他卻搖了搖頭。

「就和平日用餐時一樣，我會站在錫爾布蘭德大人身後服侍您用餐，為您提供建言。」

護衛騎士們也不會坐下，錫爾布蘭德便心想那文官應該可以吧，轉頭看向文官。

「我會坐下，只不過是坐在這邊。」文官丹克瑪指著桌子底下說。他說他會在桌子底下提供各領地的情報，提醒錫爾布蘭德該對領主候補生們說哪些話。

「問候語以及要對各領代表說的話，我都已經背下來了喔。」

打從洗禮儀式過後，錫爾布蘭德每天都在背這些資料，因此他主張不需要丹克瑪躲在桌子底下給自己提示。

「我們當然知道錫爾布蘭德大人有多麼努力，但這是您第一次執行公務，到時候有可能緊張得腦筋一片空白。若您完全不需要丹克瑪的協助就能讓交流會順利落幕，那樣自然最好，但為免有任何閃失，預先採取各種措施也是近侍的職責。」

「好吧，阿度爾。那麼我會努力在沒有丹克瑪的協助下，讓交流會順利落幕。」

錫爾布蘭德下定決心後，開始複習各領地的資料，沒過多久便接到升級儀式已經結束的通報。丹克瑪立即坐到桌子底下。看到平常負責教育自己、總是板著一張臉的丹克瑪此刻竟藏在桌子底下，讓錫爾布蘭德覺得十分滑稽，忍不住頻頻往那邊偷瞄。

「錫爾布蘭德大人，請您面向前方，別再看丹克瑪了。若讓學生們發現丹克瑪的存在，屆時可是您會顏面掃地。」

阿度爾提醒道，錫爾布蘭德趕緊面向前方。小會廳的大門打開了。

「第一順位庫拉森博克，漢斯凡大人入場。」

幾名身穿黑衣、披著紅色披風的人走了進來。是庫拉森博克的領主候補生與其近侍們。一會兒後，換作身穿黑衣、披著藍色披風的人進場。戴肯弗爾格因為有兩名領主候補生，進來的人數比庫拉森博克要多。

「第二順位戴肯弗爾格，藍斯特勞德大人與漢娜蘿蕾大人入場。」

領主候補生們依序進入會場時，一看見坐在王族專屬位置上的錫爾布蘭德，全都瞪大眼睛。由於自己尚未公開亮相，很多領地還不曉得他的存在吧。現場帶有驚訝的嘈雜聲浪只隨著人數增加而變得更響，完全沒有安靜下來的跡象。錫爾布蘭德為此感到如坐針氈，不由得稍微重新坐正。下一秒，阿度爾便小聲訓道：「此刻所有人都看著您，請別亂動。」

……問候都還沒開始就挨罵了。

自己真的能有王族風範地接受問候嗎？錫爾布蘭德逐漸感到不安。但事到如今他也無法臨陣脫逃，只能極力擺出王族該有的模樣坐在位置上。

等所有領地的代表皆入座，中央的文官便向眾人介紹錫爾布蘭德，接著說明他為何會出現在此。得知他是尚未正式亮相的王族後，領主候補生們探究般的目光不再那麼犀利，反倒流露出了濃厚的興味。大概因為貴族院的學生都是年輕人，與參加洗禮儀式時的中央貴族比起來，他們的目光都更為直接地表露出情感。不過，即使眾人投來的眼神有所改變，錫爾布蘭德還是感到非常不自在。

與此同時，學生們開始上前問候。第一順位庫拉森博克的領主候補生最先起身，帶著近侍們一同走來。

「錫爾布蘭德王子，歷經生命之神埃維里貝的重重嚴格遴選，得以有幸與您會面，願能為您獻上祝福。」

「准許你。」

與對方是初次見面時，基本上身為第三王子的錫爾布蘭德都是接受祝福的那方。由於只要簡短回答即可，不可能說錯話，他安心之餘忍不住綻開笑容。

「抬起頭來。」

「錫爾布蘭德王子，初次與您見面。漢斯凡謹代表庫拉森博克，將在此學習如何能成為不辱尤根施密特之名的貴族，往後還望您不吝賜教。」
……庫拉森博克是艾格蘭緹娜大人所屬的領地吧。
異母兄長亞納索塔瓊斯的未婚妻艾格蘭緹娜也曾出席錫爾布蘭德的洗禮儀式，所以他的印象還很深刻。記得是位溫柔優雅又美麗的人。
「先前艾格蘭緹娜大人曾出席我的洗禮儀式。庫拉森博克不僅是王族的親族，也是排名第一的領地，期待你們的表現不負眾望。」
「必當盡己所能。」
披著紅色披風的一行人退開後，接著是披著藍色披風的一群人走來。錫爾布蘭德的母親正是來自第二順位的戴肯弗爾格，由於親族不時會來母親的離宮探訪，所以他認識藍斯特勞德與漢娜蘿蕾。兩人應該也參加了他的洗禮儀式。
「蒙生命之神埃維里貝的恩典，命運絲線的再度交會令人無限歡喜。」藍斯特勞德過來後，說的也不是初次見面的問候語，而是對於預料之外的再會表達了欣喜。因為雙方本來不會在這種情況下碰面。
「我們完全不曉得錫爾布蘭德大人會來貴族院，都嚇了一跳呢。」
「因為洗禮儀式那時候，我也還未接到父王的命令。母親大人告訴我，若有任何狀況可以向身為親族的你們請求協助。」
「那麼但願一切平安無事。」
雖然關係並不是十分親近，但光是貴族院裡有認識的親族在，就讓錫爾布蘭德的心情輕鬆一些。

接著是第三順位的多雷凡赫，披著碧綠色披風的一大群人走上前來。這個領地因為有多達四人的領主候補生，錫爾布蘭德記不住所有人的名字。丹克瑪他們告訴過他，只要記得席格斯瓦德的未婚妻就好，所以他確實記下了名字的只有阿道芬妮。因為席格斯瓦德既是第一王子，也是他的異母兄長。

……這搞不好是我第一次要向丹克瑪求救！

錫爾布蘭德緊張得吞嚥口水，但幸好是由阿道芬妮作為代表向他問候，因此不需要丹克瑪的幫忙。

「阿道芬妮大人是席格斯瓦德王兄的未婚妻，今後將締結深厚的緣分，恐怕還是我更需要妳的關照。往後請多指教。」

「我才是請您不吝指教。」

阿道芬妮微微一笑後，帶著其餘三名領主候補生退開。

由於是每個領地依序前來問候，與王族有關係的大領地以及上位的中領地，錫爾布蘭德還能順利與之應對，但對於接下來的領地開始感到混亂。到了第九順位的領地時，錫爾布蘭德只能一邊請躲在桌面下的丹克瑪幫忙，一邊保持著王族的威嚴回應問候。

……咦？有人的年紀看來和我差不多？

第十順位艾倫菲斯特的領主候補生們站起來，開始往這邊行走時，錫爾布蘭德眨了眨眼睛。因為當中有一名女性領主候補生，看起來就和剛受洗完的他差不多大。而且可以看出一同上前的哥哥和姊姊都在配合她的步伐，讓人不由自主微笑。

「艾倫菲斯特的是幾年級？」

「二年級生有兩人，一年級生一人。二年級的女性領主候補生便是傳聞中的那位羅潔梅茵大人。」

聽了丹克瑪的提示，錫爾布蘭德開始回想他記下的相關資料。記得就是這個領地需要注意羅潔梅茵這名領主候補生。這號人物充滿謎團，聽說不僅騎著騎獸襲擊了教師，還讓王族的遺物復活，更撮合了亞納索塔瓊斯與艾格蘭緹娜，使得王宮陷入混亂；但儘管她做出了無數引人注目的舉動，卻因為身體太過虛弱，領地對抗戰與畢業儀式都未能出席。王族中連錫爾布蘭德唯一比較熟識的亞納索塔瓊斯，也對她給出了這樣的評語：「她就是個危險人物，老是惹出常人無法處理也無法理解的麻煩。」但與此同時也非常優秀，據說還是去年一年級的最優秀者，也在艾倫菲斯特創造了新流行。

……還真是讓人一頭霧水呢。

他與丹克瑪他們在熟記領地資訊的時候，還很煩惱究竟該記到什麼程度。因為在亞納索塔瓊斯送來的報告中，雖然詳細描寫了她引發過的騷動，但最多的資訊還是關於她與艾格蘭緹娜的好交情，所以文官們都傷透腦筋，不確定有多少可信度。

……艾格蘭緹娜大人配戴的髮飾，應該也是艾倫菲斯特做的吧。

想起了她在洗禮儀式上配戴的罕見髮飾，錫爾布蘭德再看向艾倫菲斯特一行人，發現包括近侍在內，所有女性頭上都戴著髮飾。

接著，艾倫菲斯特一行人在錫爾布蘭德面前跪下來，雙手在胸前交叉，垂首說出初次見面的問候語。儘管報告中曾寫道：「要留意羅潔梅茵的祝福。」但並未發生任何異常狀況。比起這件事，錫爾布蘭更好奇所有人的頭髮都比他領學生要有光澤。

……這也是艾倫菲斯特的新流行之一吧？

憶起母親非常渴望在他的洗禮儀式前得到這項產品，還命令前往艾倫菲斯特的中央商人們說：「一定要在夏季尾聲趕回來。」錫爾布蘭德忍不住有些想笑，說：「抬起頭來。」然後三人中的男性領主候補生做為代表開口。

「錫爾布蘭德王子，初次與您見面。韋菲利特、羅潔梅茵與夏綠蒂謹代表艾倫菲斯特，將在此學習如何能成為不辱尤根施密特之名的貴族，往後還望您不吝賜教。」

……那麼，這位有著淡金色頭髮、藍色眼睛的女性，就是羅潔梅茵了吧。

錫爾布蘭德從對方報上名字的順序推敲出長幼，再看向每一個人。父母曾囑咐他：「艾倫菲斯特的羅潔梅茵在各方面都帶來強大影響力，你要多留意她。」亞納索塔瓊斯也提醒過：「她有可能初次見面就在回話時語帶挑釁，但你別多加理會。」

……要是她出言挑釁怎麼辦？

錫爾布蘭德提醒自己別一直盯著大家都要他多加留意的人物，內心忐忑不安，盡量面帶沉穩的笑容回話。

「我聽說艾倫菲斯特的領主候補生去年分別獲選為最優秀者與優秀者，領地整體的成績也有所提升。國王也對你們寄予厚望，今年請繼續加油。」

儘管他一直心懷警戒，結果什麼事也沒發生，一行人便退下了。自己似乎也在不知不覺間繃緊全身，他直到這時才放鬆下來。

……順利渡過這次最擔心的難關了。

午餐會兼冗長寒暄持續不斷的交流會總算結束了。錫爾布蘭德最先起身離席，在近侍們的陪同下步出小會廳。在擺脫了大量視線的那一瞬間，他的心神不由得鬆懈下來，首席侍從阿度爾立即小聲斥責道：

「您還不能鬆懈大意。」

想起大家告誡過自己，在回到離宮之前都必須保持王族該有的樣子，錫爾布蘭德重新挺胸站直。走進迴廊，眼前仍是成排設有轉移魔法的門扉，他開始尋找通往自己離宮的大門。

中央以外，通往各領宿舍的大門上都標有顯示排名的數字，所以很容易辨別。但是，王族的離宮是在門上標記各神祇的屬性，因此剛受洗完的錫爾布蘭德無法一眼就找到自己的離宮。他並非不識字，只是需要花點時間。再加上文字標記在門扉上方，一直仰著頭讓他的脖子痠得要命。

「阿度爾……」

錫爾布蘭德試著求助，豈料阿度爾搖搖頭，只是催促他繼續找。「您必須要能靠著自己返回離宮。」

「我已經背下來了，也看得懂字……只是需要一點時間而已。」

錫爾布蘭德語帶不甘地反駁，繼續辨識門上的文字。

「闇是父王所在的王宮，光是第一夫人、水是第二夫人、風是母親大人、火是席格斯瓦德王兄、命是亞納索塔瓊斯王兄，而土是賜給我的新離宮……」

內心有股渴望讓他想直接拜訪母親的離宮，向她報告自己今天有多麼努力。然而，如今已經受洗又獲賜離宮的他，一定要先提出會面邀請，否則不能隨意與母親會面。

錫爾布蘭德感到有些寂寞，好不容易找到了自己的離宮。回到離宮後，這次就算他重重地嘆了口氣，阿度爾也沒出言訓斥，反而發出輕笑聲，為他準備好熱牛奶，往杯子裡倒入蜂蜜。喝了口甜甜的溫牛奶後，錫爾布蘭德總算覺得回到了屬於自己的地方。

「……我在交流會上的表現還可以嗎？」

「是的，您在回應問候時表現得非常完美。」

畢竟這是父王指派給他的第一個任務，他一直希望自己能好好表現，但同時也非常擔心出差錯。聽到首席侍從稱讚了自己的表現，錫爾布蘭德這才湧起千頭萬緒。

「今天聚集在小會廳裡的人好多唷。」

「當時在場只有領主候補生與他們的近侍，所以在貴族院的所有學生中還只占了一小部分而已。」

聽說中級貴族與下級貴族的人數，還比領主候補生們與其近侍加起來要多。錫爾布蘭德簡直無法想像。

「阿度爾，早知道我也穿黑色衣服了。大家都穿著黑色的服裝，害我覺得自己坐在那裡很格格不入。」

錫爾布蘭德低頭看著自己的服裝嘟囔說道。小會廳裡由於不論學生還是老師都身穿以黑色為主的服裝，讓他有種完全被排除在外的感覺。

「錫爾布蘭德大人，您因為尚未入學，還不能穿上黑衣。請先披著代表王族的黑色披風將就一下吧。」

「……對了，有個領主候補生的外表看來就和我差不多呢。她如果不是穿著黑衣，看起來也不像學生吧。」

錫爾布蘭德想起有個女孩子和哥哥及姊姊一起過來問候，容貌看來非常年幼。那頭夜空色的長髮與月亮般的金色眼眸令人印象深刻，記得是披著明亮黃土色的披風。

那個披風是哪個領地的代表色呢……唔，好像是艾倫菲斯特？

憶起這件事後，他也跟著想起了羅潔梅茵這號該特別注意的人物。雖然在她身上並沒有感受到亞納索塔瓊斯所說的危險性，但現在畢竟還沒開始上課。今年冬天是否又會發生什麼騷動呢？

「說不定她也和姊姊羅潔梅茵一樣優秀呢。」

錫爾布蘭德全然沒發現自己搞混了羅潔梅茵與夏綠蒂，順利完成了出席交流會這項重大任務。

在城堡的留守

「明天在境界門有艾倫菲斯特與亞倫斯伯罕共同舉辦的星結儀式，請各位做好萬全準備……將一同前往的近侍們請在第一鐘響後開始行動，菲里妮你們就慢慢來吧。」

一天就要結束之際，我們會集結在近侍室裡確認隔天的行程。由於這次外出要在萊瑟岡古伯爵的宅邸留宿，所以是由身為親族的奧黛麗與萊歐諾蕾他們同行，我和其餘幾人則在城堡留守。目前主人羅潔梅茵大人住在神殿，夜裡不必有人值班，首席侍從黎希達直接鎖上了房門。

翌日早晨，感覺到有人在走廊上走動的我張眼醒來。正如黎希達的吩咐，平常總是第二鐘快要響起前才開始行動的侍從們，現在就已經在忙碌張羅。手腳絕不能比大家慢。我馬上抱起見習文官的制服，前往準備室。

準備室是在城堡沒有自己侍從的中級與下級侍從們的共用空間。只要在大家做著準備的時候來這裡，就一定有人在，可以請人幫自己穿衣服，但相對地也要幫忙屋裡的人。沒有半個人在的時候，也可以自掏腰包請下人幫自己穿戴衣物，但如今已經離家的我承受不起額外的開銷。

「菲里妮，妳來我這邊吧。幫妳穿好後，我也要麻煩妳。」

「交給我吧。」

自從羅潔梅茵大人好心在北邊別館賜予我一個房間後，到現在一個季節過去了，為城堡的侍從穿起制服我已經是駕輕就熟。

換好衣服，我趕往侍從們吃飯的房間。布倫希爾德正好吃完早餐。

「哎呀，菲里妮，妳又不一同前往，怎麼不多睡一會兒呢。」

已經換上騎獸服，做好出發準備的布倫希爾德看著我說。布倫希爾德雖是上級貴族，卻非常親切和善。「近侍若連這點事情也不會，可會讓主人羅潔梅茵大人蒙羞。」她還會這樣說著，仔細地為我說明貴族的各種規矩，也會不著痕跡地對我伸出援手。

「因為如果有我幫得上忙的地方，我想來幫忙，也想為大家送行。」

侍從住在城堡的時候，伙食都由宮廷廚師製作，因此儘管菜色沒有領主一族那麼多，餐點卻也非常美味。用餐時，則由城堡的下人在旁服侍。有些人的儀態動作，與神殿的灰衣神官十分相似。

聽說若能有更多宮廷廚師，也能派去騎士宿舍為騎士們提供美味的餐點，只是廚師的栽培與招募似乎並不容易。在騎士宿舍生活的優蒂特還曾哀怨地說：「我也好想在北邊別館有間房間，而不是住在騎士宿舍。」

「此次遠行正好也是個機會，可以了解大小姐在城堡外頭是什麼模樣。同時你們要記住，大小姐十分缺乏貴族的常識，所以侍奉她時要細心，別讓她在萊瑟岡古伯爵的宅邸裡做出失禮的舉動。」

黎希達叮囑完，奧黛麗、布倫希爾德、哈特姆特與萊歐諾蕾都點一點頭，變出騎獸做好出發準備。周遭同樣在做準備的，還有領主一族及其近侍們、新郎與他的家人，以及保護一行人的騎士團。神殿那邊已經捎來奧多南茲，說他們出發了，那麼羅潔梅茵大人很快就會抵達吧。

「啊，羅潔梅茵大人到了……咦？」

我仰望天空，看見羅潔梅茵大人的騎獸變得前所未有的巨大，忍不住就這麼愣愣地睜大眼睛。

羅潔梅茵大人那好大、好大的騎獸降落後，出入口倏地打開，達穆爾抱著偌大的行李從中跳了下來。透過敞開的出入口，我看見騎獸裡頭坐著好幾名灰衣神官，還堆滿大量行李。

「我之前還在想，羅潔梅茵大人要怎麼把灰衣神官與神具載運到境界門去……原來騎獸可以變得這麼大啊。」

和我一樣來為大家送行的優蒂特，此刻也一臉茫然地望著羅潔梅茵大人的騎獸。我用力點頭同意。

「那麼出發吧。」

「一路小心慢走。」

「麻煩你們留守了。」

大群騎獸不約而同起飛出發，只有達穆爾往城堡走回來。達穆爾是下級騎士，這次也和我們一樣負責留守。

「達穆爾，在神殿的工作辛苦了。今天似乎可以過得悠哉一點了呢。」

「菲里妮，妳接下來幾天也能放鬆歇息了吧。用不著再去神殿。」

身為見習文官，除了非出席不可的活動與會議以外，我每天都會去神殿。到了神殿以後，要練習飛蘇平琴、去神官長室幫忙、抄寫書籍、巡視孤兒院與工坊、與平民區的商人開會……遠比待在城堡時還要繁忙，但每天也有一點一點在進步的真實感。待在城堡，沒有人會指派這麼多工作給貴族院的一年級生。

……更何況，那裡又有達穆爾在。

「但我在城堡這裡沒有什麼事情可做，反而覺得坐立難安呢。」

「這妳放心，我已經幫妳把戴肯弗爾格的書帶來了。羅潔梅茵大人要妳繼續抄寫書籍。」

原來羅潔梅茵大人還貼心地幫我安排好了工作。那麼達穆爾抱在懷裡的那包東西，裡頭就是戴肯弗爾格的書吧。

「達穆爾，等羅潔梅茵大人回來，你馬上會去神殿執行護衛任務吧？到時候我也想去神殿……」

「不，從儀式回來以後，羅潔梅茵大人多半會先睡上幾天，所以在她身體狀況恢復之前，妳去神殿也沒用。」

……啊，我都忘記羅潔梅茵大人的身體有多麼虛弱了。

屆時雖然需要保護她的騎士，卻不需要見習文官。而且身邊的人如果在做事，羅潔梅茵大人也會勉強自己起來工作，反而會打擾到她休息。

我垮下肩膀後，達穆爾一臉無可奈何地聳聳肩。

「等羅潔梅茵大人一恢復，我會寄奧多南茲給妳，在那之前妳還是先待在城堡吧。」

「我知道了。請一定要記得寄奧多南茲給我唷。」

「菲里妮還真是認真。」達穆爾笑著說完，向我保證他一定會寄。

隨後，達穆爾把戴肯弗爾格的貴重書籍交給黎希達與莉瑟蕾塔保管，便說：「我先回騎士宿舍一趟。」然後變出騎獸，朝著騎士宿舍飛去。

……他說好會寄奧多南茲給我呢，真期待。

我開心地望著達穆爾遠去的背影，優蒂特忽然吃吃發笑，伸出指尖戳我的臉頰。

「菲里妮真的很喜歡達穆爾呢。」

「……我又表現在臉上了嗎？」

我按住臉頰，優蒂特呵呵地笑了起來，用力點頭說：「明顯得不得了。」現在不僅優蒂特，連布倫希爾德和莉瑟蕾塔都察覺我的心意了。

「因為……真的很有魅力嘛。」

「達穆爾是救了菲里妮的英雄嘛。他明明只是下級騎士，卻被拔擢為近侍，羅潔梅茵大人每次也都是找他一同前往神殿，還以為他會因此得意忘形，想不到其實只是被羅潔梅茵大人使喚得團團轉的辛苦人。他雖然遲鈍但人不壞，我覺得菲里妮可以勇敢採取行動喔。艾薇拉大人好像也說過，很難馬上幫他找到結婚對象。」

優蒂特和我分享了羅潔梅茵大人與達穆爾的對話。聽說艾薇拉大人曾說「很難馬上幫他找到對象」，達穆爾當時還消沉地表示：「所以我不可能結婚了嗎？」雖然對於想馬上成婚的達穆爾很過意不去，但我倒是忍不住期待，希望他能一直等到我快成年為止。

「菲里妮，妳只要拜託羅潔梅茵大人，相信可以得到時之女神德蕾梵庫亞的庇佑吧。」

「這麼厚臉皮的事情我才做不出來呢。而且要是聽到對象是我這樣的小孩子，達穆爾大概只會失望吧……」

……至少要等到我快成年的時候，應該也會有點希望吧。

「不然妳可以試著告白呀？」優蒂特一臉等著看好戲地胡亂慫恿，我睨了她一眼，搖搖頭邁開步伐，回到羅潔梅茵大人的房間，開始平常的生活。由於羅潔梅茵大人待在神殿的時間更長，所以即使她不在，依舊是平常的生活沒錯。

今天雖然多了送行這個行程，但用過早餐之後，通常侍從們都會拿著會面邀請函進行分類。這天，黎希達與莉瑟蕾塔一樣在確認收到的會面邀請函。

「黎希達，舊薇羅妮卡派明明好一陣子很少提出會面請求了，但這幾天是不是又突然變多了呢？」

「……說不定是發生了什麼事。我今天出去蒐集一下情報吧。」

聽著莉瑟蕾塔與黎希達的對話，我在旁邊抄寫戴肯弗爾格的書籍。由於這本書的用字與措辭都很古老又艱深，我抄寫的速度非常緩慢。羅潔梅茵大人竟然連這樣的書也能毫無阻礙地順暢閱讀，真是太了不起了。

她們將會面邀請函分類完畢時，達穆爾也從騎士宿舍回來了。

「接下來我將站在門邊負責守衛。」

「啊，達穆爾，我今天打算去拜訪友人蒐集情報。但我還是在城堡裡頭，所以若有任何狀況，再寄奧多南茲通知我吧。還有，菲里妮第三鐘要參加見習文官的活動。今天城堡裡頭有不少舊薇羅妮卡派的貴族，但芙蘿洛翠亞派的貴族大都不在，所以麻煩你擔任她的護衛了。」

黎希達說明完，指示達穆爾跟在我身邊。聽見達穆爾答應，我一顆心幾乎要飛起來。

……怎麼辦？我突然非常期待第三鐘響後的活動。

侍從們在整理完會面邀請函後，接著會打掃房間，所以這時候我不是回自己的房間讀書，就是參加騎士團的訓練。

今天因為大家都外出了，騎士團也只留下少許人力，而留下來的騎士們又大多都有守備任務，所以沒有安排訓練。我開始收拾筆墨，正準備要回房讀書時，莉瑟蕾塔微微抬起手來制止我。

「菲里妮，妳今天不用離開沒關係，因為我打算刺繡完後再打掃。畢竟每次刺繡完，地上又會到處是細線嘛。」

黎希達做著準備要出去蒐集情報時，莉瑟蕾塔也開始準備針線，要為休華茲與懷斯的服裝刺繡。莉瑟蕾塔的刺繡真的是精美又巧奪天工。

如果說安潔莉卡是外表與內在截然相反，那麼莉瑟蕾塔就是工作時與私底下判若兩人。工作時的莉瑟蕾塔總是乖巧自制，然而工作一結束，她會馬上變成很愛說話的女孩子。由於她切換得實在太快，一開始我還以為眼前的人不是莉瑟蕾塔。

……因為安潔莉卡根本都不會變啊。

「優蒂特，守門就交給達穆爾，妳也一起來刺繡吧。妳以後也想在披風上刺繡吧？」

聽到莉瑟蕾塔的邀請，優蒂特交互往莉瑟蕾塔與達穆爾看了好幾眼。她臉上的表情明顯在說，她很想堅守崗位執行護衛任務，但也想請莉瑟蕾塔教自己刺繡。

「反正今天應該不會有人來訪，妳就去好好練習，才能為將來的丈夫刺繡吧？」

「……我才不要。我的目標是安潔莉卡。我要為自己刺繡，才不是為了某位男士。」

優蒂特最近對達穆爾的態度不再那麼尖銳帶刺，兩人還會經常拌嘴。總覺得他們的感情看來很好，讓我有些羨慕。

……都怪我自己顧慮太多，而且我也和中級貴族的優蒂特不一樣，沒辦法輕鬆向達穆爾攀談……當然我也知道！優蒂特對達穆爾一點那種感覺也沒有！可是，達穆爾這麼優秀出眾，誰知道她會不會哪天突然喜歡上他呢！

達穆爾藉由羅潔梅茵大人教的魔力壓縮法，魔力已成長到了先前還足以與中級貴族的布麗姬娣大人成婚。我如果不讓魔力也成長到那種地步，恐怕他根本不會把我列入考慮吧。雖然我很努力在壓縮魔力，卻也不禁埋怨起自己偏偏是魔力不高的下級貴族。

聽見第三鐘的鐘聲，我把抄寫用的筆墨收起來。今天的活動集結了在貴族院修完一年級課程的見習文官，要告訴我們在城堡有哪些基本工作。我雖是羅潔梅茵大人的近侍，但因為仍不熟悉城堡的內部運作，所以被囑咐要去參加。

這天的行程要參觀文官們工作的地方，原本羅潔梅茵大人也非常想參加。羅潔梅茵大人雖是領主候補生，但聽說也打算修習文官課程。

……我如果再不努力一點，羅潔梅茵大人這麼優秀，大家一定會說我不配當她的近侍。

「菲里妮，再不快點要遲到了。」

「我馬上過去。」

我與達穆爾一起往本館移動。看到達穆爾還配合自己的步伐，我暗自沉浸在淡淡的幸福感中。不過，隨著踏出北邊別館，我感覺到自己臉上的笑容消失了。能與達穆爾一起行動固然教人開心，但在本館裡頭行走時還是讓我有些緊張。我們雖是羅潔梅茵大人的近侍，但也因為是下級貴族，經常有人在背後說我們閒話。

神殿因為最好由已經成年的人陪同，所以羅潔梅茵大人每次都是指示達穆爾同行，而在熟悉的城堡則交由見習騎士們負責護衛。因此，別人經常說達穆爾是「因為不能帶上級騎士去神殿，才讓他留下來繼續當近侍的神殿專用騎士」。

而羅潔梅茵大人不僅拯救了康拉德，也賜予我房間，大家也常說我「是擅長利用聖女同情心的下級貴族」。一開始每次聽到我總是想哭，但最近已經慢慢習慣了。當然感覺還是很不愉快，但達穆爾會安慰我：「這是因為羅潔梅茵大人納了菲里妮為近侍，他們只是嫉妒妳。」也會教我怎麼別把那些話放心上。

……達穆爾真的很溫柔又充滿魅力吧？

這天得參加導覽活動的見習文官只有幾人而已。一年級的見習文官就只有我與羅德里希，再加上去年沒能參加的兩名二年級生。羅潔梅茵大人是領主候補生，即便本人認為自己也是見習文官，但並不會把她算進來。由於一起在貴族院宿舍生活了整個冬季，今天來的人都是熟面孔，有助於我不那麼緊張，這點讓我十分高興。

「羅德里希。」

「啊，菲里妮！」

羅德里希是絞盡腦汁正在創作故事的見習文官。在羅潔梅茵大人沉睡那段期間，明明我們兩人像在比賽似地拚命寫下故事，卻只有我被招攬為近侍，所以我對他總是感到有些歉疚。倘若羅德里希家不是舊薇羅妮卡派，那麼當時會是中級貴族的羅德里希成為近侍，而不是下級貴族的我吧。

「趁現在還沒有其他人來，太好了。」

羅德里希一邊左右張望四周，一邊從自己的隨身行囊裡拿出一封信。

「……菲里妮，這、這個給妳。妳回去以後一定要馬上看喔！」

羅德里希忽然一臉緊張地把信遞給我，我不由得看著信，再看向達穆爾。雖然羅德里希說「沒有其他人」，但他完全沒注意到在我旁邊的達穆爾嗎？

送出信後大概是如釋重負，羅德里希整個人放鬆下來，喃喃地說：「趕上了。」然而，我卻只想抱頭尖叫。

……請不要偏偏在達穆爾面前送信給我啊！

達穆爾低頭往信看來，咕噥著說：「情書啊。羅德里希是中級貴族吧？這可是提升階級的寶貴機會，最好牢牢把握喔。」說完，他滿懷懊悔地重重嘆氣。

我把信收起來不讓達穆爾看見，自己也嘆了口氣。每當聽到達穆爾對布麗姬娣大人還有留戀，並且再次體認到他果然完全沒把我視為是可能對象時，被迫面對這樣的現實，我總是感到非常難過。

很快地二年級的見習文官也來了，一位名為坎托納的文官開始為我們介紹本館。我抱著沉重的心情在本館裡移動，但也不忘做筆記，以便之後可以把導覽內容轉述給羅潔梅茵大人聽。

參加完活動，回到北邊別館時，優蒂特突然對我露出了擔心神色。

「菲里妮，妳的臉色很難看呢。該不會是達穆爾對妳做了什麼吧？」

「慢著，優蒂特！為什麼突然牽扯到我身上?!」

「因為我想不到其他可能性了啊。」優蒂特斬釘截鐵說道。

「咦？達穆爾，你對菲里妮做了什麼嗎？難不成是很過分的事情……」連莉瑟蕾塔也開始指責達穆爾，他急忙搖頭否認。

「妳們誤會了！剛才一年級的見習文官羅德里希給了她情書，應該是因為這件事吧。跟我沒有關係。」

「……果然有關係嘛。」

「達穆爾，為何那個當下你沒有阻止羅德里希呢？」

「呃，為什麼我得阻止不可？這簡直莫名其妙。」

「達穆爾，你就是因為這麼遲鈍，才結交不到戀人唷。」

「唔！」

我轉過身沒理會鬥嘴得十分開心的三人，回到自己房間，打開羅德里希的信。因為我覺得最好盡快回信。

……咦?!

然而一看完信，我卻覺得自己的血液彷彿要凝結了。因為羅德里希的信並不是情書，而是要告訴我有人在策劃襲擊行動。

第一張信上的字跡很陌生，寫著有人計畫要襲擊先往境界門出發，準備星結儀式的神殿組人馬。但寫的人說他只是聽到隻字片語，沒有證據能證明這是否屬實。他說自己曾聽到「如果那位大人希望的話」，所以還不曉得這個計畫是否會付諸實行，但還是希望我們能採取對策。

第二張信是羅德里希的筆跡，說明了拿信給我的來龍去脈。據說是格拉罕子爵的兒子馬提亞斯在得知了襲擊計畫後，雖然多次向羅潔梅茵大人提出了會面請求，卻因為他屬於舊薇羅妮卡派，始終沒能得到會面許可。那麼在舊薇羅妮卡派的孩子們中，誰會有辦法能接近羅潔梅茵大人？於是他們在討論過後，把送信這項重責大任託付給了羅德里希。因為羅德里希在出席見習文官的活動時，很可能可以遇見我。

他們在貴族院的時候曾說過，即便隸屬舊薇羅妮卡派，也想為羅潔梅茵大人盡份心力，想必他們也正努力這麼做吧。我緊捏著信，立即衝進羅潔梅茵大人的寢室。

「達穆爾、優蒂特！請你們快去保護羅潔梅茵大人！」

我出示手上的信後，大家一致臉色丕變。達穆爾馬上向黎希達送去奧多南茲，拜託她說：「有人策劃襲擊。請盡速向波尼法狄斯大人請求會面。」同時也因為事態緊急，他直接跳過了規定程序，也向波尼法狄斯大人寄去奧多南茲。

黎希達還沒回覆，帶著波尼法狄斯大人回覆的奧多南茲率先飛了回來。

「你馬上過來！」

同意會面的回覆非常簡潔，但達穆爾沒聽完三次就抓起羅德里希的信，囑咐優蒂特留守後衝出房間。

……拜託一定要趕上。

「羅潔梅茵大人……」

希望羅潔梅茵大人不要再次遇到危險——我、優蒂特還有莉瑟蕾塔如此祈求著，吃完了儘管美味卻食不知味的午餐。

用完午餐過了一陣子後，達穆爾與黎希達回來了。兩人臉上都是彷彿卸下了胸口大石的安心表情。

「羅潔梅茵大人平安無事嗎?!」

「嗯，似乎成功防止了敵襲。」

聽說波尼法狄斯大人使用了領主聯絡基貝用的魔導具，直接向萊瑟岡古伯爵告知了這起敵襲計畫。由於剛好在用完午餐之際取得聯絡，那時羅潔梅茵大人尚未出發。

這次也因為提供情報的人是馬提亞斯，他們大概能夠猜到敵人會從哪邊發動攻擊，騎士們都嚴加戒備之後，不知對方是否發現了襲擊計畫已經走漏風聲，最終羅潔梅茵大人帶領著的神殿組人馬平安地抵達了境界門。

「波尼法狄斯大人還說孩子們這次立下了大功呢。羅潔梅茵大人先前那般費心，想讓貴族院的學生們團結起來，如今我確實能感覺到有股力量正在萌芽。相信不遠的將來，孩子們這股團結的力量也能打動大人吧。」

黎希達感慨說道，開心得雙眼都瞇了起來，我也非常開心。

幸好襲擊計畫能以未遂告終，也幸好羅潔梅茵大人平安無事，我為此高興不已。達穆爾也似乎終於安下心來，放鬆緊繃的肩膀，然後看著我咧嘴一笑。

「不過菲里妮，還真是可惜啊。」

「咦？」

「結果不是妳期待的情書吧？」

聽見這句話，我感到眼前一陣發黑。明明我一直在擔心羅潔梅茵大人的安危，達穆爾卻以為我是個在這種緊急情況下，還會難過自己沒收到情書的小孩子嗎？我泫然欲泣地仰頭看向達穆爾，他立刻面露驚慌地搖手。

「妳、妳也用不著哭吧？呃，像菲里妮這樣的好女孩，以後一定還會有更多良緣，再收到一、兩封情書也不是問題喔。」

……不對！

我看見優蒂特與莉瑟蕾塔都在達穆爾身後無言以對地嘆氣。畢竟達穆爾不知道我的心意，其實也是以他的方式在擔心我吧。因為他溫柔又善良。雖然完全搞錯了方向。

……事到如今，乾脆就說出來吧？我可以不必再忍耐，直接說出來了吧？

我緊緊握拳，鼓足全身的力氣瞪向達穆爾。雖然被優蒂特瞪已經是家常便飯，但多半沒想到連我也會瞪他吧。達穆爾明顯慌了手腳。我筆直注視著不知所措的達穆爾，先是用力吸一口氣，然後開口說了。

「達穆爾，你最好一直到我成年為止，都結交不到戀人也結不了婚吧！」

「等、等一下。菲里妮，妳這麼說也太過分了吧！」

「這只是我的一點小小心願，並不過分。」

「妳這心願太殘忍了！」

看著臉色大變的達穆爾，優蒂特與莉瑟蕾塔吃吃笑了起來。對於達穆爾絲毫沒聽出我隱含在其中的心意，我半是安心半是失落，也跟著兩人一起笑了。

……下次不如去請艾薇拉大人支持我的這份心意吧？

人生的岔路

〈人生的岔路〉短篇人物關係圖

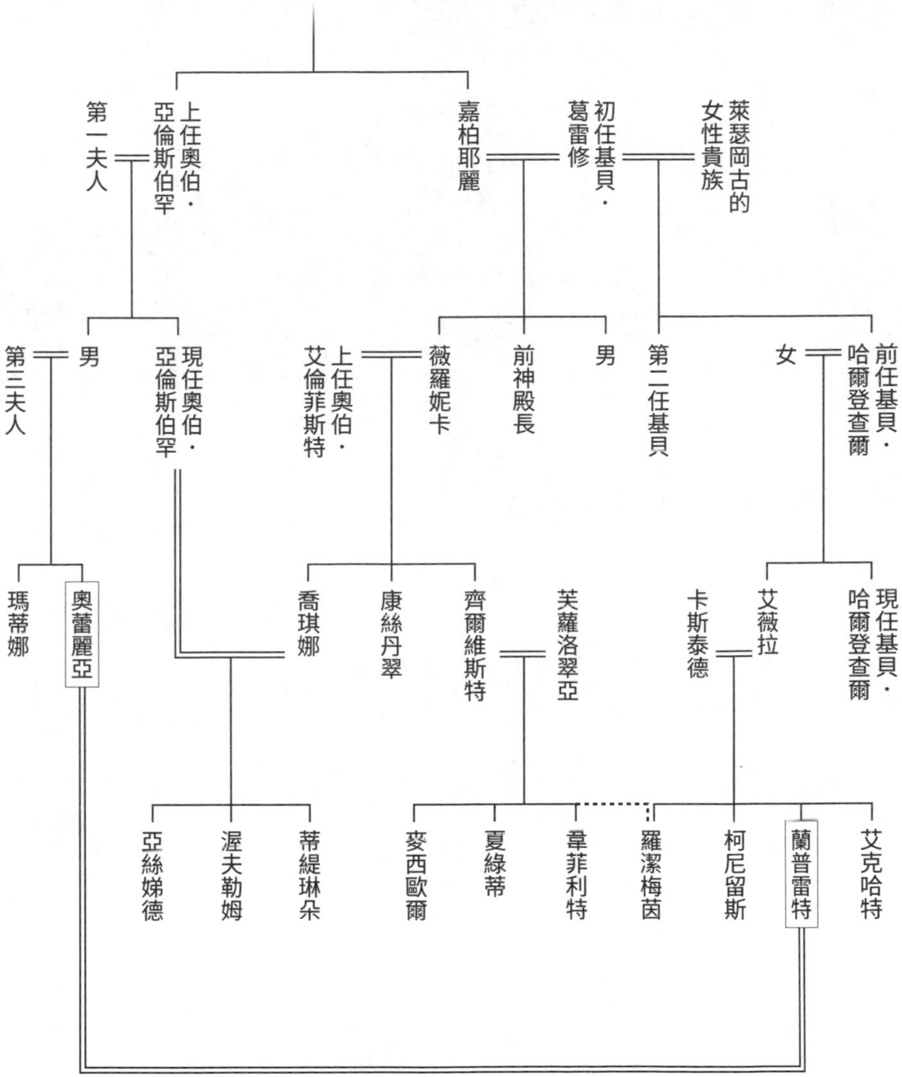

※此家系圖僅說明奧蕾麗亞與嘉柏耶麗的關係，故省略短篇中未登場人物。

領主一族的護衛騎士每天回家的時間都不一樣，有時會早早地在第六鐘響後便回來，需要值夜時則得等到翌日早晨。不過多數時候，我的丈夫蘭普雷特大人，都是在第七鐘快要響起前回來。而這時的我早已用過晚餐，也已經梳洗完畢。

「奧蕾麗亞大人，蘭普雷特大人回來了。」

出嫁時陪著我從老家一起過來的侍從莉亞狄娜說著，為我拿來面紗。沐浴完後，在侍從只有莉亞狄娜在的房裡休息時，我也會摘下面紗，但只要有一丁點他人會進房的可能性在，我就一定會重新戴上。

「您那一頭金髮筆直滑順，深綠色的眼眸雖說因為眼尾上揚，顯得比較銳利，但我還是覺得就這麼藏起來很可惜呢。」

「如果不是嫁給萊瑟岡古的貴族，我也不會這麼堅持要戴面紗吧。可是艾薇拉大人都還沒見過我的長相，感覺就不太歡迎我了，這種情況下我怎麼敢摘下面紗呢。」

……在這裡見過我長相的人，大概只有蘭普雷特大人與莉亞狄娜吧？

我與蘭普雷特大人因為相差了幾個年級，在貴族院交流的機會不多，所以幾乎沒有艾倫菲斯特的貴族見過我的長相吧。但唯一可以肯定的是，讓人看見自己的長相並不是明智之舉。

……因為聽說我的容貌，與從亞倫斯伯罕嫁往艾倫菲斯特的嘉柏耶麗大人一模一樣，尤其像極了她在謀劃事情時的表情。

儘管我只看過留在亞倫斯伯罕裡的肖像畫，自己也不覺得像，但喬琪娜大人曾對我說：「母親大人有一幅外祖母大人的肖像畫，妳與畫上的外祖母大人真是像極了呢。」

自小時候起，別人便常說我的長相給人滿肚子壞水的感覺，還說我眼神兇惡，心腸一定也很壞。只是我怎麼也沒想到，自己居然還與夫家一族最厭惡、最憎恨的一名女性長得非常相似，而我甚至是直到舉行結婚儀式前的茶會上才曉得這項事實。那個當下，我只覺得諸神對自己真是太殘忍了。

……到時一定會招來比以往更嚴重的誤解，所以我絕對不能摘下面紗。

由於面紗上繡有魔法陣，戴上後我一樣能清楚視物。莉亞狄娜為我戴上面紗並調整好後，便請蘭普雷特大人與他的侍從入內。蘭普雷特大人進來後，在我身旁坐下，同時遞來一張邀請函與防止竊聽用的魔導具。

「奧蕾麗亞，這是母親大人給妳的邀請函。羅潔梅茵與芙蘿洛翠亞大人將在初秋舉辦新布料的展示會，她希望妳能參加。但對妳抱歉的是，莉亞狄娜必須留下來，而到時陪在妳身邊的侍從將由母親大人指定。妳覺得呢？」

確認我握好了防止竊聽用的魔導具後，蘭普雷特大人再度開口。

「這場展示會，母親大人也以羅潔梅茵的母親之身分多有參與。如果妳拒絕出席，往後勢必很難加入母親大人她們的派系。」

目前為止，我一直是遵照婆婆艾薇拉大人的指示，與和喬琪娜大人淵源甚深的舊薇羅妮卡派貴族斷絕往來，待在別館足不出戶。但是與此同時，我也未曾參加過任何有助於加入艾薇拉大人與羅潔梅茵大人派系的社交活動。

「母親大人似乎是希望妳在稍微適應艾倫菲斯特的生活後，如果願意摘下面紗，便邀請妳參加茶會……」

「我絕不會摘下面紗。」

我心頭一驚，立刻抓住面紗，蘭普雷特大人露出苦笑。

「我也沒打算逼妳摘下來。再者，雖然我拜託過母親大人，希望她能幫助妳加入她們的派系，但如果妳真的覺得沒有辦法，不參加這場展示會也沒關係。」

「可是這樣一來，與艾薇拉大人的關係會……」

不僅是婆媳關係，蘭普雷特大人的提議也可能導致母子關係破裂。

「當然啦，我也做好了要離開這個家的覺悟。假使奧蕾麗亞覺得自己無法加入母親大人的派系，妳也不必勉強。只是如果要找新家，我希望妳能盡早做出決定。」

蘭普雷特大人聳一聳肩，用開玩笑的語氣笑著說道，但那雙亮褐色的眼眸卻非常認真。他似乎真的做好了要離開這個家的覺悟。

「蘭普雷特大人……」

「妳別擔心。現在韋菲利特大人因為訂下婚約，已經被內定為下任領主。再加上奧蕾麗亞妳們嫁過來以後，舊薇羅妮卡派的貴族也開始變得活躍，這點從妳收到了大量邀請函就能知道吧？所以即便我們離開這個家，相信舊薇羅妮卡派也會歡迎我們……我不想強迫妳一直過著這樣的生活。不僅要把臉藏起來，還只能成天關在屋子裡。」

「可是，艾薇拉大人會對舊薇羅妮卡派這麼警戒，不就是因為襲擊羅潔梅茵大人與領主候補生們的貴族都來自這個派系，還有很多危險人物嗎？」

嫁來這裡之前，根據父親大人與喬琪娜大人對我說過的話，我一直以為艾倫菲斯特只是因為好幾世代前的仇恨，便與亞倫斯伯罕不相往來。但是經過艾薇拉大人的說明，我才明白事情並非這麼簡單，所以對於要接近舊薇羅妮卡派，我現在總有些猶豫。

「如今韋菲利特大人已是內定的下任領主，想必領主一族會再次試著籠絡舊薇羅妮卡派吧。大家都猜想，往後會由韋菲利特大人帶領舊薇羅妮卡派，而羅潔梅茵帶領萊瑟岡古的貴族，在兩人結婚以後，將來可以讓兩個派系慢慢融合。」

蘭普雷特大人的亮褐色雙眸閃爍生輝，描繪著遙遠的未來。然而，我一點真實感也沒有。可能因為我生性悲觀，也可能因為情勢自我結婚後就不停變換，所以我實在不覺得未來能夠如同自己的想像。

「所以，如果妳覺得現在的生活很痛苦，或是比起母親大人與羅潔梅茵的派系，更想和舊薇羅妮卡派的貴族往來親近，千萬不要有所顧慮，一定要告訴我。現在我們還能自己選擇要去哪個派系……我不想像父親大人那樣，冷落自己的第一夫人。」

蘭普雷特大人定睛凝視著我說。他的這番真心毫無虛假吧。打從認識蘭普雷特大人至今，他儘管有些笨拙，卻從來也不曾說謊或搪塞敷衍。

「我連在亞倫斯伯罕的時候，只是走在外頭便能感受到無端的惡意，所以對於要一直待在屋子裡一點也不排斥喔。但是，既然蘭普雷特大人為我設想了這麼多，為何卻也贊同艾薇拉大人的做法呢？你既不介意新房設在別館，也不介意艾薇拉大人限制我與舊薇羅妮卡派往來吧？」

「因為現在的主流是母親大人所屬的派系。羅潔梅茵正接連創造出新流行，而且在貴族院也大受歡迎。我認為女性貴族還是加入母親大人的派系，會過得比較不那麼辛苦。

所以奧蕾麗亞若能融入，我覺得還是加入芙蘿洛翠亞派比較好。只不過，這種事若強求也持續不了太久。趁著現在還能選擇，最好還是由自己決定。」

從小到大，我都是毫無主見地依著父親大人與喬琪娜大人的命令行事，從來不曾自己做選擇。更別說這個選擇很明顯對自己的未來至關重要，我不由得感到膽怯。

「而且這次活動的主辦人是羅潔梅茵，我完全可以放心地建議妳參加。妳要不要先試著與芙蘿洛翠亞派的人交流看看，再做選擇？」

蘭普雷特大人建議我可以參加過一次後再做考慮。我內心非常感激，但是即便就只這麼一次，也有可能讓我留下痛苦不堪的回憶。

「……我聽說羅潔梅茵大人曾經遭到亞倫斯伯罕的貴族攻擊，你能肯定她到時候不會刻意羞辱我嗎？」

「嗯，對於無辜的人，羅潔梅茵絕不可能去欺負對方。因為她真的是個善良的好孩子，不僅對神殿的孤兒們大發慈悲，還在我的主人快被廢嫡前也對他伸出援手。」

儘管以前就誇讚過不少次，蘭普雷特大人這時再次開始稱讚起自己的妹妹。我腦海中浮現出了曾在境界門見過的小小神殿長。她當時不只制止了護衛騎士們針鋒相對，還在星結儀式上給予了我們美麗的祝福。

「……我會好好考慮，近日內再給你答覆。」

「嗯，這對妳來說會是很重要的決定吧。妳好好考慮，晚點見了。」

蘭普雷特大人收回防止竊聽用的魔導具，接著稍微揭起我的面紗，很靠近嘴唇地在頰上輕輕一吻，然後站起來。他總像這樣戲弄我，但又會留意著不讓自己的侍從看見我的長相，像是稍微舉起自己的披風，或是計算好角度。

……就因為他總是這麼做，大家才對我的長相更加好奇呀！

我每次都想這樣生氣抗議，但他也會確實做到我的要求，不讓人看見我的長相，因此油然而生的喜悅與安心又蓋過了惱怒。結果，我今天還是沒能向他抗議。目送蘭普雷特大人與侍從一同離開後，我慢慢吐了口氣。

「……莉亞狄娜，妳說我該怎麼辦才好呢？雖然蘭普雷特大人說我可以自己選擇派系，但我至今從來沒能自己做過選擇吧？」

坐著的我仰頭看向莉亞狄娜。聽說莉亞狄娜的丈夫在政變中逝世，而她因為是第二夫人，既無法繼續待在夫家，也沒辦法回娘家，正走投無路之際，是母親大人將她納為侍從保護了她。母親大人過世後，她便跟在我身邊，因此知道從小到大發生在我身上的所有事情。

「好比當年在貴族院要挑選專業課程的時候，您原來想選文官或侍從，卻因為亞絲娣德大人的見習護衛騎士人手不足，不得不奉命選擇騎士課程呢。」

「是啊。可是，如果當初沒有選擇騎士課程，我也不會遇見蘭普雷特大人，與人的緣分還真是奇妙呢。」

我認識蘭普雷特大人那時候，薇羅妮卡大人在艾倫菲斯特仍握有極大的權勢。聽說蘭普雷特大人因為是下任領主的護衛騎士，被要求必須迎娶亞倫斯伯罕的女性貴族。領主一族的近侍，尤其是護衛騎士得長時間跟在主人身邊，所以會經常不在家。蘭普雷特大人心想著若不是了解自己工作性質的人，恐怕不會願意從他領嫁來艾倫菲斯特，所以到了貴族院後，便積極地與亞倫斯伯罕的見習騎士交流。

而當時的我，因為父親大人命令我修習騎士課程，才能去服侍喬琪娜大人的女兒亞絲娣德大人，在貴族院每天都過得鬱鬱寡歡。

「但是，亞絲娣德大人早就確定畢業後會與上級貴族成婚吧？即便去服侍她，有幸成為領主一族的近侍，也只有那兩年的時間而已。只為了亞絲娣德大人最後還在貴族院的那幾年，便被父母決定自己的出路，那時候我真的過得很不快樂呢。」

「因為當時領主第一夫人的病情越來越嚴重，已經預計不久後將由喬琪娜大人遞補為第一夫人，令尊才想要先建立點交情吧。」

成功賣了人情給喬琪娜大人，父親大人顯得心滿意足，但被任命為見習護衛騎士的我，卻無法與彼此早已熟識的同僚們打成一片，時常以要訓練為藉口逃去騎士樓。

便是因為這樣，我才有機會在騎士樓與蘭普雷特大人說上話。起初，蘭普雷特大人是希望我能幫他介紹對象。由於我們差了幾個年級，那時的我也還感知不到魔力，所以蘭普雷特大人並未把我列為考慮對象。但是，蘭普雷特大人在當時已是最終學年，不僅太晚才開始尋找對象，那時的艾倫菲斯特也不如現在這樣，可以說是一塊毫無魅力的土地。沒有人會想從大領地亞倫斯伯罕嫁往下位領地艾倫菲斯特。

「我覺得除非是有人想離開亞倫斯伯罕，而且不管哪裡都好，否則恐怕很困難呢。像我就想離開……」

「那麼如果奧蕾麗亞大人想離開，您願意來艾倫菲斯特嗎？相信薇羅妮卡大人一定會很高興，也能讓我們家稍微往薇羅妮卡派靠攏。」

當時我一心只想著要遠離父親大人，於是笑著答應了他，卻沒想到父親大人大力反對：「艾倫菲斯特不過是下位領地，就連上級貴族也沒多少魔力，我絕不允許妳嫁過去。」我試著和父親大人談了好幾次，最終以蘭普雷特大人護送我出席畢業儀式後就要分手為條件，父親大人勉強同意了由他來護送，讓我能留下回憶。

「明明我都下定決心要與蘭普雷特大人分手了，結果還是結婚了呢。」

「雖然這次也一樣是命令呢……那您對現在的生活有何感想呢？想必是看到您得一直警戒四周，連在自己的房裡也不敢摘下面紗，覺得您過得並不幸福，蘭普雷特大人才把選擇權交到您手中吧。」

聽莉亞狄娜這麼說，我回顧目前的生活。從前我總是在想，與其在外承受他人的惡意，還不如待在屋子裡別出門。現在可以不必外出，其實我並沒有任何不滿。只不過，因為是住在夫家宅邸的別館，艾薇拉大人派來的傭人們一直在監視我，提防著我會不會與舊薇羅妮卡派的貴族聯絡，這點倒是讓我身心俱疲。感覺身邊所有的人都對我懷有敵意。

「……我不滿的只有一件事情，就是我希望艾薇拉大人能接受我戴著面紗生活。只有這一點而已……這裡似乎還留有嘉柏耶麗大人的肖像畫，再者別人都說，一族的長老一定會非常厭惡我這張臉。要是被夫家的長老們討厭，往後的生活絕不可能有安寧之日，所以我想繼續戴著面紗。」

我深深地長嘆口氣。我也知道最好加入羅潔梅茵大人與艾薇拉大人的所屬派系，但是，我不覺得在嘉柏耶麗大人嫁過來後，因此留下種種不快回憶、還曾受到薇羅妮卡大人欺凌的人們會歡迎我。

「新布料的展示會也是。雖然沒有莉亞狄娜陪著我，我會很不安，但如果可以不必摘下面紗，其實我也想試著參加，再來決定該怎麼選擇會對自己比較好。」

「那麼您就這樣告訴蘭普雷特大人吧。只要坦白說出自己的想法，相信他會幫您協調安排的。」

於是我依著莉亞狄娜的建言，告訴蘭普雷特大人，希望參加時能允許我戴著面紗。

◆

「奧蕾麗亞，今天的展示會怎麼樣？」

新布料的展示會結束後回到家，蘭普雷特大人與莉亞狄娜都一臉擔心地走來迎接。聽說蘭普雷特大人為了親眼確認我的情況，今天下午便請了假。想起展示會上的情景，我咯咯笑著走進房間。

「羅潔梅茵大人真是不斷令我感到驚訝呢。」

聽我發出笑聲，莉亞狄娜瞪圓了雙眼，想必非常意外吧。

「起先寒暄的時候，她也建議我應該要摘下面紗……那個當下我真的好想跑回來，但我聲明自己不想摘下面紗後，羅潔梅茵大人便向我提議，要不要使用艾倫菲斯特的新布料製作面紗。她說這樣一來，別人也能看出我正試圖融入艾倫菲斯特……艾薇拉大人也說如果能夠改用新布料，她不介意我往後繼續戴面紗。」

雖然重新刺繡費時費力，但正好我現在多的是時間，這點完全不用擔心。更何況若只是換塊面紗就能讓大家接受我的存在，不管要重繡多少面紗我都願意。

「而且新布料的圖案非常可愛，羅潔梅茵大人還說她要送給我呢。」

「您選了可愛的圖案嗎？」

「是的。圖案非常可愛，我自己也很喜歡，但因為和我看來很兇的五官並不相稱，我以前從沒選用過那種圖案呢。然而羅潔梅茵大人卻說，既然我戴著面紗，又看不見我的長相，其實大可不用擔心適不適合。對於在意自己外貌的女性，一般沒有人會這樣說吧？但是，羅潔梅茵大人這番發言確實是為了我著想。她身邊的近侍們也因為阻止不了她，都慌得不知如何是好，對比之下羅潔梅茵大人卻一臉十分得意的樣子。那幅畫面實在太過有趣，我可是用盡了全力才能忍住不笑呢。」

「哎呀呀，這還真是……」

莉亞狄娜也忍俊不禁地笑了出來。接著，我轉頭看向聽得興味盎然的蘭普雷特大人。

「我想大概是接到了指令，要她蒐集有關亞倫斯伯罕的情報，羅潔梅茵大人向我問了不少問題呢。」

「……她問了什麼問題？」蘭普雷特大人的表情瞬間變得冷峻，整個人充滿警戒。

我忍著笑向他報告。

「她問我亞倫斯伯罕的城堡圖書室裡有多少藏書，還問我亞倫斯伯罕有哪些知名的騎士故事。」

「啊？……有多少藏書嗎？」

「是的，對話內容全與書有關唷。芙蘿洛翠亞大人與艾薇拉大人一直試圖插話，想把對話拉回到平常的話題上，卻還是阻止不了羅潔梅茵大人呢。我也被她影響，就說了騎士消滅海上魔獸的故事。這在艾倫菲斯特似乎沒有人聽過，不只羅潔梅茵大人，茶會上的大家也都聽得津津有味。」

這是奶娘對我說過的常見故事，然而羅潔梅茵大人卻聽得非常開心，雙眼閃閃發亮。不知不覺間，周遭的氣氛也變得非常柔和。氣氛這般溫馨融洽的茶會，我連在亞倫斯伯罕也未曾經歷過。

「對了對了，莉亞狄娜，羅潔梅茵大人想要我們帶來的那些魚喔。她說想用來開發新菜色。」

「不是已經做好的料理，直接給材料就好了嗎？」

莉亞狄娜一臉困惑地反問，我點點頭。

「對。羅潔梅茵大人還說，我會想念亞倫斯伯罕的飯菜也是理所當然。她想利用艾倫菲斯特的調味料，搭配亞倫斯伯罕的食材做出新料理；還說就是因為我嫁過來，才有機會發展這個可能性。我本來還不想浪費魔力，打算把這些魚丟掉，想不到這些魚在艾倫菲斯特具有超乎我想像的價值呢。」

聽見我帶來了亞倫斯伯罕特有的食材，羅潔梅茵大人的雙眼燦然發亮，並且燃起熊熊鬥志，說她要藉此做出新料理並創造新流行。她的這副模樣令我瞠目結舌，但同時也為我帶來了莫大的安慰。因為其實是有人惡意將我準備好的料理換成食材，我本來還為此十分消沉。

「明明在我看來都是不好的事情，羅潔梅茵大人卻能找出美好的一面，並且笑著接受。多虧了她，我才發現自己一直以為艾薇拉大人並不歡迎我，其實是我誤會了。」

新布料的展示會結束後，回程的半路上，艾薇拉大人坐在馬車內平靜開口：「原來妳並不是完全無意融入我們呢。」明明她的語氣和往常沒什麼不同，我卻沒來由地覺得她這天的嗓音特別溫柔，在面紗底下不住眨眼。

「妳似乎與嘉柏耶麗大人不同，並未看不起艾倫菲斯特，也並非絲毫不想融入這裡的生活。能透過今日的茶會明白到這一點，我也稍微放心了。」

聽完這番話，我總算意識到了自己堅持要戴著亞倫斯伯罕的面紗這項行為，看在他人眼裡是什麼感覺。堅決不願摘下面紗的我在艾薇拉大人眼中，大概就和當年完全不肯融入艾倫菲斯特的嘉柏耶麗大人一樣吧。這樣豈不是適得其反嗎？我連忙否認，說明是因為自己的長相像極了嘉柏耶麗大人，而且一族的長老們肯定不會歡迎自己，所以希望在外的時候能戴著面紗。

「前陣子蘭普雷特也告訴過我這件事，但我實在很難相信，妳與嘉柏耶麗大人的長相會相像到妳不敢摘下面紗。妳願意稍微讓我看看妳的容貌嗎？我曾見過嘉柏耶麗大人的肖像畫，所以大概能猜想到一族長老若見了妳會有什麼感受。」

觀察過了艾薇拉大人在展示會上的舉動，我判定她對自己沒有惡意也沒有任何加害之心，再加上她語氣堅定地保證，無論我的長相如何她都不會改變態度，於是我稍微掀起了自己的面紗。

「那母親大人怎麼說？」

「她說等新面紗繡好了圖案，便讓我加入她們的派系。之後到了冬季的社交界，我也只要待在服裝皆以新布料製成的團體裡頭，大家自然會曉得我選擇了哪個派系。她還說會請人牢牢守在我四周，讓舊薇羅妮卡派的貴族無法隨意接近我，往後若需要與萊瑟岡古的長老們會面，也會幫我小心安排。」

親眼確認了我確實與嘉柏耶麗大人長得如出一轍後，艾薇拉大人這麼向我保證。我內心有說不出的感激與安心。

「奧蕾麗亞，所以妳的意思是……」

「是的。我選擇加入羅潔梅茵大人與艾薇拉大人的派系，而不是向亞倫斯伯罕靠攏的舊薇羅妮卡派，今後將成為艾倫菲斯特的一份子開始新生活。蘭普雷特大人，往後還請你多多關照了。」

於是我比起故鄉，更優先選擇了自己未來的生活，也因此過得更是與世隔絕。收到羅潔梅茵大人贈送的布料後，我心無旁騖地認真刺繡。而自從與艾薇拉大人的關係有了改變，她也開始會邀請我前往本館喝茶與用餐，傳喚商人過來時也會讓我陪在身邊。漸漸地，周遭傭人們的態度也不再那麼冷若冰霜。從前我夢寐以求的愉快隱居生活，就這麼開始了。

通往專屬的路

接到那個令大家吃驚不已的消息，是在夏天剛開始的時候。染色工坊一向是屋內還比屋外悶熱。因為屋內充滿了植物發酵後散不出去的臭味，和潮濕蒸騰的熱氣。紡織工坊剛送來一批白布，大家從木箱裡把白布拿出來，然後依品質排放。旁邊有桶不時冒出氣泡的染液，某個人正負責緩慢攪拌。

「我有重要通知！你們所有人都過來！」

師傅忽然慌慌張張地衝進工坊來。正從木箱裡拿出白布的迪菈皺起了臉，把布料往木箱上一丟。

「什麼啊？伊娃，妳知道是怎麼回事嗎？」

「我記得師傅早上被叫去了染織協會。是發生了什麼事情嗎？」

我把布料放到架上，中斷手上的工作，和迪菈一起上前集合。師傅看起來很興奮，所有人還沒全到，他就往前傾著身子開始宣布。

「聽說領主的養女羅潔梅茵大人想要重現以前的技術，同時還提供了新的染色技法，因此將會舉辦比賽，挑選染色工匠成為自己的專屬。她要求所有染色工坊都提交用新染法做成的布料，然後她會從中挑選自己喜歡的，還會賜予專屬新的稱號！」

「真的假的？要是可以得到賜給專屬的稱號，根本不用費力就能取得培里孚的資格，而且還是成為領主一族的專屬，那也能自立門戶了吧？」

聽完染布比賽的說明，工坊裡頭有好幾個人立刻充滿期待地叫嚷起來。相較之下，迪菈卻是嫌麻煩地搖搖頭。

「那些想當師傅的傢伙們大概會很高興吧，但跟我們又沒什麼關係。居然因為貴族大人一時興起就要改用新的染法，真會給人添麻煩。今天的工作該怎麼辦啊？妳說對不對，伊娃？」

儘管聽見了迪菈在尋求我的附和，但她的聲音卻直接穿過了我。因為我雖然對培里孚的資格沒興趣，但「羅潔梅茵大人的專屬……？」這句低語卻在腦海中不停盤旋。

……要是能成為專屬，我是不是也能靠自己的力量見到梅茵了呢？

如今，我只能透過路茲、多莉與昆特聽到梅茵的消息。對於三人能在工作的時候與梅茵說到話，說我不羨慕是騙人的。有機會我也想在近距離下看看梅茵、聽聽她的聲音。

況且在平民區，為家人準備衣服本來就是母親的工作。如果能讓梅茵用我染好的布製作服裝，多少也算是盡到了母親該為家人準備衣服的責任吧。

……好想要賜給專屬的稱號。

我能夠運用不同以往的新染法，做出最適合梅茵的布料嗎？我正開始思考，師傅又扯開嗓門說了：

「但是，我們不可能提交所有工匠染的布。各工坊要先選出成品出色的布料，然後才會送到領主一族面前去。這可是讓霍伊斯工坊打響名號的好機會，大家加油啊！」

必須先在工坊內部脫穎而出，才能把自己做的布料送進城堡。我立即轉頭環顧工坊裡的人。工坊內有幾個男人都想取得培里孚的資格，再找機會自立門戶。尤其是其中的約克，他這時甚至直接開口要大家讓他勝出。原本他就不甘於只做工坊的都帕里，目標是獨當一面，所以染布技巧精湛又出眾。這我當然明白，但我還是不能輸。

……既然是靠新的染法一較高下，那我也不是完全沒有勝算吧。

我這麼鼓勵自己，隨即轉過身，拋下喧譁吵鬧的眾人。「你打算怎麼染？」「新的染法到底是什麼啊？」也聽見師傅在背後說：「新染法的資料放在染織協會那裡。」我逕自快步走向剛才工作到一半的地方，看著那堆還沒染色、被大家暫時丟著的白布，然後開始尋找品質符合領主養女這個身分的上等布料。

「撇下那些吵鬧不休的男人，妳要接著繼續工作嗎？真了不起。」

迪莛跟在我後頭走來，我選好了布抱在懷裡，回答她說：

「不是。我只是在想，如果所有染色工坊都要挑戰新的染法，最好先搶到品質上等的白布。因為專為領主一族製作的高級布料並不多，要是現在才向紡織工坊下單也不一定來得及吧。」

「伊娃，妳……該不會也想挑戰吧？」

「嗯，我想得到稱號……師傅，我要拿這塊布參加比賽。還有，我突然想起自己有急事，今天就先回去了。」

我燦爛一笑，向師傅表明自己的參賽意願，順便請了下午的假。想請假的時候，通常是先講先贏。男人們也反應過來，立刻衝向放有白布的櫃子開始搶奪，我則抱著自己挑到的上好布料，急急忙忙衝出工坊。

雖然成功搶到了參加比賽用的布，但總不可能馬上就拿高級布料來染色。為了學會新染法，需要先練習一番。我先跑回家，小心收好最高級的布料，接著衝到布料行搜購練習用的便宜白布。

……便宜的白布也是只要慢半拍就買不到了。

我隨後再前往了染織協會，但他們尚未收到新染法的資料。那麼在曉得染法之前，先選好染料吧。我這麼下定決心後，離開紡織協會。

「喂，伊娃，把妳昨天那塊布讓給我吧。」

隔天一到工坊上工，約克就對我這麼說。約克是三十幾歲，有意自立門戶的工匠。在得到了古騰堡稱號的那群年輕工匠中，他特別羨慕年紀輕輕就自己開了木工工坊、還得到了稱號的木工師傅英格，甚至還曾說：「要是染色工匠也有稱號，我一定能得到。」

「妳也知道我想取得培里孚的資格吧？所以我這次一定要得到賜給專屬的稱號。」

約克眼神非常認真地說，而且有很多人都站在他那一邊。迪菈也不安地看了眼約克，開口勸我：

「伊娃，反正妳好像也對培里孚的資格沒興趣嘛。跟約克不一樣，妳又不是非得拿到稱號不可，不然這次就讓給約克吧。」

對於我也要參加比賽，大家多半都感到意外又難以置信吧。但是，我一點也不想把機會讓出去。講白一點，我還希望他把機會讓給我呢。

「……抱歉，但我想要的不是培里孚的資格，而是賜給專屬的稱號。培里孚的資格只要業績夠好，隨時想要取得都沒問題吧？但能成為專屬的機會只有這一次而已，這次就讓給我吧。」

迪菈的表情一怔，一臉就是完全沒想到我會反駁。而約克也一樣，像是無法理解地把臉皺成一團。

「啊？女人得到稱號後能幹嘛？妳明明有丈夫，也不用養家吧？」

「別拿這種理由要我讓給你。我和迪菈都一樣，也是為了家人和生活在工作啊。更何況我的丈夫是士兵，誰也不敢保證哪天會不會出事。想要得到資格可以養家餬口的，又不只約克你一個人。」

我現在根本沒機會能見到羅潔梅茵大人。我只想抓住這絕無僅有的機會，也不覺得自己不該有這種想法。因為我也會竭盡自己的全力。

「……妳以為妳贏得了我嗎？」

「我不想要還沒挑戰就放棄，而且我比約克更清楚哪樣的布料適合羅潔梅茵大人。雖然現在資料還沒送到，沒辦法進行調查，但既然這次要比的是新染法，我不覺得自己完全沒有勝算。」

「妳說什麼……」

約克正要發火，迪菈趕忙插進來打圓場。

「好了好了，到此為止。我不知道伊娃想參加比賽的決心這麼堅定，所以剛剛才幫你說話，但既然人家都明明白白說不要了，你也別再死纏爛打，自己去想其他辦法吧。再說布料本來就是先搶先贏嘛。」
迪菈揮了揮手驅趕約克，在旁圍觀的工匠們也笑了出聲。
「說得也是。約克，都怪你那時候還在自賣自誇，才慢了人家一步。」
「既然你以後想自立門戶，應該也在紡織工坊那邊有自己的人脈吧？」
「要是能用工坊的布，就不用再多花一筆錢了啊。」約克嘀嘀咕咕，一臉死了心地轉身走開。看著他顯然遊刃有餘的背影，我重新為自己打氣。要和至今不斷累積實力，總有天要自己開工坊的約克一較高下並不容易。
……畢竟目前我能贏過他的，也就只有我對梅茵的了解和母愛了。
由於現在還不曉得新的染法是什麼，我決定先挑選適合梅茵的紅色染料。我一邊在腦海中回想梅茵的頭髮、膚色、那雙金色眼睛，一邊思索哪種紅色最適合她。這時，約克拿來老舊的木板與絲線，「咚」地放在我附近的工作檯上，再鋪上練習用的便宜白布。他的準備工作明顯和以前不一樣，我馬上意識到他是要使用新染法。
「……約克，你怎麼知道新的染色技法？染織協會也還沒收到資料吧。」
「不，我這不是新染法，而是以前的技術。我老爸已經超過六十歲了，走起路來站都站不穩，什麼時候斷氣都不奇怪。但一聽到貴族大人要求重現以往的技術，他突然激動地開始滔滔不絕，還把以前的工具搬出來。只是這些道具還能不能用我也不曉得。」
聽說約克的父親本來也很努力要取得培里孚的資格，卻在他領的女性貴族嫁來艾倫菲斯特後，原先的技術忽然不再受到重視，他只好重新開始學習怎麼把布料染成非常均勻的單色。然而，比他晚進工坊的學徒因為正好在吸收力快的時期學會新染法，過不了多久便一個個出人頭地。而約克的父親別說取得培里孚的資格了，甚至只能一直反覆續簽都盧亞契約，這輩子在悔恨中度過。

「喂、喂，你居然拿老爸的技術來用，太奸詐了吧。」

同樣想在染布比賽上獲得專屬稱號的巴諾皺起臉龐抱怨。

「物盡其用有哪裡不對了？我要使用我老爸傳授的技術，取得培里孚的資格，絕對要自己開工坊。」

約克回答得氣勢洶洶，看得出來巴諾有些被他嚇到了。我看著兩人，自己也拿起染料。每個人各自都有為之奮鬥的理由，所以我也不能輸。

……明天就是土之日了，多莉一定會在今晚就回來。

「媽媽，我回來了。我有重要的事情跟妳說！」

不出所料，第六鐘響後不久，多莉就氣喘吁吁地跑回家來，藍綠色的麻花辮跟著她跳上跳下。「哇啊！多莉，妳回來啦！」加米爾高興得上前迎接，為多莉倒了杯水。

「師傅已經告訴我們比賽的事情了，工坊裡頭可是亂成一團呢。但奇爾博塔商會應該更清楚詳細情況吧？」

「應該吧，所以我才急急忙忙跑回來。這週真的感覺等了好久才到休假日。」

多莉把杯子還給加米爾，說了聲謝謝後，來到廚房一邊幫忙煮飯，一邊向我說明。

「就是我去神殿提交髮飾的時候……」

「咦咦～？又是跟羅潔梅茵大人有關的事情了嗎？」

加米爾不滿地鼓起臉頰，多莉睨了他一眼。

「我的工作就是為羅潔梅茵大人製作髮飾嘛。加米爾，你再老是抱怨，我就不把工坊印好的書拿給你了。」

「哇──我要、我要！謝謝羅潔梅茵大人！」

多莉拿出神殿工坊印製的書遞給加米爾，讓他安靜下來。換作平常，加米爾若不來幫忙煮飯我都會斥責他，但今天即便他開心地看起了書，我也沒去制止他，向多莉催促道：「然後呢？」

「其實這次的新染法是賜給奇爾博塔商會的獎勵喔。羅潔梅茵大人還在神殿的工坊請人示範給我們看，所以我知道要怎麼做。我們一起思考，讓媽媽可以成為專屬吧。」

隔天的土之日，我與多莉攤開練習用的白布，一起思考要染什麼花色。我的武器，就是我知道領主的養女其實是梅茵。我知道她的髮色和膚色，因此十分了解怎樣的顏色適合她，也能透過多莉知道她平常穿什麼款式的服裝。我必須善用自己的優勢。

「我雖然知道什麼顏色最適合羅潔梅茵大人，可是花色嘛……我以前從來不曾先畫圖再染色，況且我完全不會畫畫。」

我雖然懂得怎麼把布染成均勻的單色，但是說到新技術，我卻完全沒有相關知識，也不知道該怎麼做，更從來沒練習畫過能給貴族大人看的圖。

「那我來畫範本吧。為了研究刺繡與髮飾，我現在也在練習畫圖喔。」

多莉不以為意地說，我卻為她的成長感到驚訝。她究竟是什麼時候學會了這麼多事情呢？多莉從小我就覺得她是個認真上進的孩子，但是自從她成為都帕里學徒，搬出去住以後，我就不太有機會能親眼目睹她的成長。看著成長速度超出自己想像的女兒，我感到非常耀眼。

「是嘛，妳現在還會畫畫了啊……那就交給多莉了。」

「我想羅潔梅茵大人冬季的服裝，多半也會設計成和現在差不多的款式。」

多莉向我說明梅茵現在的服裝款式。聽說多莉根據當初洗禮儀式時的服裝，設計出了一套新衣，還有部分獲得採用。

「要為貴族大人設計衣服果然很難呢。我明明已經看了很多資料，努力設計成貴族大人會穿的款式，結果卻只有一小部分獲得採用。服裝也被修改到了幾乎看不出原本的設計，感覺就像在說我還有很多地方需要改進。」

當初我們修改了正裝後，還覺得很像是有錢人家大小姐在穿的衣服，然而多莉說對真正的貴族大人來說，那樣根本不夠豪華。

「至少有一小部分獲得採用，那也不錯啊。以後再努力設計，能有更多部分被採用就好了嘛。她們應該也提示過妳該怎麼修改吧？」

「是啊。可是，就覺得自己好差勁，心情變得好悶喔。」

多莉一臉不甘心地發著牢騷，我輕輕摸了摸她的頭。從母親的角度來看，我倒覺得多莉已經很努力了，簡直是努力過了頭。

「多虧多莉這麼努力，我才能知道羅潔梅茵大人會穿什麼款式的服裝，幫了我大忙呢。那麼，妳覺得怎樣的花色會適合做成那款服裝？冬季髮飾的款式也確定了嗎？多莉現在會畫畫了吧？來，快點告訴我吧。」

我遞出筆和白紙，多莉便得意笑說：「包在我身上。」緊接著拿起筆，喀哩喀哩地畫起榴芹花。

「接下來的髮飾我想編榴芹花，這種花也很適合參加這次的比賽吧？而且因為羅潔梅茵大人還很嬌小，比起大朵的花，我覺得在布料上染出很多小花會比較可愛。」

「是啊。我也覺得很可愛，但如果不想想配色，只有形狀可能會看不出來是榴芹花吧？但比起榴芹花原本的紅色，我覺得深一點的紅色更適合羅潔梅茵大人呢。」

我一邊說一邊在腦中回想榴芹花的顏色，多莉笑著表示：「顏色就交給媽媽決定吧。」如果能從榴芹花原本的紅色，慢慢加深變成適合梅茵的紅色，說不定會很有意思。

「多莉、媽媽，妳們一直在講這些無聊的事情……別再工作了啦。」

「加米爾，對不起喔。可是媽媽只能趁多莉在的時候和她仔細討論，你再等一下……」

「妳從剛才開始就一直這麼說。」

回想了一下後，我才發現加米爾說得沒錯，打從多莉昨天傍晚回來，我們就一直在討論工作。雖然可以理解加米爾的不滿，但下次要再等到多莉回來，最快也是下個土之日的事了，我想盡可能和她討論得詳細一點。

我正傷透腦筋，昆特用手指輕彈向加米爾的額頭。

「加米爾，媽媽正努力要成為羅潔梅茵大人的專屬，你不可以妨礙她。家人在努力的時候，就應該好好為她們加油，這樣才是好男人。」

昆特說完咧嘴一笑，轉過頭來看我。

「伊娃，加油啊。我帶加米爾出去買午飯。加米爾，你想吃什麼？我們去買攤販的小吃吧。」

「我要有好大一塊香腸的布夫雷餅！」

「那點東西怎麼夠爸爸吃。」

兩人一邊吵吵鬧鬧地討論午飯要吃什麼，一邊走出家門。大門啪噹一聲關上後，多莉露出嘻嘻賊笑朝我看來。

「媽媽，妳剛剛是不是覺得爸爸很帥呀？」

「……還好啦。多莉，等妳將來結婚，最好也挑選一個願意支持妳做任何事情的對象吧。」

約克似乎成功重現了以前的技術。雖說其實是與父親合作的成果，但看得出來他的染技一天比一天熟練出色。我也不能輸給他。我攤開練習用的布料，照著多莉幫忙畫的榴芹花描上蠟，思考各種染法。我還是想同時使用兩種紅色，一種是任誰看了都知道代表榴芹花的紅色，一種是適合梅茵的深紅色。

……我能成功地讓顏色慢慢加深嗎？

如果可以，我也想參考梅茵提供的建言，藉由反覆染色讓花朵的顏色有深有淺，但我只是聽過多莉的說明，並沒親眼看到示範，所以想要實現並不容易。

「哦……伊娃，妳曾說妳很清楚哪樣的布料適合羅潔梅茵大人，原來是這麼一回事啊。妳女兒就是羅潔梅茵大人的專屬工藝師嘛，這對妳來說太有利了吧。」

約克看著我練習用的布料說。

「是啊。可是，物盡其用有哪裡不對了？」

「如果妳女兒是專屬的髮飾工藝師，這比賽根本從一開始就對妳有利。」

「的確，妳這樣不公平。」巴諾也附和約克說的話，漸漸地表示贊同的人越來越多。

「到時候只要在布料旁邊標上伊娃的名字，那布料染得好不好根本不重要吧？感覺貴族大人會直接指定妳為專屬。」

我不否認以我的身分，確實能比其他染色工匠獲得更多的資訊，但聽到這句話我還是無法保持沉默。

「要是只看名字就會指定我，那我也不需要在這裡反覆練習了吧。」

「就是因為不能被人看出來妳會被內定，妳也需要做塊上得了檯面的布料吧。」

「巴諾、約克，夠了。要是真的會被內定，貴族大人大可以一開始就指名伊娃，讓她獨占新的染色技法，不必還要求所有工坊提交布料。」

儘管師傅出面調停，但大家還是認定屆時只要看到名字就會選我。這些話刺激到了我身為染色工匠的自尊心。的確，只要看到我的名字，梅茵大概二話不說就會選我吧。但是，我不想要她只因為這樣就做決定。

「那不如這樣吧。向貴族大人展示布料的時候，都別在布料旁邊標示工匠的名字，只標號碼就好。然後當天再請染織協會派人過去監督，奇爾博塔商會也就沒辦法擅作主張，偷偷把我的號碼告訴羅潔梅茵大人了。這樣你們還有意見嗎？」

我手扠著腰大聲宣告，就好像在教訓一群不懂事的孩子。約克他們都瑟縮起來向後退。

「妳提出對自己這麼不利的做法，真的以為贏得了我們嗎？等染織協會接受了妳的提議，妳再後悔也來不及了喔。」

「到時候後悔的說不定是你們才對。都要求公平到這種地步了，要是結果你們染的布沒有得到好評，別說專屬了，搞不好連培里孚的資格也拿不到。」

我用力哼了一聲，約克與巴諾尷尬地互相對看。

「唔……妳等著瞧吧。我還有老爸傳授給我的技術，才不可能輸。」

「什麼啊。約克，你不也一樣有家人幫你嗎？難道你這樣就公平嗎？」

聽了約克的回嘴，迪菈立刻橫眉豎目，巴諾也嚷聲大喊：「沒錯沒錯，約克，你這樣也不公平！」對此表示贊同的人也開始變多。

「這有什麼關係，反正羅潔梅茵大人也希望舊有的染法能復活吧？既然有人還記得以前的技術，又有辦法成功重現，我覺得這是好事。」

我揮了揮手說，迪菈與約克都不知所措地看著我。

「伊娃，妳……」

「迪菈，放心吧。因為我相信自己一定能做出最適合羅潔梅茵大人的布料。」

就這樣，我們透過師傅向染織協會提出了這個要求。由於這就等同只靠布料來一決勝負，公平的做法深得工匠們的支持，聽說奇爾博塔商會也接受了。

然後我全心投入染色作業，反覆練習新的染法，染出榴芹花的圖案。榴芹花的花語是「給家人的愛」。為了讓梅茵能感受到我的心意，我小心翼翼地反覆浸染，最後終於完成了。我所做的布料，從深紅慢慢轉為帶有溫度的朱紅色，同時散布著濃淡各有不同的小花。

有意參賽的工匠們都攤開自己染的布料，最終確定由我和約克兩個人代表霍伊斯工坊參加展示會。約克因為與父親一起重現了舊有的技術，染技也非常出色；而我因為採用了新的染法，再加上我堅稱「沒有人做的布料比我的更適合羅潔梅茵大人」，這樣的自信受到了讚賞。

結果，我染的布料通過了羅潔梅茵大人的最終篩選，她也決定購買我的布料做成冬季服裝。即便如此，我還是沒能得到專屬的稱號。聽說羅潔梅茵大人無法在通過最終篩選的三款布料中做出選擇，便宣布她「春天再決定」。

接到來自領主一族的訂單，師傅簡直歡天喜地，大力拍著我的肩膀說：「我就知道伊娃一定能成功！」有人對自己抱有期望固然值得高興，但沒能讓梅茵認出是我染的布料，還是讓我感到很不甘心。

「雖然接到了訂單，但我還是沒能成為專屬呢……」

「伊娃，別說這種喪氣話嘛。我可是沒想到在沒有標示名字的情況下，妳還能接到訂單哩。代表妳對自己的信心不是在說大話。妳這次的染法很有意思，染出的紅色也很漂亮，下次再加把勁就好了。」

約克眉開眼笑地拍拍我的肩膀，鼓勵我說。

「謝謝。約克，你也得到了一直想要的培里孚資格吧？恭喜你。」

說歸說，我還是忍不住露出了有些怨恨的眼神。約克低頭往我看來後，豪爽地哈哈大笑。

「什麼啊，妳的眼神根本不像在恭喜我！」

「因為我們明明一樣沒被選為領主一族的專屬，也沒能得到稱號，卻只有你還是實現了自己的心願，太不公平了。」

約克因為這次接到了上級貴族的訂單，再加上對於重現過往技術有所貢獻，所以順利取得了培里孚的資格。

「沒辦法，畢竟我們的目標不一樣嘛。幸好也沒有其他人被選為專屬，妳下次一定要成功啊。我們來比比看到底是妳先得到稱號，還是我先擁有自己的工坊。」

約克說得沒錯。一切並不是就此結束，我還有挑戰的機會。

「是啊，下次我一定要成功……」

……一定要讓梅茵選擇我為專屬。

下次的布料要染代表春天的綠色。接下來從製作染料開始，比賽就已經開跑了。這次該染什麼花色才好呢？我握起拳頭，鎖定下一個目標。

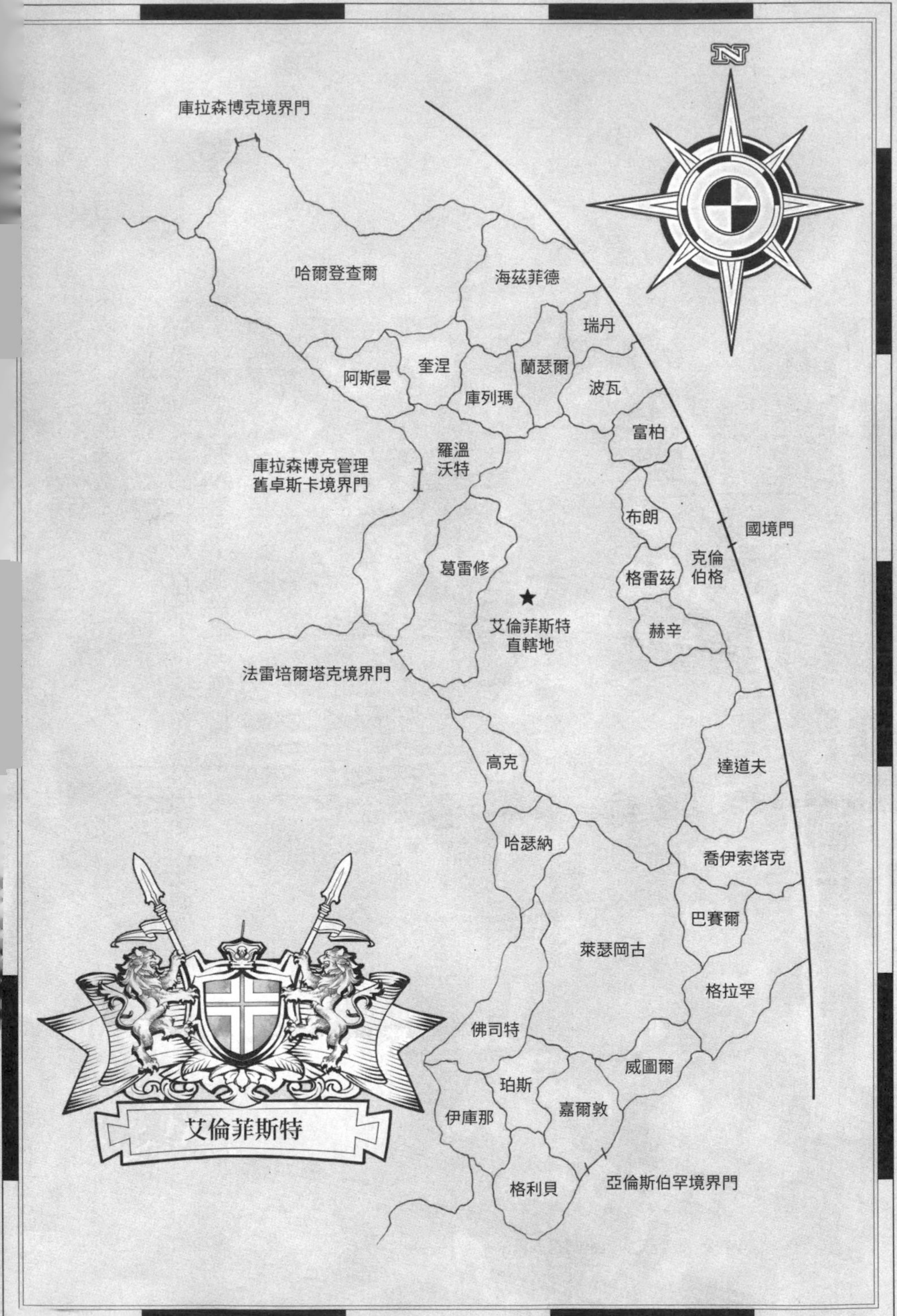
庫拉森博克境界門
哈爾登查爾
海茲菲德
瑞丹
阿斯曼
奎涅
蘭瑟爾
波瓦
庫列瑪
富柏
羅溫
沃特
庫拉森博克管理
舊卓斯卡境界門
布朗
國境門
克倫
伯格
葛雷修
格雷茲
艾倫菲斯特
直轄地
赫辛
法雷培爾塔克境界門
高克
達道夫
哈瑟納
喬伊索塔克
巴賽爾
萊瑟岡古
格拉罕
佛司特
威圖爾
珀斯
嘉爾敦
伊庫那
格利貝
亞倫斯伯罕境界門
艾倫菲斯特

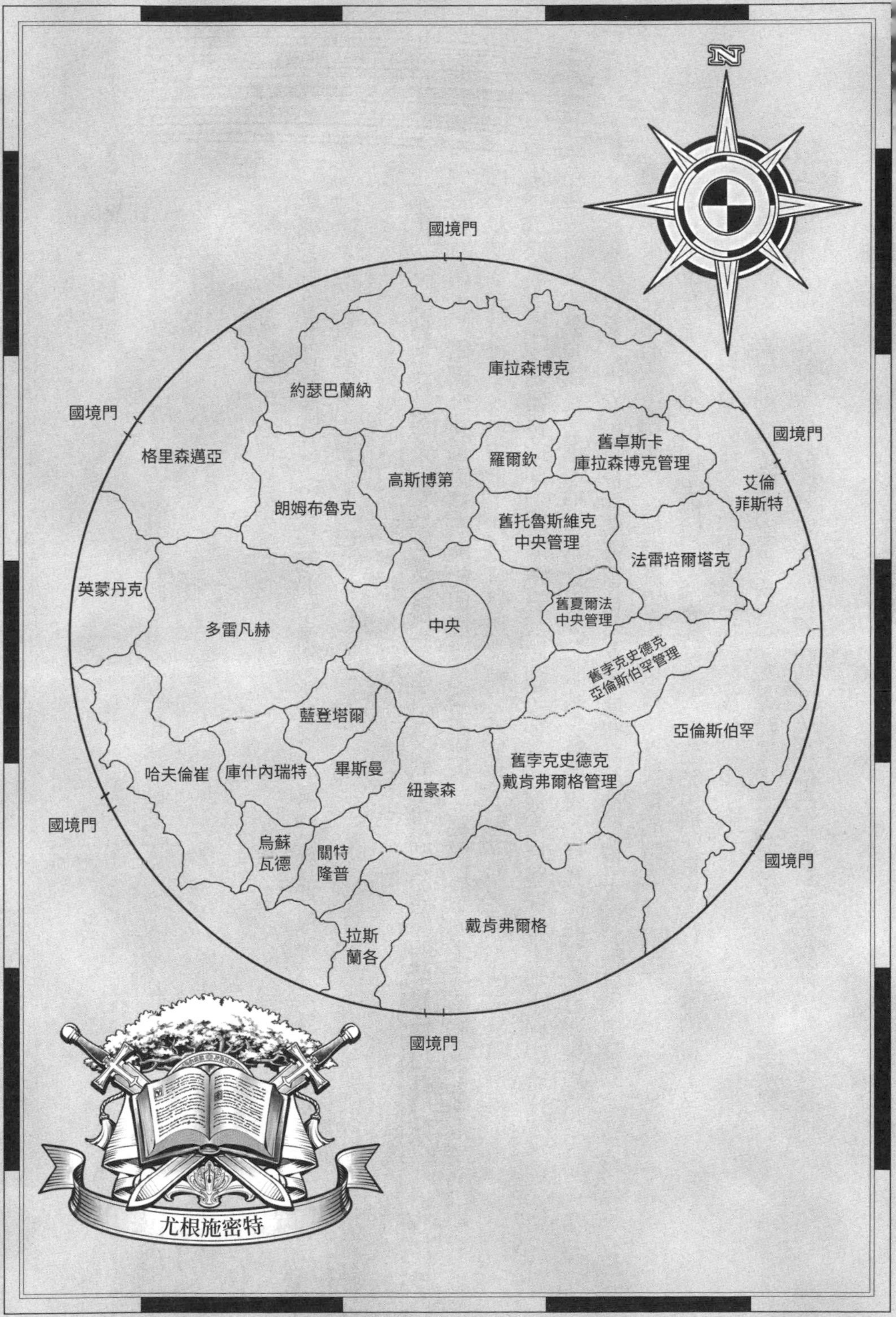
國境門
庫拉森博克
約瑟巴蘭納
國境門
國境門
格里森邁亞
羅爾欽
舊卓斯卡
庫拉森博克管理
高斯博第
艾倫
菲斯特
朗姆布魯克
舊托魯斯維克
中央管理
法雷培爾塔克
英蒙丹克
多雷凡赫
中央
舊夏爾法
中央管理
舊孛克史德克
亞倫斯伯罕管理
藍登塔爾
亞倫斯伯罕
舊孛克史德克
戴肯弗爾格管理
哈夫倫崔
庫什內瑞特
畢斯曼
紐豪森
國境門
烏蘇
瓦德
關特
隆普
國境門
戴肯弗爾格
拉斯
蘭各
國境門
尤根施密特

後記

大家好久不見了，我是香月美夜。

非常感謝各位購買本作，《小書痴的下剋上：為了成為圖書管理員不擇手段！【第四部】貴族院的自稱圖書委員（V）》。

本集在艾倫菲斯特的故事線從春末發展到冬天，又到了貴族院開學的時候。這其間有蘭普雷特兩人的婚禮、在葛雷修發展的印刷業、染布比賽，羅潔梅茵的生活依然是忙碌不已。星結儀式時雖然成功防止了匪徒襲擊灰衣神官，乍看下也平安落幕，卻還是隱隱有種山雨欲來的氛圍。葛雷修的印刷業看似發展順利，卻與其他基貝管理的土地不同，各種難題接踵而來。染布比賽上羅潔梅茵儘管睜大了眼睛認真檢視，終究沒能找到母親染的布料，為此灰心喪氣。不過，在得知蘭普雷特的妻子從亞倫斯伯罕帶了魚過來後，她又歡天喜地，後來還在腦海中規劃起羅潔梅茵圖書館，依舊不乏快樂的時光。

然後冬天來臨，羅潔梅茵也開始了在貴族院的二年級生活。預想到接下來的日子又將是一波未平、一波又起，監護人們大概已經開始感到頭痛了吧。

這集序章的主角是舊薇羅妮卡派貴族（當中又該稱作喬琪娜派更正確）格拉罕子爵的么子馬提亞斯。我試著從舊薇羅妮卡派貴族的角度，來描寫他們對於亞倫斯伯罕的女性貴族要嫁來艾倫菲斯特有什麼感想，還有親子間的價值觀差異。多虧了凡事總是多慮的馬提亞斯，領主這邊才能成功避免又一場風波。

終章則是國王第三夫人所生的王子錫爾布蘭德。才剛受洗完、甚至還沒在領主會議上公開亮相的他，卻被派到了貴族院履行王族義務。以純粹第三者的角度來描寫時，羅潔梅茵與夏綠蒂會是什麼樣子呢……？

這集的短篇以奧蕾麗亞與伊娃為主角。

奧蕾麗亞視角的短篇中，描寫到了她嫁過來後目前身處的情況，以及堅持不肯摘下面紗的理由。這還是我第一次提筆寫下奧蕾麗亞與丈夫蘭普雷特的互動，感覺真是新鮮。畢竟本傳都是羅潔梅茵視角，很少與蘭普雷特接觸，他的存在感也就非常薄弱，不曉得這集有沒有稍稍扳回一城呢？但總覺得好像還輸給了老婆（笑）。

伊娃視角的短篇中，描寫了平民區的工坊是怎麼為染布比賽進行準備。染布比賽頓時成了一大盛事，想要提交新布料的工匠們無不嘔心瀝血。而伊娃也想藉由讓女兒用自己染好的布製作服裝，多少彌補母親該為子女縫製衣物的遺憾。但是，充滿野心的男人們也都想要得到賜給專屬的稱號。伊娃身為染色工匠的堅持與自尊心，平常在家人面前是不會展現出來的。希望她的這一面讀者們也能看得開心。

本集請椎名老師設計的新角色，有舊薇羅妮卡派的見習騎士馬提亞斯與勞倫斯。貴族院二年級時，馬提亞斯將會時不時小小露面，但勞倫斯還要許久以後才會在本傳中登場呢。接著是一眼就能看出個性純真善良的第三王子錫爾布蘭德。奧伯．亞倫斯伯罕完全就是我欣賞的那種中年大叔！最後，是長大了些的芙麗妲與夏綠蒂。這兩人的可愛絕對是無庸置疑。

然後有消息要通知大家。

《小書痴的下剋上》竟然連續第二年榮獲「這本輕小說真厲害！二〇一九年度」的單行本第一名！這些獎項都是依據網路上的讀者投票結果。我萬萬沒想到可以連續兩年榮獲第一名，真的非常高興。感謝各位的支持。

另外，寫字板樣式的A6筆記本與《小書痴的下剋上》角色便條紙，現在也開始在TO BOOKS的網路書店上販售了，歡迎上網選購。

https://tobooks.shop-pro.jp/

再來，就是《小書痴的下剋上》相關書籍連續四個月發行的企劃，終於在這一集畫下句點了。從九月開始連續四個月都有新書問世，大家看得還盡興嗎？早從四月中旬開始，我就卯足全力在準備這項企劃。雖然中途有段時間因為各種私事必須停筆，也曾經非常擔心真的到最後一個月都能順利出版嗎？幸好最終不僅完成了所有原稿，我此刻也在寫著後記，真的是如釋重負。對於一定比我還要繁忙、得絞盡腦汁調整行程的責任編輯，還有每當推出新企劃就一定會被拖下水、即使工作量大增也爽快答應的椎名老師，在此也向兩位獻上無盡的感謝。

本集封面是染布比賽的想像畫面，加上把布攤開的伊娃與製作髮飾的多莉。正中央則是穿著兩人合力的成果、笑得十分開心的羅潔梅茵。拉頁海報是出席蘭普雷特婚禮的兩邊領地高層，帶有緊張感的構圖真是太棒了。椎名老師，非常感謝您。

最後，要向購買本書的各位讀者獻上最高等級的謝意。

本傳續集的第四部VI預計在三月發行。期待屆時再相會。

二〇一八年十月　香月美夜

每回都出場的
卷末漫畫
輕鬆悠閒的家族日常
作畫 椎名優
還有就是達穆爾今年依然未能找到可愛的戀人。都是一些小事而已。——摘自本文
這才不是「小事」！明明就很嚴重!!
喔，嗯、嗯，抱歉抱歉。
羅潔梅茵大人?!
對戀愛故事的渴望
蘭普雷特，你與奧蕾麗亞究竟是如何相識，
又是因為什麼事情而情投意合的呢？
到底是誰先表明自己的好感？
逼近
你又是什麼時候希望她能在
自己的披風上刺繡呢?!
再次逼近
母親大人，您的問題完全偏離主題了。
施加無形壓力中
還有氣勢太嚇人了

所謂聖女

竟然膽敢對圖書館發動攻擊，
那個人應該做好赴死的覺悟。
握拳
……不對，要人家赴死還是太過火了吧。
難得在自我反省，覺得這樣不像聖女嗎？
果然還是下詛咒最好了！詛咒對方如果每天不看十本以上的書，
全身就會癢到受不了，不然就是吃進嘴裡的東西全部變得很辣！
轟隆隆隆
隆隆隆隆
妳還真是名不副實的聖女。
我本來就不是聖女了嘛。

書以外的對話

奧蕾麗亞，你們烹煮用的魚是紅肉還是白肉呢？
咦？我想應該是白肉。
白肉魚的話會是法式麥年魚排嗎？
味道偏清淡還是濃郁呢？
每道菜都不一樣，有的魚滋味豐富，十分美味。
如果也有味道濃郁的魚，應該能用來煮高湯吧。可以煮火鍋！
你們能在海裡取得魚以外的食材嗎？
你們都喜歡怎樣的調味呢？我非常非常好奇！！
羅潔梅茵大人真是太可愛了。
嘻嘻
從這些對話內容聽起來，她就只是個貪吃鬼吧……

小書痴的下剋上
為了成為圖書管理員不擇手段！
FANBOOK
FANBOOK 2
小書痴的下剋上
為了成為圖書管理員不擇手段！

●中文版書封製作中

明明只是想看書，
各種麻煩卻接踵而至……

小書痴的下剋上

第四部　貴族院的自稱圖書委員VI

香月美夜 原作　**椎名優** 繪

升級儀式與交流會結束後，羅潔梅茵在貴族院二年級的新生活終於正式展開。才剛開始上課，她就馬上訂下二年級生要「全員一起合格」的目標，也為了找到更多同伴成為圖書委員而四處奔走，結果不僅接連引發比去年還多的騷動，也與院內的老師、上位領地的領主候補生還有中央的第三王子頻繁接觸，讓極力想維持領地之間平衡共處的監護人們頭痛不已……

【2021年1月出版】

國家圖書館出版品預行編目資料

小書痴的下剋上：為了成為圖書管理員不擇手段!. 第四部，貴族院的自稱圖書委員. V / 香月美夜著 ; 許金玉譯. -- 初版. -- 臺北市：皇冠，2020.10
面； 公分. --（皇冠叢書；第 4887 種）(mild；27)
譯自：本好きの下剋上 司書になるためには手段を選んでいられません. 第四部，貴族院の自称図書委員. V
ISBN 978-957-33-3607-5（平裝）

861.57 109014419

皇冠叢書第 4887 種
mild 27

小書痴的下剋上

爲了成爲圖書管理員不擇手段！

第四部 貴族院的自稱圖書委員V

本好きの下剋上
司書になるためには
手段を選んでいられません
第四部 貴族院の自称図書委員V

作　者—香月美夜
譯　者—許金玉
發 行 人—平雲
出版發行—皇冠文化出版有限公司
台北市敦化北路 120 巷 50 號
電話◎ 02-27168888
郵撥帳號◎ 15261516 號
皇冠出版社（香港）有限公司
香港銅鑼灣道 180 號百樂商業中心
19 字樓 1903 室
電話◎ 2529-1778　傳真◎ 2527-0904
總 編 輯—許婷婷
責任編輯—陳怡蓁
美術設計—嚴昱琳
著作完成日期— 2018 年
初版一刷日期— 2020 年 10 月
初版三刷日期— 2022 年 6 月
法律顧問—王惠光律師

讀者服務傳真專線◎ 02-27150507
電腦編號◎ 562027
ISBN ◎ 978-957-33-3607-5
Printed in Taiwan
本書特價◎新台幣 299 元 / 港幣 100 元